黒竜陛下の政略花嫁
魔女ですが、助けた竜に嫁入りさせられそうです

黒竜陛下の政略花嫁

魔女ですが、助けた竜に嫁入りさせられそうです

花散ここ

illustration 山下ナナオ

CONTENTS

ICHIJINSHA IRIS NEO

黒竜陛下の政略花嫁　魔女ですが、助けた竜に嫁入りさせられそうです

序章

森の中に春が満ちている。

柔らかな風が緑の匂いを運ぶ、麗《うら》らかな午後。木漏れ日が照らす砂利道を一人の少女が歩いていた。

ピンクゴールドの長く真っ直ぐな髪を高い場所でひとつに結び、赤い大きなリボンで飾っている。

そのリボンの前にはちょこんとリスが座っていて、キィと高く可愛《かわい》らしい声で鳴いていた。少女は青みがかった緑色の瞳を楽しげに輝かせている。足元では薄灰色のウサギが、彼女の歩調に合わせるように飛び跳ねていた。

「危ないよ。踏んじゃいそうで恐《こわ》いな」

少女が声を掛けると、その言葉を理解しているようにウサギが少し距離を取る。それでも飛び跳ねる軽やかな動きは変わらずに、愛くるしい瞳は少女に向けられている。

少女の名はオリヴィア・バルディ。

この森の外れにある赤い屋根の家に、両親と姉と暮らしている。

オリヴィアは森で遊ぶのが大好きだった。草木の匂いも芳《かぐわ》しい花香も大好きだ。繁《しげ》る枝葉の隙間から陽光が差し込む日も、静かに降る優しい雨の日も森で過ごすのが好きだった。

この森には恐ろしい獣もいる。踏み込んではいけない禁忌の場所もある。しかしオリヴィアは踏み込んではいけない場所を分かっていた。明確な線引きがされているわけではないけれど、彼女にはその境界線を感じ取る事が出来るのだ。それは彼女の体に宿る【魔女】の血が為《な》せるものかもしれない。

オリヴィア・バルディは魔女である。

魔女は強大な魔力を持ち、それは代々の娘に引き継がれていく。オリヴィアの母が魔女の家系で、オリヴィアも姉も魔女特有の魔力を引き継いでいた。

オリヴィアの姉は母を凌《しの》ぐといわれる程の天才魔女だ。難しい魔法も難なくこなし、解呪だってお手のもの。治癒魔法が特に秀でていて、治癒に関しては母もすっかり姉に任せているほどだ。

対するオリヴィアは……魔力量だけなら代々の魔女よりも凄《すご》いと母に言われている。しかしセンスがないのか、魔法をうまく使う事が出来ないのだ。母も姉も根気よく教えてくれているけれど詠唱しても魔法陣を使っても魔法が上手に使えない。しかしオリヴィアはオリヴィアだけしか出来ない方法で、魔法を使う術《すべ》を見つけた。それが——歌だ。歌う事によって魔法が使える。それでも姉のような魔法には程遠いのだけど。

物思いに耽《ふけ》っていたオリヴィアは、強烈な違和感に足を止めた。

「……なに？」

頭の上のリスも騒がしくキィキィと鳴き始めている。不安げなウサギが足元にすり寄ってきた。

境界線を越えたわけではない。オリヴィアにはそれが分かっていた。魔獣の臭いがするわけでもない。でも、異質な何かがこの先にはある。凄《すさ》まじい程の存在感が森の奥にいるのが分かる。

この先へ進んでいいものなのかオリヴィアが考えを巡らせていると、森の奥から走ってくる動物が見えた。顔馴《かおなじ》みのキツネだ。

キツネはオリヴィアのスカートの裾を口にくわえ、ぐいぐいと引っ張って何かを促そうとしている。

「ついてきてほしいの？」

オリヴィアの問いに、そうだとばかりに更にスカートを引っ張られる。きっとこの存在感の元に連れていく気なのだろう。

何があるか分からないけれど、この森の動物達は友達だ。そんな友達が呼ぶのだから、行かないという選択肢はなかった。オリヴィアは駆けだしていた。

穏やかな風に血の臭いが混ざっている事に気付きながらも。


キツネに先導された先は、何本もの木が折れて場所が大きく開けていた。折れた木が積み重なる中でその上に蹲《うずくま》っているのは――竜だった。黒くて大きな傷だらけの竜。オリヴィアの住む家と同じくらいの大きさに見えるけれど、まだ子どもの竜だと思った。大人の竜はお城みたいにとても大きいんだよと、母が教えてくれたから。

黒竜が顔を上げると威圧を含んだ強い風がごうと吹き、オリヴィアの髪が乱される。オリヴィアが近付く事を拒んでいるかのようだった。

黒竜は体中から血を流していた。羽は折れているようで、変な方向に曲がっている。周りの状況から墜落したのかとも思ったけれど、ただそれだけではなさそうだ。

オリヴィアがそっと歩み寄ると、黒竜は警戒したような唸《うな》り声をあげる。その金の瞳は傷のせいか深く濁っていた。

唸られても威圧されても、びっくりはしたけれど恐ろしくはなかった。怪《け》我《が》をしているのだもの、警戒するのも当然だ。そう思ったオリヴィアは優しい声で話しかける事にした。

「怪我をしたのね。大丈夫よ、わたしが治してあげる」

黒竜を取り囲む動物達が、オリヴィアの言葉を受けて一斉に鳴き声をあげる。キツネにウサギ、タヌキに熊、リスや小鳥や鹿達も黒竜を心配しているようだとオリヴィアは思った。

「あなた、きっと優しい子なのね。動物達がずいぶん懐いているもの」

オリヴィアは黒竜の傍らに膝をついた。傷ついて折れてしまった爪に両手を添える。黒竜は一瞬体を震わせたけれど、その爪でオリヴィアを傷付けるような事はしなかった。

オリヴィアは大きく息を吸い込んで——歌った。

歌声に魔力が乗る。オリヴィアのピンクゴールドの髪が舞い上がった風に遊ばれる。

(治りますように。痛いのが消えてくれますように)

オリヴィアは願いをこめて、ひたすらに歌った。

黒竜の周りを囲む動物達が身を伏せて、耳を澄ませている。

歌声が森に響く。魔力を籠《こ》めた歌は碧《あお》い光の粒子となって黒竜に降り注いだ。柔らかなその光に、黒竜から溢《あふ》れ出る血が止まる。傷口がゆっくりと塞がっていく。折れていた羽が少しずつ元の形を取り戻していく。

尚《なお》もオリヴィアは歌う。陽《ひ》が傾いても、風が冷たくなっても。

注がれる碧の光はその強さを増していくばかり。黒竜はいつしか警戒心を無くしたのか、悠然とその場に横たわっていた。心地よさげにごろごろと喉を鳴らしたり、鼻先をオリヴィアの頬に近づけてすんすんと匂いを嗅いだりしている。

オリヴィアが握っていた爪も綺麗《きれい》に再生されていた。

（もう少し。もう少しで全部……！）

オリヴィアは歌う。

喉に痛みを感じても、声が掠《かす》れてきても、ただ目の前の黒竜を癒す事ばかり考えて。

黒竜がオリヴィアを見つめた。

その瞳は未《いま》だに霞《かす》んでいるけれど、もう濁ってはいなかった。黒竜がその手をオリヴィアに伸ばす。

壊れ物を扱うような優しい仕草に、オリヴィアが笑みを浮かべる。ざらざらとした独特の掌《てのひら》に、オリヴィアは頬を擦り寄せる。その仕草に金の瞳がすがめられた。

黒竜はオリヴィアの治癒の歌で、輝きを取り戻していく。鱗《うろこ》のひとつひとつまで光を帯びているようで、美しいとオリヴィアは思った。

その時だった。唐突に前触れもなく――歌が途切れた。

魔力を使い果たしたオリヴィアがその場に崩れ落ちる。呼吸は荒く、開閉する口からは何の声も聞こえてこない。

動物達が慌てたようにオリヴィアに駆け寄った。濡《ぬ》れた鼻先で頬を押したり、震える手を舐《な》めたりしている。そして気遣っているのは黒竜もだった。

すっかり傷の癒えた両の掌にオリヴィアを抱える。鋭い爪で傷つけないようにか、その手つきは非常に繊細なものだった。

黒竜はオリヴィアを心配しているのか、グウと呻《うめ》くような声を漏らした。その悲しげな声に、大丈夫だよと伝えたかったのにオリヴィアの口から漏れるのは掠れた吐息ばかりだ。

ぐらぐらと視界が歪《ゆが》んでいく。世界が光を失って、世界が暗転した。

そして、オリヴィアは——声を失った。

黒竜を救う事の代償に。

第一章　魔女の姉妹と竜王

「うぅん……嫌な予感がするわ」

朝起きて早々の姉の呟《つぶや》きに、オリヴィアは困ったように笑いながら眉を下げた。

窓を開けると清々《すがすが》しい朝の空気が部屋の中を満たしていく。屋根に止まっているのだろう小鳥のさえずりがよく響いた。

朝方まで降った雨のお陰で、花壇もささやかな畑もしっとりと濡《ぬ》れていた。これなら今日は水やりをしなくても良さそうだと、オリヴィアは外を見ながら思った。

未《いま》だ湿った気配を残すけれど、吹き抜ける風は清涼だ。深呼吸を繰り返したオリヴィアはその気持ち良さに笑みを浮かべた。

「オリヴィア、聞いてるの？　あたしの予感は当たるのよ」

オリヴィアは頷《うなず》きながらベッドサイドのテーブルに置いてあった魔法黒板を手に取って、さらさらと文字を綴《つづ》り始めた。

――知ってるわ――

「夢を見たのよ。……あんたが黒竜を助けた時の夢を」

オリヴィアは手にしていた魔法黒板から、姉のロザリアへと視線を向けた。

二人はよく似ている姉妹だ。同じピンクゴールドの髪を持っているがオリヴィアの髪が真っ直ぐなのに対し、ロザリアは緩く波打っている。整った顔立ちも似ているけれどオリヴィアよりもロザリアの目は勝気な印象を与えている。瞳の色は異なっていてオリヴィアが青みがかった緑《碧》色なのに対し、ロザリアは鮮やかな青《天》色だった。こう見ると違うところの方が多いのに、二人はよく似ていると言われるし、自分達でもそう思っている。

ロザリアは沈痛な面持ちで深く溜息《ためいき》をつく。それからオリヴィアに歩み寄ると、その体をぎゅっと抱き締めた。

「あれからもう八年。今になってあの夢を見るなんて、きっと良くない事が起こるわ」

――姉さんはあの時の事、忘れられないって言ってたものね――

「そうよ。気を失ったあんたを黒竜が連れてきた時、血の気を失ったあんたを見て……死んでしまったのかと恐ろしかったんだもの」

――そんな事はなかったでしょ――

「でも声を失ってしまったじゃない。綺麗《きれい》な声をしていたのに」

――もういいじゃない、その事は。あの黒竜、無事に国に帰れたかしら――

「どうでもいいわよ、そんなの。あたしはあんたの方が大事だもの。出来れば二度と関わらないでほしいわ」

辛辣な姉の言葉にオリヴィアは肩を揺らすばかり。

声の出ないオリヴィアは、姉の作った魔法黒板を使って筆談をしている。専用の白墨《チョーク》でのみ書ける黒板で、さっと手を翳《かざ》すとすぐに文字が消えてくれる。口を開いて自分でも言葉は紡いでいるけれど、それが音となって響く事はなかった。

――関わる事もないわよ。今日のお仕事は？――

姉の背をぽんぽんと宥《なだ》めるように撫《な》でてから、魔法黒板を姉に見せる。ロザリアは深く息を吐いてから、壁に貼り付けたメモを確認するべくそちらに視線をやった。

「町から薬を取りに来るから、その時にまた何か頼まれるかも。何もなかったら森にピクニックにでも行きましょうか」

――頼まれない事を祈るわ。ピクニックに行くならお弁当を作らなくちゃね――

ピクニックと聞いてオリヴィアは嬉《うれ》しそうに笑う。幼い時から森は彼女の遊び場で、森の動物は彼女の友達だ。

朝の支度を始める姉の後について、足取りも軽くオリヴィアは寝室から出ていった。


ロザリアとオリヴィアの姉妹は、深い森の中で暮らしている。竜王国と、人が治める国の一つであるアルライン王国の間にある森で、不可侵条約が結ばれたその森はどの国のものでもなかった。

魔女の母と、普通の人間である父の間に生まれた姉妹は、魔女の家系らしくしっかりと強大な魔力を持って生まれてきた。

両親は二年前、ロザリアが十八で成人したのを機に家督を譲り、ふたりで旅に出ている。今年はオリヴィアが十八になり、一時帰宅した両親は祝いの品をたくさん持って帰ってきた。誕生日が過ぎると二人はまたすぐに旅に出てしまったけれど、オリヴィアは寂しくなかった。両親の旅の目的が、自分の声を取り戻す術を探すものだと分かっているからだ。

それに……ロザリアがいる。姉妹はとても仲が良く、姉であるロザリアはオリヴィアを守り導き、妹であるオリヴィアは姉の事を支えている。

町からの遣いに薬を渡し、他に急ぎの仕事はない日となった。オリヴィアは内心でほっとしながらお弁当を作る準備を始めている。

ロザリアは手元の薬を確認して、必要なものを紙に記す作業をしている。きっと森で薬の材料を探すのだろう。動物達に手伝ってもらえば、早いかもしれない。遊びに行く事を小鳥に頼んで動物達に伝えて貰《もら》おうか。

そんな事をオリヴィアが考えていた時だった。

不意に、窓から差し込む陽光が翳《かげ》った。

姉の舌打ちが聞こえて、オリヴィアは振り返る。異質な気配が家の周りを満たしている。人ではない、魔女でもない気配。オリヴィアはその異質さを持つ存在を知っていた。

「奥にいなさい、オリヴィア。出てきたらだめよ」

険しいロザリアの声に、オリヴィアは首を横に振るばかり。魔法黒板に文字を書く手間さえ惜しく、オリヴィアは姉の手をしっかりと握った。

「もう……。あたしの後ろにいなさいね」

離れる様子のないオリヴィアにロザリアは溜息をつく。それでもその表情は柔らかく、繋《つな》いだ手ごと妹を背に隠した時、力強いノックが響いた。

ロザリアは警戒心も露《あらわ》に、扉へと近付いていく。魔力が彼女を包み込み、ピンクゴールドの髪がふわりと舞った。

「どちらさま？」

「竜王国よりの遣いのものでございます」

聞こえた声は低く、丁寧な雰囲気を纏《まと》っている。オリヴィアとロザリアは思わず顔を見合わせていた。

「……ほら、あたしの予感は当たるのよ」

　苦々しげに吐き捨てるようなロザリアの声に、オリヴィアは眉を下げた。握る手を軽く引っ張って窘《たしな》める事しか出来ない。

未だに警戒をしたまま、ロザリアはゆっくりと扉を開いた。

扉を開けた先にいたのは、身なりのいい男と二人の兵士だった。竜王国からの遣いというからには、この人達も竜族なのだろうがオリヴィアには普通の人間にしか見えなかった。

遣いは真白の髪を綺麗に後ろに撫で付けて、柔和な笑みを浮かべている初老の男だった。

「バルディ様でいらっしゃいますね」

「なにか？」

「以前、この森で竜の子を助けた事を覚えておいででしょうか」

オリヴィアの息が一瞬止まった。細く長い息を吐き出しながら、八年前の事を思い出す。自分が声を失った、あの時の事を。

（……竜の子。あの黒い竜）

内心の動揺を押し隠しながら、オリヴィアはそっと目を伏せた。

「知らないわ」

「その子は竜王となりました」

「そうなの、良かったわね」

「つきましては命の恩人であるバルディ様に御礼を申し上げたいと、王城に招くよう仰せつかっておりまして」

「結構よ。身に覚えがないと伝えてちょうだい」

悪態にも近いロザリアの声。そんなロザリアの様子を気にした様子もなく、遣いの男は笑みを浮かべたまま言葉を紡ぐ。

その柔らかな声が何だか気持ち悪くて、オリヴィアは伏せていた視線を上げた。その瞬間——吐き気がした。

気持ちが悪い。全身を細い無数の針で刺されているような不快感に襲われる。

貼り付けたような笑みを浮かべたまま、遣いの男は尚《なお》も言葉を重ねている。

「その他にもお仕事を依頼したく思っているのです。魔女としてのバルディ様に」

仕事と聞いてロザリアは一瞬たじろいだ。【魔女への依頼は、誰かを傷付けるもの以外は全部受けること】それが母の教えだからだ。

妹の意見を聞こうと振り返ったロザリアは、オリヴィアの顔色が悪くなっている事にそこで気付いた。

「すみません、少し待って頂けます？　妹の具合が悪いようで、奥で休ませてきたいのですが」

「それはいけない。どうぞごゆっくり。我々はお庭で待たせて頂いても？」

「ええ、では失礼します」

扉を開けたまま、オリヴィアの手を引いてロザリアはリビングへと向かった。その窓からなら庭にいる三人の姿も確認出来る。

ソファーに座ったオリヴィアは肩で息をして、嘔吐《おうと》感に耐えようと口を両手で覆った。

「大丈夫？」

気遣うロザリアに、オリヴィアは眉を下げながらも頷いて見せる。震える手で魔法黒板を引き寄せると、白墨を手に文字を紡いだ。

――靄《もや》が見えるの――

その一文に、ロザリアの表情が険しくなる。オリヴィアの唇が言葉を紡ぐけれど、漏れるのは恐怖に染まる吐息だけ。

靄――それは悪意。

幼い頃からオリヴィアには人の悪意が靄となって見えるのだ。母が言うには、魔法を使う術《すべ》を持たない体の防衛反応らしい。強い魔力がオリヴィアの体を守ろうとしているのだと。

「八年も経《た》ってあんな遣いをよこすだなんて、竜王とやらは何を考えているのかしら。しかも悪意を持った遣いでしょ」

――あの悪意はわたし達に向けられたものじゃないわ――

「どういうこと？」

――あの人が竜王の話を始めたら靄がかかったの。あの人は竜王に悪意を持っている――

「……仕事は断りましょう。嫌な予感がばんばんするもの」

――だめよ。あの黒竜が危険なら、助けてあげたい――

「あのねぇ……あんたが竜王のために、なにかしてあげる義理なんてないのよ。一度命を助けただけで充分じゃない」

――姉さん、お願い――

悪意から離れて、体調が良くなってきたオリヴィアは顔色も戻っている。魔法黒板に願いを綴ってロザリアに縋《すが》った。

腕を組み、リビングの中を歩き回っていたロザリアは、妹の様子をちらりと横目で窺《うかが》った。わざとらしく盛大に溜息をついて見せてから、勢いよくソファーへ腰を下ろす。

「もう！　危ない事があったらすぐに帰るわよ。あたしは竜王なんかより、あんたの方が大事なんだからね」

妹の肩を抱き寄せ、ロザリアがまた溜息をつく。なんだかんだいって、ロザリアはオリヴィアに弱いのだ。

――ありがとう、姉さん――

「不本意だって事は覚えておいてよね。大体、なんでそんなに黒竜に固執するのよ」

ロザリアの問いにオリヴィアが声なく笑う。

――綺麗だったから――

短く書かれたその理由に、ロザリアは眉を寄せる。妹の額に自分の額をこつんと預け、青みがかった緑色の瞳を間近で見つめた。お人好《よ》しね、とロザリアの呟きにオリヴィアは目を細めるだけだった。


姉妹は庭に出て、待たせていた遣いの元に向かった。

相変わらずオリヴィアの目には、遣いが全身から立ち上らせる靄が見えているのだが、姉が持たせてくれた護符《アミュレット》のおかげで体調を崩すまではいかなかった。

「お待たせしました」

「いえいえ、妹君は大丈夫ですかな？」

「ええ、妹は少し体が弱いもので。それで、私達へのお仕事の内容を伺っても？」

「魔導具の解呪をお願いしたいのです。数が多いもので、しばらく王城に滞在してお仕事をして頂けたらと思っていましてね」

にこやかな遣いの言葉に、ロザリアはしばし考え込む。

依頼内容自体に問題はない。ただ、オリヴィアの見る靄がどうにも気にかかってしまうのだ。

「魔導具を拝見させて頂いて、それから契約を。それでも宜《よろ》しいですか？」

「噂《うわさ》に聞く【魔女の契約】ですな。もちろんですとも」

魔女の契約——依頼を受ける時に交わす契約書。

言葉にすればそれだけなのだが、魔女の契約は普通のそれとは少し違う。その契約に嘘《うそ》偽りがあれば契約は無効になるだけではなく、契約者が【大切なものを喪《うしな》う】のだ。それは人であったり、地位であったり、財産だったり。その時により様々なものに異なるが、契約者が不幸になるのは間違いない。

強大な魔力を悪用されぬようにと、原始の魔女がかけた呪い。その呪いがいまも魔女達の血脈に引き継がれている。

【魔女の契約】の話をしても、遣いが動揺する素振りは見えない。となると魔導具の解呪に関しての依頼は本物なのだろう。気にかかるのは立ち上る靄だけれど、それは行ってみないと分からない。オリヴィアは首から下げた護符のネックレスをぐっと握りしめた。

「ではお受けしましょう。準備がありますので、明日からでも宜しいですか」

「もちろんですとも。バルディ様のご都合の宜しい時に。報酬など詳しい話も、魔導具を見て頂いてからに致しましょう」

遣いは柔和な瞳を更に細め、兵士と共に礼をしてから森へと去っていった。しばらくして巨大な翼を持つ三頭の竜が空へと飛び立っていく。

その姿に、やはり竜族なのだと実感するばかりで、オリヴィアは知らぬ内に息をついた。

「ね、やっぱりあたしの予感は当たるでしょ」

——悪いものなのかは、行ってみないと分からないもの——

「もう。あんたも大概強情よね。黒竜が綺麗って、それだけの理由じゃなさそうだけど……」

肩を竦《すく》める姉に対して、オリヴィアは笑って見せた。

（自分でも分からない。でもあの子は本当に綺麗だった）

芳《かぐわ》しい花香が軽やかな風の中に混ざっている。穏やかな春の午後だった。


翌日、仕事に必要な魔導具や諸々《もろもろ》を準備したオリヴィアとロザリアは、ロザリアの魔法で作られた巨大な鳥に乗っていた。

アルライン王国と、竜王国との間にある深い森を上空から眺める。赤い屋根のバルディ家がだんだんと小さくなっていって、森の全貌が露になる。緑が色濃く美しい場所もあれば、日中だというのに暗い場所もあった。

森を越えると険しくも高い山脈がある。道が作られているのが細く見えるけれど人の足で越えるにはきっと大変なものだろう。整備された道を馬車で走っても、一週間はかかると聞いた事もある。オリヴィア達は特別な鳥に乗っているからあっという間なのだけれど。

竜王国も間近の街道近く、開けた場所に青い鳥が降り立った。オリヴィアと共に背中から降りたロザリアがふかふかの顎辺りを擽《くすぐ》ると、満足そうに体を震わせたその鳥が、彼女の手にしている真白のロッドに消えていく。美しいロッドには水晶が飾られていて、バルディの家紋が刻まれていた。

空間収納の魔法がかけられたマジックバッグにそれをしまってから、ロザリアとオリヴィアは街道を歩く人の波に紛れ込んだ。

門番に話は通っているようで、竜王国の王都へは名前を名乗っただけで入国出来た。

オリヴィアは物珍しげに周囲に目を配る。あまり外に出ない彼女だけれど、別に外が嫌いなわけではないのだ。

「ふぁ……」

隣でロザリアが大きな欠伸《あくび》を漏らす。寝不足なのを知っているオリヴィアは眉を下げて笑った。

そういうオリヴィアも実は寝不足だ。どれだけこの国に滞在する事になるか分からないので、受けていた依頼をまとめて片付けたり、今日の準備をしていたらすっかりと夜も更けてしまった。ピクニックにももちろん行けず、オリヴィアは何度溜息をついた事か分からない。

「眠たい」

欠伸交じりの姉の声に、オリヴィアも同じ気持ちで頷いた。

「今日はゆっくり眠りたいわね。宿を先に取っておいた方がいいかしら」

――依頼の魔導具を見てからにしたら？――

手にしていた魔法黒板に文字を走り書くと、それを覗《のぞ》いたロザリアは確かに、と呟いた。

「それもそうね。ぱっと終わらせて、観光したらさっさと帰りたいわ」

観光はするらしい。

オリヴィアが魔法黒板を胸に抱えて、声なく笑った。声はなくても、楽しそうな表情にロザリアの顔も緩むほどだ。

オリヴィアから見る竜王国は、とても豊かで平和な国に見えた。時折、靄も見えるけれど全く悪意がない国というのもあり得ない。治安も悪くないようで、女子供も一人で出歩いている。明らかに半竜姿の人もいれば、人と変わらない姿の人もいる。獣人や亜人の姿もちらほら見えて、多種多様な人達が集まっている街だった。


街の真ん中に城が見える。

整った区画分けがされているからか、城までの道も分かりやすい。人の治める国のほとんどが、城に近付くほどに袋小路が増えるものだけれど……とロザリアが教えてくれた。これも圧倒的な力を持つ竜族ならではの街作りなのかもしれないと、オリヴィアはそんな事を思いながら周囲の街並みを眺めていた。

辿《たど》り着いた城の門前で、名乗るだけで厚い門が開かれる。

あまりにも手続きがいらないものだから、ロザリアがその柳眉を顰《ひそ》めるほどだった。

「……なんだか怪しすぎない？」

案内してくれる兵士の後を歩きながら小さく呟く。オリヴィアは魔法黒板に文字を書く事も出来ず、姉の肘を突いて窘める事しか出来なかった。

白い石壁と瑠璃色の屋根が美しい城だった。廊下にはアーチ型の窓と四角い窓が交互に嵌《は》められている。高い天井にも細やかな装飾が彫られていた。

白いタイルが敷き詰められた床には、金糸で刺繍《ししゅう》がされた青い絨毯《じゅうたん》が敷かれている。その刺繍を眺めながら歩いていたら、兵士の足が止まった。

案内されたのは小さな部屋で、謁見する前の待機室のような所らしい。

こちらでお待ちくださいと兵士が下がり、入れ替わるようにやってきたのは侍女が二人だった。

「お召し替えをおすすめ致します」

侍女達は両手に抱えていた箱の中身をオリヴィア達に見せるように開いた。中に入っているのは豪《ごう》奢《しゃ》なドレスで、オリヴィアとロザリアは顔を見合わせてしまった。

オリヴィア達は、城を訪問するのだからといつもより華やかなデイドレスを着ている。特別華美なものではないが、みすぼらしいわけではない。オリヴィアは緑色、ロザリアは天色《あまいろ》のデイドレスは二人の瞳と同じ色だ。高く立てた襟にはバルディの紋章が刺繍されていて、腰からふんわりと広がるスカートの裾には白いフリルが縫い付けられている。腰に大きなリボンが飾られたドレスは、二人お揃《そろ》いのものだった。

「私達はこの格好で構いません」

そう胸を張るロザリアの声には苛立《いらだ》ちが潜んでいる。

「竜王陛下にお会いするのですから、身嗜《みだしな》みを整えて頂きませんと……」

侍女が嘲るような笑みをくすりと漏らすと、彼女の体から薄い靄が溢《あふ》れてきた。

（わたし達を蔑んでいるのね。竜族は気位が高いと聞いたけれど本当みたい。でも……これくらいの悪意なら何てことないわ）

オリヴィアはそう思いながら、魔法黒板を持ち直した。白墨を走らせるよりも早く、ロザリアの冷たい声が部屋に響いた。

「それは竜王様のご意向ですか？　私達は魔女として仕事を受ける為《ため》にこの城に来ました。ここには呼ばれたから来たのですが、私達はこのまま帰っても構いません」

ロザリアは無表情ながらも、天色の瞳は怒りに色を濃くしている。その言葉に焦ったように顔色を変えたのは侍女達だった。

「も、申し訳ございません」

「ご案内を致しますので、少々お待ちください」

腰を折って深く一礼をした侍女達は、足早に部屋を出ていった。

溜息をつく暇もなく、入れ替わるように兵士が入室してくる。その兵士の顔色も悪い。

「謁見の間にご案内致します。どうぞこちらへ」

オリヴィアとロザリアはまた顔を見合わせてから一つ頷いた。兵士の後をつくように歩くと、それにほっとしたように兵士の顔も明るくなる。

先程の小部屋から謁見の間までは遠くなかった。廊下に敷かれた美しい絨毯からオリヴィアが顔を上げると、アーチ型の大きな扉が目前に迫っていた。青い両開きの扉を、二人の兵士が槍《やり》を掲げて守っている。

「バルディ様ですね、お待ちしておりました」

名乗る間もなく、兵士達が扉を開く。

音もなく、ゆっくりと開いた先に広がるのは謁見の間。先日遣いに来た男が、オリヴィア達を見て目をすがめる。他にも文官らしき者が数人と、剣を携えた騎士が数人。そして玉座には冠を戴《いただ》いた美貌の王が座していた。

「よくぞいらしてくださいました、バルディ様！」

両腕を広げた遣いの男が仰々しい程に歓迎の意を示す。オリヴィアは姉の舌打ちを耳にして内心焦っていたのだけど、幸いにしてそれが聞こえた者は他にはいないようだった。

招かれるまま、玉座の側《そば》まで足を進める。

金の冠を黒髪に載せたまだ若い王はどこか探るような視線を向けてくる。その金の瞳はオリヴィアの思い出の中にある黒竜のもので間違いなかった。

竜王の目が、オリヴィア達の髪に向けられる。その眼差《まなざ》しは何かを確かめるかのように、力強いものだった。

「お仕事を受けに参りました、ロザリア・バルディです。彼女は私の妹のオリヴィア。私達が魔女です」

魔女は誰に対しても跪《ひざまず》かない。魔女は権力に屈しない。魔女は独立した存在であり、契約の下に力を貸す事はあってもどこかに属する事はない。それがこの世界で共通された認識だった。

そんな二人に気を悪くした様子もなく、鷹揚《おうよう》に頷いた竜王は口を開く。

「竜王リベルト・シルヴェーリだ」

低い声にオリヴィアの鼓動がひとつ跳ねた。喜びにも似た何とも言えない感情がオリヴィアの胸をかき乱していく。

（ああ、彼だ。助けた黒竜は、間違いなくこの人だ）

金の眼差しも、纏う気配も八年前と変わらない。

「それで、早速ですが魔導具を――」

「バルディ様、竜王陛下はあなたに命を救われた時からずっと想っているようでして」

ロザリアの声を遮ったのは、遣いの男だった。リベルトが眉を寄せたのも構わずに、にこにこと穏和な表情で言葉を紡ぎ出す。

「いかがでしょう、竜王様のお妃《きさき》になられては」

「おい、ルーゲ」

「バルディ様……では、ご姉妹どちらにもなってしまいますね。ロザリア様、どうぞ竜王様のお妃に」

ルーゲと呼ばれた男は、竜王の苛立ちを含む声も介さずに言葉を続けていく。貼り付けたような笑みがなんだか酷《ひど》く恐ろしくて、オリヴィアは胸の護符を握りしめた。相変わらずこの男からは強い靄が溢れている。

そしてもうひとつ。ルーゲの言葉にオリヴィアは胸が締め付けられるようだった。竜王が助けられたと思っているのは、強い魔女である姉。そして竜王の妃に請われたのは姉。妃になりたいわけではないけれど、その事実がなんだか苦しくて目を伏せた。力のない自分では、表舞台に立つ事は許されていないようで。

（彼を助けたのはわたしだけれど……この場にいる人達は姉さんがした事だと勘違いをしている。でもそれも当然なのかもしれない。もう歌えないわたしは、名乗り出る事なんて出来ないのだから）

胸の奥がちくちくと痛む事に、オリヴィアは気付かない振りをした。

「私は竜王様をお助けした事はありません。それに、竜王様にもその気はないようですよ」

きっぱりと言い切るロザリアは、オリヴィアの手をぎゅっと握りしめた。その優しい温《ぬく》もりに、オリヴィアは伏せていた視線を姉へと向ける。

「まぁそれはおいおい、という事で。では早速お仕事をお願いしましょうか」

自分からその話を振ってきたにも拘わらず、ルーゲはその場を流すように笑み混じりの声で言葉を紡ぐ。その声に促されてか、壁際に控えていた文官が一人近付いてきた。

「バルディ様方には魔導具の解呪をお願いしたく、今回ご足労願いました。数が少し多いのですが……」

「構いません。では魔導具を見せて頂いて、それから契約へと参りましょう。契約者はどなたが？」

「私が契約致しましょう」

ロザリアの声に手を挙げたのは、ルーゲだった。穏やかそうに見えるけれど、その全身からは靄が溢れて不気味だった。それが見えているのはオリヴィアだけだったとしても。

「では拝見させてください」

「こちらへどうぞ」

ルーゲと文官が扉へと向かう。ロザリアとオリヴィアも手を繋いだままそちらへ向かう中、視線を感じたオリヴィアはふと振り返った。黒竜の王、リベルトが強い金の眼差しでオリヴィアを見つめていた。

それに応える事も、何をする事も出来ずに、オリヴィアは足早にその場を去るしかなかった。

＊＊＊

「おい、ルーゲを何とかしろ」

魔女姉妹が謁見の間を去ったあと、頭に載せていた冠を乱暴に外したリベルトは綺麗に整えられた黒い短髪を手で乱した。冠を玉座の背凭《せもた》れに引っ掛けると姿勢を崩して足を組む。

「君があんな事を言うからじゃないか。嫁取りに熱心なルーゲ殿だ、逃げられないと思うよ」

リベルトの声に応えて近付いてくるのは、灰色の長髪をうなじで一つに結んだ文官のディーターだった。竜族の中でも細身で小柄のディーターは黒い詰襟が特徴的な文官の制服を着ている。水色の明るい瞳は穏やかな光を湛《たた》えていて、人の良さそうな穏やかな笑みを浮かべていた。

彼らは幼馴染《おさななじ》みの間柄でもあり、王と臣下という上下関係がありながらも、友人という意識の方が強かった。

「まさか本当に連れてくるとは思わないだろ」

リベルトが深い溜息をつく。

竜王となって一年ほど。臣下のルーゲに妃を迎えるように強く言われ、嫌気がさしていたリベルトが何の気なしに漏らした言葉。それが今回の発端でもある。

『命を救ってくれた少女なら考えてもいい』

別にあの時の少女に、愛情を持っているわけではない。感謝の思いはもちろんあるが、それが恋慕に変わっているかというときっと違う。ただ、あの歌が、優しい声が、この八年間の支えになっていただけで。

感謝を告げたいと思っていた。礼をしたいと思っていた。竜王の座に就いてから、自分でもあの森へ何度も行った。もう少し落ち着いたら、あの赤い屋根の家を訪ねようと思っていたのに。まさかルーゲがこんな行動を起こすとは思わなかった。

「で、久しぶりに再会してどうなの？　気持ちは盛り上がった？」

「なるか、馬鹿。再会っていってもな……俺はあの時、殆《ほとん》ど目が見えなかったから顔が分からない。確認しようにも、人違いだとはっきり言われたらそれ以上はどうにも出来ないだろう。あの魔女があの時の少女なら礼をしたいとは思っているが……」

「ルーゲ殿が二人連れてきたのも、どちらかはっきりしないからなのかな。ルーゲ殿は姉君の方を推しているみたいだけどねえ」

揶揄《やゆ》を含むような親友の言葉に、リベルトは深く溜息をついた。あのロザリア・バルディの声がそうかと言われても八年も経っている今では分からない。覚えているのは幼い声、歌、春花のような柔らかいピンク色の髪は何となく見えていたと思う。それから……柔らかな草花の匂いがした。

符合する事は多いが、彼女達は知らない顔を崩す事はないだろう。

「お前はルーゲがあれ以上暴走しないように見張っておけ。魔力なのか、知識なのか、魔女の強大な力を国に欲しているのかもしれないが、魔女は取り込めるような存在じゃない」

「それは分かってる。でも嫁については、もう無理だと思うけどねえ」

肩を竦めるディーターをひと睨《にら》みしてから、リベルトは立ち上がった。謁見の際に身に着ける赤い豪奢なマントを玉座に脱ぎ捨て、大きく伸びをする。

「執務に戻る。魔女達の事はお前に任せるぞ」

「分かった」

ディーターはマントと王冠を両手に抱えてひとつ頷く。玉座の後ろにある扉に向かうリベルトに追随したのは青い鎧《よろい》に白い肩マントを身に着けた護衛騎士のパトリックだった。短く整えた緑髪と同じ緑の瞳が細められる。

大柄な彼は長身のリベルトよりも頭一つ背が高く、騎士らしいがっしりとした体躯《たいく》をしている。リベルトの護衛でありつつ、騎士団では副団長の座にある強者だった。

「リベルト、俺はお前を送ってから詰所に戻るぞ」

「おう」

このパトリックもリベルトの幼馴染みだ。昔から三人で集まっては悪戯《いたずら》ばかりをしていて、よく怒られたのをリベルトは今も覚えている。あの頃は皆で並んでいた距離が、いまではパトリックは一歩後ろだ。友人でもあり臣下でもある、距離感。

「それで、お前はどうするんだ？」

執務室へと向かう廊下を歩きながら、パトリックが問いかけてくる。リベルトは肩越しに振り返ると、何の事だとばかりに眉を寄せた。

「妃の件だ」

「娶《めと》るつもりはないが。向こうだって寝耳に水だろう。仕事が終わればそれでおさらばだ」

「ルーゲ殿が諦めるとは思えないが」

「それをディーに頼んでるんだろ。まったくしつこい爺《じい》さんだぜ」

今回の妃騒動は、初めての事ではなかった。

リベルトが小さく漏らした呟きを耳聡《ざと》く拾うまでは、竜王国の高位貴族の娘を娶るよう言われ続けていたのだ。

「心配しているんだろう、お前の事を」

親友の窘めるような響きに、リベルトは肩を竦めるばかりだ。

確かに世話になっている。国を想う忠義な臣下だとは思うが……言われるままに嫁を娶る気にはなれないのだ。

「向こうにもその気がないって分かれば、諦めるだろ。なんせ相手は魔女だぜ？　誰にも跪かず従わない。魔女達が結託すれば国を落とすのも難しくないなんて聞いた事があるだろう？　手を伸ばすべきじゃないんだ」

到着した執務室の前には兵士が二人。リベルトの姿を見ると、びっと音がしそうな程の美しい敬礼をする。

「……何事も起きなければいいがな」

「そういう事を言うのはやめてくれ。当たりそうで気味が悪い」

パトリックが扉を開きながら呟いて、リベルトは盛大に顔をしかめた。

この親友の勘は妙に鋭いのだ。なにかが本当に起きてしまいそうで、リベルトは盛大な溜息をついた。

「溜息ついたら幸せが逃げるよ」

掛けられた言葉は背後からだった。驚きもせずに振り返ったリベルトは、にこにこと笑うディーターの姿に肩を竦める。

「……早いな」

リベルトは怪訝《けげん》そうに眉を顰めながら、机へ向かう。ゆったりとした椅子に腰掛けるとまた手荒に髪を乱した。

ここまで送ってくれたパトリックに手を挙げると、彼は頷いて執務室を離れる。所属する騎士団の詰所へと向かうのだろう。

ディーターもリベルトの近くに設《しつ》らえられた机に向かい、慣れた様子でペン先をインクに浸している。

「魔導具の解呪だけど、あれだけの量だからさすがに暫《しばら》く掛かるみたいだよ。二人は町に宿を取るつもりだったらしいけど、居館の客間を用意した。二人に確認したら一部屋でいいって言うからその通りにしたよ」

「ああ」

手元の書類に目を落としながら、リベルトはまた溜息をついた。

魔女姉妹が城に滞在するなら、ルーゲはきっと何かにつけて接触させようとしてくるだろう。それを思うだけで疲れてしまいそうだ。

顔を上げると、窓に四角く切り取られた空が目に映る。

柔らかな日差しが差し込む、穏やかな春の日。八年前もこんな日だったと思った時、リベルトの胸が微《かす》かに軋《きし》んだ。忘れられない歌声がいまも耳に残っている。

＊＊＊

オリヴィア達がルーゲと文官に案内された先は、厳重な警備の下にあるひとつの部屋だった。

ロザリアと共に中に促されたオリヴィアは、感じる呪力の多さに肌がちりつくのを感じていた。髪を一本に高くまとめているせいで、露になっているうなじがちくちくと小さな痛みを訴えている。

オリヴィアにはこの部屋全体が悪意に包まれているように薄暗く見えた。この魔導具達は呪われているというのだから、靄があるのも当然だろう。

周囲を見回したロザリアが、その柳眉を寄せながら口を開いた。

「これは……随分と数が多いですね。全てに呪いがかけられている。……軽いものから、触れるだけで命に障る程の強いものまで」

「さすがはロザリア様ですな。これは数代前の竜王が集めた魔導具で、どれも非常に珍しく価値のあるものばかりです」

ルーゲが大袈裟《おおげさ》なまでに溜息をついて見せる。文官が羊皮紙の束をロザリアに渡すと、一瞥《いちべつ》したロザリアは、それをオリヴィアに渡す。オリヴィアが確認すると、それはこの部屋にある魔導具を纏めた一覧表であるらしかった。

「どうしてこれを、今になって？　数代前という位ですから、他の魔女に解呪を頼むことだって出来たでしょう」

「その王は隠し部屋を作っていました。当時、どれだけの者が部屋の存在を知っていたかは、私にも分かりませぬ。これらは全て、その隠し部屋に秘蔵されていたものでありまして、部屋が見つかったのもつい最近――リベルト様が竜王の座に就いて見つけられたものなのですよ」

「一体なんの為にこれだけの……いえ、これは私共には詮無きこと。では……契約の前に報酬についてお話ししても？」

ロザリアの指摘にもルーゲは淀《よど》みなく答えるばかり。ロザリアは同席する文官の様子を探っていたのだが、特に動揺などが感じられない事から、契約を交わす事にした。その為にはまず報酬について話をしなければならない。

こんな呪われた魔導具ばかりを集める理由も気にはなるが、関わりすぎると碌《ろく》な事がない。

「魔導具一つにつき、こちらの金額と……危険なお仕事になりますので上乗せしてこれでいかがでしょうか」

すでに用意していたらしい報酬についての書類を、文官がロザリアへと差し出してくる。それを受け取って一瞥したロザリアは頷いてからオリヴィアへと手渡した。

（……こんなに？　国を相手にするお仕事は報酬も高いと聞いていたけれど……）

金額を目にしたオリヴィアは内心で驚きを隠せなかった。もちろんそれを表情に出す事はしなかったけれど、目にした金額はいつもオリヴィア達が受け取る報酬の数十倍。アルライン王国の民が一年は働かなくても生活できる程の金額だった。

「ではこれで契約に参りましょう。オリヴィア」

姉に呼ばれたオリヴィアはひとつ頷くと、マジックバッグの中から一枚の紙を取り出した。ロザリアの魔力を練って作られた、魔女にしか作る事の出来ない特別なもの。

オリヴィアから受け取ったその紙にロザリアが魔力を流す。

下ろしたままのピンクゴールドの髪が、魔力に煽《あお》られゆっくりと舞い上がっていく。

『魔女ロザリア・バルディ、魔女オリヴィア・バルディの名の下に契約を執り行う』

ロザリアの紡ぐ言葉が紙に刻まれていく。その文字ひとつひとつが、魔力を帯びてロザリアの瞳のような天色に染まっている。

『契約内容は魔導具の解呪。我ら魔女は心血を注ぎ、解呪を果たそう』

魔女の契約を見るのは初めてなのか、ルーゲと文官が息を呑《の》むのがオリヴィアにも分かった。

ロザリアの足元に魔法陣が浮かび上がる。魔力が更に強まって、魔法陣を囲うように風が渦を巻いている。

『契約者は我ら魔女に危害を与えてはならない。契約者は我ら魔女を裏切ってはならない』

ロザリアの天色の瞳が色濃くなる。

最後の文言を口にした時、魔力は一気に収束して契約紙の中に吸い込まれていった。あとは魔力を帯びた紙がうすぼんやりと淡い光を放っているだけだ。

オリヴィアはルーゲに近付き、羽ペンを差し出した。それを受け取ったルーゲの元に、契約紙がふわりふわりと近付いていく。

「そこに署名を」

ロザリアの声に、はっとしたようにルーゲがまた笑みを浮かべる。先程、竜王の名を口にした時は靄がかかっていたのに、いまはそれが見えない。意識が契約の方に傾いているからだろうかとオリヴィアは思っていた。

指示された場所にルーゲが名を記すと、その署名さえも天色に輝く。

文字が帯びていた光はひとつに集まり、ルーゲの右手中指へと移動する。光は強く輝くと一気に落ち着いて、後には黒い指輪がはめられていた。

光を失った契約紙がぱさりとその場に落ちる。オリヴィアはそれを拾うとくるくると丸めてマジックバッグの中にしまった。

「……これが魔女の契約ですか」

「ええ。契約が終了すればその指輪は消えますのでご安心を」

「はっはっは、さすがは希代の魔女と噂に高いバルディ様――いや、ロザリア様ですな。魔力も当代一番と言われるそうではないですか」

「どこでそんな噂を聞いたのかは存じませんが、魔女に優劣などありませんよ」

「ご謙遜を。いやぁ、こんな方をリベルト様のお妃に――」

「それでは仕事に入らせて頂きます」

まただ、とオリヴィアは思った。

竜王の名を口にしただけでルーゲからは靄が溢れる。強い悪意がその身を覆う。オリヴィアが思わず首から下げた護符を握りしめてしまうくらいに。

それに気付いたロザリアは、ルーゲの言葉を躊躇《ちゅうちょ》なく遮った。遮られたルーゲは苦笑いするばかりで、苦言を呈する事はなかった。

「お仕事の邪魔をするわけにはいきませんからな。私達はお暇《いとま》する事に致しましょう。何かあれば、廊下の兵士に言伝《ことづて》を。すぐに飛んできますゆえに」

「お気遣いありがとうございます」

恭しく一礼するルーゲと、直角に腰を折る文官が部屋を出ていくとロザリアは部屋の中に結界を張った。盗聴防止である。

「あー、もう。ほんっと狸親父ね」

――まぁまぁ。お仕事を始めましょうか――

大きく伸びをしたロザリアの悪態に、オリヴィアは声無く笑う。

魔法黒板に宥める言葉を記してから、マジックバッグの中から必要そうな解呪の魔導具を選んでいった。

「そうね。じゃあまず簡単なものから……こっちのオーブから始めましょうか」

ロザリアが手にしたのは、竜の爪に握られた黒く濁る水晶だった。それからも立ち上る靄が見えて、オリヴィアは思わず眉を寄せる。

「体調が悪くなったらすぐに言うのよ」

心配そうな姉に、大丈夫だとオリヴィアはひとつ頷いて見せる。

それでもロザリアの表情は晴れなくて、オリヴィアは魔法黒板を手に引き寄せた。

――悪意を感じるけれど、これは過去の残り香だから。辛《つら》くないわ――

「それならいいんだけど……。でも、無理しちゃダメよ」

過保護な姉を安心させようと、オリヴィアは笑みを深めて頷いた。その笑みにようやくロザリアも納得したのか、オリヴィアが用意した魔法陣が描かれた敷布にオーブを載せる。指先に魔力を乗せるとオーブに解呪の魔法式を刻んでいった。

ロザリアが解呪をしている間に、オリヴィアは次の魔導具を準備する。次はこのオルゴールがよさそうだ。姉の作った魔導具であるモノクルを着けたオリヴィアはオルゴールをじっと見つめる。

モノクルに魔導具の状態が文字となって浮かび上がる。それによるとこれにはずっと音色を耳にしていると狂気に陥る呪いがかけられているらしい。何を思ってこんな呪いをかけられたのか。

オリヴィアはオルゴールに対して同情の溜息をつきながら、解呪の為の魔導具を準備していった。

夕方になって仕事を終え、姉妹は宛がわれた客間にて夕食を済ませた。

仕事を終えてといっても解呪しなければならない魔導具は、言葉の通りまだ山積みになっている。今日は簡単なものから始めたけれど、明日は手の掛かるものにも取りかからないといけない。そんな姉の言葉に、オリヴィアは素直に頷いた。

夕食も、本来ならば貴賓室にて用意されていたそうだ。

仕事上がりの姉妹の元にルーゲがやってきて「是非ともリベルト様とご一緒に」と誘うのを、ロザリアは「遠慮します」と一蹴したのだ。余りにもそっけないその返事にハラハラしていたのはオリヴィアばかりで、ルーゲは気に留めた様子もなく笑いながら去っていった。

相変わらずの靄が体を覆っている。これだけの悪意を持ちながら、平然と竜王に仕えているのは一体どんな気持ちなんだろうとオリヴィアは不思議に思うばかりだった。


「ねえ、オリヴィア」

二人一緒に入浴を済ませた後、大きな鏡台の前にオリヴィアは座っていた。姉が展開する熱と風の魔法で髪を乾かして貰っている。心地よい温かさにオリヴィアがぼんやりと鏡の中の自分を見つめていた時、ロザリアが声を掛けてきた。その深刻そうな声色に、どうかしたかと首を傾《かし》げた。

「あんたは……竜王様のお妃になりたい？」

鏡越しに視線が重なる。

ロザリアの天色の瞳がまっすぐにオリヴィアに向けられていた。

「救ったのはあんただって、それで声を失ったんだって言えば……」

姉の言葉にオリヴィアは首を横に振る。魔法黒板を手にすると淀みなく文字を紡いでいった。

――いいの。わたしの救った命が、無事に今を過ごしている事が分かればそれで充分。助けたことを言うつもりもないし、お妃様になるつもりもないわ――

ロザリアが読み終えたのを確認して、魔法黒板に手を翳す。すっと文字が消えていって、またオリヴィアは白墨を走らせた。

――姉さんがお妃になるのなら、それでもいいのよ――

そう言葉を綴りながらも、胸の奥がちくりと痛む。この感情が何なのか、オリヴィアは考えられなかった。

「やだ、冗談はよして」

心底嫌そうに顔を歪《ゆが》める姉の姿に、オリヴィアは苦笑を漏らした。

――お仕事が終わったら、森に帰ろう？　その時には悪意の事を教えてあげるつもりだけど、それを信じるか、それをどう扱うかは竜王様次第だと思うから――

「そうね。じゃあぱぱっと終わらせて、帰りましょ」

にっこりと笑ったロザリアは、櫛《くし》を手にしてオリヴィアの髪を梳《と》かしていく。細やかな鈴蘭《すずらん》の装飾がされた櫛には椿油《つばきあぶら》が染み込んでいて、梳《す》く度にふわりと花香が舞った。

「……あんたの声は、あたしが必ず取り戻してあげるからね。あたしだけじゃない、父さんも母さんもそう思ってる」

――わたしはこのままでもいいのよ――

「あたしが、あんたの声を聞きたいの。昔みたいに可愛《かわい》い声で、お姉ちゃんって呼んでほしいのよ」

本気が見え隠れする姉の言葉にオリヴィアは笑った。やっぱり声は出ない。それを見た姉の顔に、一瞬だけ寂しさが浮かぶのは気付かない振りをした。

「はい、出来上がり」

――ありがとう――

姉のおかげでオリヴィアのピンクゴールドの髪は艶々だ。癖のないまっすぐな髪は毛先まで煌《きら》めいている。

同じ髪色のロザリアは緩く波打つ癖毛をしている。柔らかなその髪もやはり艶めいていた。

「艶々。母さんの送ってくれた髪油、凄《すご》くいいわね。これ、うちでも作れないかしら」

――帰ったら作ってみましょう。もっといいものが出来たりして――

「そうしたらバルディ印の髪油って大々的に売り出してもいいわね」

二人顔を見合わせて可笑《おか》しそうに笑った。

バルディ姉妹の作る化粧品は町の人達にも好評で、いい収入源になっている。

解呪で悪意と向き合うよりも、森に薬草を採りに行って薬を作ったり、化粧品を作ったりすることの方がオリヴィアは好きだった。

ロザリアもそうだ。彼女が一番好きなのは魔導具の開発。

だから二人とも、実は今回のこの解呪の仕事はあまり乗り気ではなかった。早く仕事を終わらせて好きなことをしよう。二人ともそんな事を考えていた。

「さて、そろそろ寝ましょうか。明日も頑張らなくちゃね」

大きく伸びをしながらロザリアが告げる言葉に、オリヴィアも笑みで応じる。

用意されているベッドはひとつだが、それでいいと言ったのはロザリアだった。これだけ大きなベッドなら二人で寝るのには充分だと。

上掛けをずらして潜り込む。滑らかなシーツが肌を擽る。オリヴィアはその心地よさに吐息を漏らし、寝着の襟元を直した。

「いいベッドね。ごはんも美味しいしお部屋も綺麗だし、旅行に来ていると思えばいいか」

隣に潜り込んだロザリアがオリヴィアの手を握る。細い指先を絡め合って。

「……いつもありがとね、オリヴィア」

柔らかな声で紡がれる言葉に、オリヴィアは目を瞬いた。どうしたのだと笑みを浮かべて先を促す。

「あんたが居てくれるから、あたしは頑張れる。いつも支えられてるの」

優しい声にオリヴィアの胸が締め付けられる。目の奥が熱くなるのを誤魔化すように、瞬《まばた》きを繰り返した。

（そんなの……わたしの方が支えられてる。姉さんがわたしを大切に思ってくれるから、世界を恨まずにいられるのかもしれないもの）

胸を乱すそんな思いを伝えたくても、オリヴィアの手元に魔法黒板はない。だからオリヴィアはにっこりと笑ってそれを答えとした。

繋ぐのとは逆の手で、ロザリアの顔にかかる髪をよける。擽ったそうにロザリアは笑った。

ロザリアが繋いだ手を軽く振ると、ランプの明かりが一斉に落ちた。カーテンの隙間から差し込む月明かりだけが、ベッドに掛かっている。

「おやすみ、オリヴィア」

同じように返したくても、オリヴィアにはそれが出来ない。だから繋いだ手をぎゅっと握った。

触れ合う温もりが眠気を誘ってくる。それに抗《あらが》う事も出来ず、二人は寄り添ったまま穏やかな眠りの中へと落ちていった。

煌星《きらぼし》が空を支配する、美しい夜のなかで。

その一団がやって来たのは、朝の支度を終えたオリヴィアとロザリアが部屋で朝食を済ませ、解呪の仕事に向かおうかという頃だった。

やってきたのは侍女姿の女性が三人。

そのなかで年嵩《としかさ》の女性が一歩前に出て、腹部で手を揃えて美しい礼をする。それに倣うかのように背後の二人も綺麗な角度で礼をした。

一体なんだと、オリヴィアとロザリアは顔を見合わせた。

「おはようございます。わたくしは侍女長のカミラと申します。ロザリア様、オリヴィア様、竜王リベルト様よりお茶会に招かれておりますのでお支度を」

「仕事がありますので」

にこやかなカミラに対して、ロザリアは無表情で言葉を返す。その素っ気なさにオリヴィアは眉を下げるばかり。本来ならば人当たりのいい姉なのだが、この城の人が竜王との仲を深めさせようとしてくるのが、余程気にくわないらしい。

『あれがロザリア様の妹か……噂通り陰気な子ね』

聞こえたのは悪意の声。

オリヴィアがその声の主を探すと、カミラの後ろに控える侍女の一人から悪意の靄が立ち上っているのが見えた。

強い悪意がオリヴィアに向けられると、その悪意が言葉となって流れ込んでくる事がある。今まで護符を持っている時に、こんなにもはっきり聞こえた事はないのだけど、竜族としての魔力の強さが護符の力を超えてくるのだろうか。そんな事を思いながらオリヴィアはゆっくり息を吐く。悪意を向けられるのは気持ちが良いものではない。

『お茶会だって本当はロザリア様だけお呼びしたいのに。妹がくっついてくるから誘わなきゃいけないなんて、リベルト様も大変ね』

向けられる悪意は細かな棘《とげ》となってオリヴィアに突き刺さる。思わず首から下げた護符を握りしめて魔力を流した。

聞こえる悪意の声は小さくなったように思うけれど、それでも完全には防げない。

「リベルト様はすでに支度をしてお待ちです。お天気も宜しい事ですし、是非ご参加くださいませ。午後からはお仕事に集中出来ますよう、お取り計らい致します」

畳み掛けるようなカミラの言葉に、ロザリアが溜息をついた。その言葉の意味がオリヴィアにもわかっていた。

お茶会に付き合わなければ、午後からも竜王の使者が誘いに来るという事だろう。

オリヴィアは震える手で魔法黒板に白墨を走らせた。

――好意を無碍《むげ》にしてはいけないわ。行ってきて――

「行ってきてって、あんたは……っ、顔色が悪いわ。大丈夫？」

――大丈夫だけど少し休みたいの――

「でもそんな状態のあんたを置いてなんて……」

『ほらやっぱり足手まとい』

悪意が更に襲いかかってくる。込み上げる嘔吐感に、オリヴィアは深く息を吐いた。

ロザリアにもオリヴィアの体調不良の原因は分かっている。侍女の誰かがオリヴィアに悪意を向けている。それなら……この場は了承して、侍女をこの部屋から離した方が良さそうだ。ロザリアはそんな事を思いながらオリヴィアの視線を探った。オリヴィアが警戒しているのは――カミラの後ろに控える穏和そうな侍女。

「オリヴィア様の事でしたらお任せを」

「私にお任せください」

侍女長が後ろの侍女達に目をやると、一歩進み出たのは悪意を向けてくるのとは別の侍女だった。

それに安堵《あんど》したようにオリヴィアがひとつ頷く。

オリヴィアの様子に、ロザリアは尚も心配そうに表情を曇らせるも同意するしかなかった。

「……分かったわ、案内してちょうだい」

「その前にお召し替えを。ドレスを用意してございます」

「別にこのままでもいいわ」

そう言ってロザリアは自分の姿を見下ろした。

黒いブラウスと黒のロングスカート。出歩くのに恥ずかしい格好はしていないはずだ。

「竜王様とのお茶会です。ドレスをお召しになっていただくようにと、ルーゲ殿から言われております」

「もう、面倒ね」

いまにも癇癪《かんしゃく》を起こしてしまいそうな姉の様子に、オリヴィアは眉を下げる。宥めるように肩をぽんぽんと撫でると、ロザリアは盛大な溜息をついてからカミラに向き直った。

「……分かったわよ」

その一言で、カミラと侍女が動き始める。

悪意を持っている侍女の意識から外れた事で、少しオリヴィアの体も楽になったようだ。

ベッドに腰掛け、着替えさせられる姉を見つめた。

ロザリアの瞳のような天色のドレス。立てた襟に飾られたレースが優美で、ロザリアの体にぴったりと沿う作りとなっている。細い腰や長い手足が際立つデザインで、タイトなスカートは裾がふわりと広がっていた。

真空色《まそらいろ》とレースの白がまるで春の空のよう。綺麗だとオリヴィアは吐息を漏らした。

ロザリアは髪も高く結われ、繊細な金細工の髪飾りを載せられた。揃いの耳飾りをしようとするカミラの手を、ロザリアは止める。

「このピアスは外せないの」

オリヴィアと揃いの黒いピアス。耳朶《みみたぶ》から下がる黒鎖には月のモチーフと小さなダイヤモンドが飾られている。

「そうでしたか、それは失礼しました」

カミラはおとなしく下がると、耳飾りをケースにしまう。

支度が終わり鏡台の前から立ち上がったロザリアは、それはもう不機嫌な顔をしていた。それでもその美貌に綻びなどない。

姉の姿に目を細めながら、オリヴィアはこの城を訪れた時の事を思い出していた。今のように着替えを勧められたけど、あれもきっとルーゲの指示によるものだったのだろう。

着飾った姉の事を竜王は気に入ると思っているのかもしれない。二人を添い遂げさせようとするルーゲの思いに気付いて、またオリヴィアの胸が苦しくなった。

そんな気持ちを遠くへ追いやろうとしながら、オリヴィアは魔法黒板に白墨を走らせる。

――とっても綺麗よ――

オリヴィアが魔法黒板を見せると、不機嫌そうなロザリアの表情が一変する。にこやかに嬉しそうに笑って、オリヴィアの頭をそっと撫でた。

「ちゃんと休んでいてね。何かあったらすぐにあたしを呼ぶのよ」

優しい声にオリヴィアも嬉しそうに笑う。

『あの妹さえいなければ、ロザリア様はもっと自由になるんじゃないかしら』

刹那飛んでくる悪意の刃《やいば》に、嘔吐感がぶり返す。口を手で押さえる妹の姿に、悪意を悟ったロザリアは視線も鋭くカミラ達に向き直った。

「行きましょう」

「はい、ではご案内します」

部屋を出ていく姉達を見送ったオリヴィアは、糸が切れたように寝台に倒れ込んでしまう。悪意が消えた解放感に、ぎゅっと目を閉じたまま深呼吸を繰り返した。

「大丈夫ですか？」

掛けられた声に、薄く目を開ける。そこには心配そうな表情の侍女がいた。寝台の上掛けを剥がすと、オリヴィアの体を支えて寝台に横たわらせてくれる。

「どうぞおやすみください」

この侍女からは悪意を感じない。その事にほっとしたオリヴィアは有り難く休むことにした。

ぼんやりと侍女の行動を目で追うと、サイドテーブルにピッチャーとグラスを用意してくれた。

ピッチャーもグラスも、揃いの花の装飾が施されている。ピッチャーにはたっぷりの氷とミントが浮かんでいた。

「何かありましたら、こちらを鳴らしてお呼びください」

ガラスのベルも枕元に用意してくれる。

オリヴィアは上体を起こすと魔法黒板を引き寄せた。侍女は首に幾分か角度を持たせて、その場で待ってくれている。

——お名前を伺ってもいいですか？——

「私はイリスと申します」

——ありがとうございます、イリスさん——

紡がれた文字を見て、イリスはにっこりと笑った。

一礼して去っていくその姿を見送ってから、オリヴィアはまた寝台に横たわる。体を抱くように丸くなると両手で護符を握りしめた。

大丈夫、と自分に言い聞かせている間に、オリヴィアの意識は夢の中へと落ちていった。

柔らかな春の夢。まだ自分が歌えていた時の、あの春の夢に。

ロザリアが案内されたのは春の日差しが心地よく注ぐ、同系統の白い家具で纏められたサロンだった。壁は薄緑で塗られていて爽やかな印象だ。

火の消えた暖炉の上には竜王国の紋章が刺繍されたタペストリーが飾られている。

金糸で花が描かれたソファーにはすでに竜王リベルトが座って、お茶を楽しんでいた。

「お招きありがとうございます、竜王様」

カミラに先導されたロザリアは、ドレスを纏っていても令嬢のように礼をする事はなかった。不機嫌そうに眉を寄せた表情で、嫌々とばかりに言葉を紡いでいる。

「時間を取らせてすまないな。妹君は？」

「体調を崩しまして、部屋で休んでいます」

「そうか、あとで見舞いの品を贈ろう」

「ありがとうございます」

ロザリアがリベルトの対面にあるソファーに座ると、カミラが紅茶の支度を始める。手際よくロザリアの前に紅茶を用意すると、リベルトのカップも新しいものと取り替えた。

頭を下げ、壁際で控えようとするカミラに、リベルトが声をかけた。

「カミラ、下がっていい」

「ですが妙齢のお二人を……」

「その扉を開けておけ。異変があれば兵が気付く」

「かしこまりました」

それ以上反論することもなく一礼したカミラは、指示通りに扉を薄く開いたまま退室していく。扉の向こうには兵が二人、槍を手にしているのが見える程の距離感だった。

ロザリアはソーサーとカップを手にすると、紅茶をいただくことにした。立ち上る香りを楽しんでからカップを口元に寄せる。

「無理強いされただろう。すまなかった」

「それは否定しませんけれど、竜王様も同じでしょう？」

「ああ、そうだ。執務室からルーゲに追いたてられた」

音を立てずにカップをソーサーに戻し、茶器をテーブルに置いたロザリアは膝の上で手を揃えた。

「……竜王様、言葉を崩しても？」

「構わない、普段通りに話してくれ」

「ありがとうございます。では竜王様もどうぞ普段通りに」

カップを戻したリベルトは、怪訝そうに片眉を上げる。鋭いその仕草に萎縮する事もなくロザリアは肩を竦めた。

「硬すぎるのよ、言葉も仕草も。まるで取り繕っているみたいにね」

「さすがの観察眼だな。玉座に座るまでは傭兵《ようへい》みたいなものだったんでね、優雅な振る舞いには慣れていないんだ」

「あたしは魔女よ。変な振る舞いはしなくて結構。それで、竜王様に確認したいんだけど……あたしを妃にするつもりはないのよね？」

「ないな」

躊躇もなく、迷いもなくきっぱりと紡がれた否定の言葉。それを聞いたロザリアは可笑しそうに肩を揺らした。

「それを聞いて安心したわ」

安堵の息をついたロザリアは背凭れに深く体を預ける。貴族のように振る舞えないのはロザリアも一緒だった。

「俺からも聞きたいことがある。……八年前、俺の命を救ったのはお前か？」

「あたしじゃない」

「ということは妹の方か？」

「あの子は声が出ないから、魔法の詠唱が出来ないわ」

リベルトは長い足を組み直すと、肘掛けに肘をついて眉を寄せた。

「じゃあ俺を助けたのは誰だよ」

「知らないわよ。夢でも見ていたんじゃないの」

「そんなわけあるか。動物達に先導されて、あの子を家に送り届けた。お前達の住むあの家にな」

「でも助けたのは本当にあたしじゃない」

リベルトはロザリアをじっと見つめた。その天色の瞳に虚偽の揺らぎは見受けられなかった。——この女は嘘をついていない。

ロザリアもリベルトをまっすぐに見つめた。この竜王が敵になるのかそうじゃないのか分からない。

——それでもオリヴィアの事は明かせない。

「一体俺を助けたのは誰なんだ」

「さぁね、動物達に聞いてみたら」

「聞いたさ。俺が王になってすぐの頃にな。だが奴等《やつら》はその件に関しては口を閉ざす。誰かと約束でもしているみたいに」

「……動物達の声が聞こえるの？　竜族ってみんなそうなの？」

「俺は昔から、そういう声が聞こえるだけだ」

「そうなの……」

オリヴィアと同じだと、ロザリアは思った。

妹も物心ついた時には動物達と言葉を交わしていた。そういえば黒竜には動物達が懐いていたと言っていた。だからオリヴィアは黒竜の事を放っておけなかったのかもしれない。

「別に嫁にするために、命の恩人を知りたいわけじゃないんだ。ただあの時の礼を言いたいだけで」

「じゃあ何であんたんとこのお偉いさんが、あんなにも嫁取りに熱心なわけ？」

「それは……面倒だったんだよ」

気まずげにリベルトが視線を逃がす。

ロザリアはそんな様子を見ながらカップを手にすると、冷めた紅茶を一気に呷《あお》った。

「即位してからずっと嫁を取るよう言われ続けているんだ。拒み続けるのも面倒になって、あの子ならって口走ってしまっただけだ」

「なによそれ、呆《あき》れた。じゃあやっぱりその治してくれた子が見つかったらって、下心があったんじゃない」

「そうじゃない！　まさか連れてくるとは思わないだろ。来ると聞いても、あの時の礼を言ってそれで終わりになる予定だったんだ」

　リベルトは額に片手をやると、苛立ちをごまかすように前髪を力任せに乱した。そのまま後ろに撫で付けると盛大に溜息をつく。

「あんたの不用意な発言であたし達が巻き込まれたのね。本当に最悪だわ」

「それは悪かったと思ってる」

「妹に近付かないでよ？　手を出したりなんてしたら、魔女の力すべてを使って呪ってやるわ」

「出さないから安心しろ。冗談に聞こえないからタチが悪い。……ルーゲには言ってあるんだが、あいつも俺を心配しての事だと思うと強く言えなくてな」

　リベルトの口から出た名前に、ロザリアは眉を顰めた。

　オリヴィアが悪意を感じている——狸親父。

「……信頼してるのね」

「まぁな。この城にいる奴等も、悪気はないんだ。付き合わせるお前達には悪いが、それも俺がなんとかする」

　この状況で悪意の事を、靄の事を話しても信じては貰えないだろう。ただ仕事で訪れただけの魔女よりも、ずっと一緒に過ごしている同族の事を信用するに決まっている。

　それにオリヴィアには悪いけれど、そこまでこの竜王に肩入れするつもりもない。そんな事を考えて、ロザリアは首を突っ込むのをやめた。介入する義理もない。

「あたし達は仕事をするだけよ。さっさと済ませて出ていけるように、気を配ってよね。これからもこんなのに付き合ってなんていられないもの」

「ああ。変な誘いがあったら遠慮なく断ってくれていい」

「そうするわ」

ロザリアは立ち上がるとドレスの裾を軽く直した。歩きにくいその衣装に内心で悪態をつくけれど、さすがに裾をまくって歩くわけにもいかずゆっくりとソファーを離れる。

「ではお先に」

「ああ、妹に宜しく伝えてくれ」

「はぁ？　あんたやっぱりオリヴィアに気があるんじゃないでしょうね」

「社交辞令だ、バカ」

振り返ったロザリアは、思いきり顔をしかめると舌を出して部屋を後にした。足取りこそ淑女のそれだが、放つ気配が怒りに満ちている。

残されたリベルトは肩を揺らして笑った後に、ふと記憶の中の少女を思い返した。うすぼんやりとした視界の中に映ったのはピンクの髪。そうだ、赤いリボンが頭の上で揺れていたのを思い出す。見つめてくる瞳は……一体何色だったのか、声は今でも簡単に思い出せるのに、瞳の色は分からないままだった。


今日も解呪の仕事を終え、部屋に戻るとオリヴィアはすぐにソファーへ倒れ込んでしまった。悪意に晒《さら》されるというのはやはり辛い。休んで回復したとはいえ、その後の解呪で悪意の残り香に中《あて》られたのかもしれない。

「大丈夫？　もう休む？」

心配そうに顔を覗き込む姉に、オリヴィアは微笑《ほほえ》んで見せる。抱えたままの魔法黒板に文字を紡ごうとすると、その手はロザリアにぎゅっと握られてしまった。

「無理はしちゃだめよ」

頷いたオリヴィアは深い深呼吸を繰り返してから体を起こす。まだ心配そうな顔をしている姉に目を細めると、改めて魔法黒板と白墨を手に取った。

――大丈夫。ご飯も食べられるし、お風呂に入って眠ったら元気になるわ――

「そう？　もう少し強い護符を作ろうか？」

――ううん、護符が強くても直接悪意を向けられると同じだと思うから。靄のある人には近付かないようにする――

どれだけ護符の力が強くても、悪意を直接ぶつけられては意味がないのだ。それならば今まで通り、悪意の靄を纏う人には近付かないようにと自衛するしかない。

コンコンコン――

ノックの音に二人とも身構える。そんな互いの様子に気付いて、可笑しそうに二人で笑った。

「はい」

ロザリアの声に応じて扉が開く。そこに居たのは侍女長のカミラだった。あの悪意を向けてくる侍女ではなかった事に、オリヴィアは内心で安堵していた。

「お食事をお持ち致しました」

「ありがとうございます」

二人掛けのテーブルに手際よく夕食を並べたカミラは一礼して去っていく。昨日のようにルーゲが現れて「竜王様と……」と言われる事も無かった。

カミラの気配が遠ざかったのを見計らって、ロザリアが部屋全体に結界を張る。盗聴防止でもあるし、身の安全を守るためでもあった。

「食事を頂きましょうか」

姉の声にオリヴィアは頷いて、共にテーブルについた。

昨日の夕食は全てをテーブルに載せられないほどのフルコースが出てきた。食べきれないので減らしてほしいとお願いした事を聞いて貰えたようで、今日は一般的な量のプレートに落ち着いている。

こんがりときつね色に焼かれたクッペはクーペも綺麗に開いている。メインはピンク色が美しいローストビーフ。添えられた色鮮やかなサラダには柑橘《かんきつ》系のドレッシングがかかっているようだ。断面が綺麗なパテはサーモンとチーズだろうか。薄緑色のポタージュからは爽やかな豆の香りがしていてとても美味しそう。デザートのアップルパイも一緒に並べてくれている。

食欲をそそる香りと色彩に、オリヴィアのお腹《なか》が空腹だと訴えてくるほどだった。

「美味しそう。——今日の恵みに感謝を」

ロザリアが手を組み、食前の祈りを捧《ささ》げる。オリヴィアも同じように手を組んで、心の中で感謝を捧げた。

それからフォークを手にしたと同時に、また部屋の扉をノックする音が響く。

クッペを割っていたところを邪魔されて、舌打ちをしたロザリアは結界を解くと扉に近付いていくけれど、オリヴィアは姉の様子に苦笑いしか出来ない。姉は食事の邪魔をされる事を嫌うのだ。

「どなた？」

「竜王陛下の補佐官をしております、ディーター・デリウスと申します。お食事時に申し訳ありません」

ロザリアが扉を開けると、灰色の髪を後ろで結んだ人の良さそうな文官が立っていた。色とりどりの花々が飾られた籐《とう》の籠を両手に持って。

「オリヴィア様に陛下よりお見舞いの花です」

それを聞いたオリヴィアはテーブルを離れて扉に歩み寄る。差し出された籐籠を両手に受け取ると、柔らかな花香が鼻を擽った。その花の美しさに表情を綻ばせたオリヴィアは礼を告げようとするも、魔法黒板はテーブルの上だ。どうしようかとテーブルとディーターとに交互に視線をやる。

（どうしよう。取りに行く為にここを離れるのも失礼になる？　でもこのままじゃお礼も伝えられない……）

そんなオリヴィアの慌てたような様子を見て、ディーターはにっこりと微笑んだ。

「そのお顔を見れば分かりますよ。喜んでいたと陛下にお伝えしても？」

ディーターの言葉にオリヴィアは何度も頷いた。お礼の言葉を伝えて貰えるなら有り難い。

「かしこまりました。では失礼致します。お食事中、お邪魔しました」

朗らかな雰囲気を纏ったディーターは一礼してその場を後にする。それを見送ってからロザリアは静かに扉を閉めた。

「よかったわね。あの竜王様も律儀なところがあるじゃない」

ロザリアの口元も綻んでいる。オリヴィアはひとつ頷いてから部屋を見回した。

どこにこのお花を飾ろうか。枕元だと香りが強いかもしれない。鏡台だと少し存在感がありすぎる？

悩んだ結果、オリヴィアは出窓にその花を飾ることにした。日中はレースのカーテンが引かれているから、花が傷んでしまうこともないだろう。

ロザリアが結界を張り直してから二人はテーブルに戻り、食事を再開する事にした。

――お茶会はどうだった？――

魔法黒板にそれを紡ぐと、白墨をフォークに持ち変えたオリヴィアはサラダを口にする。クッペを千切って口に運んでいたロザリアは、咀嚼《そしゃく》して飲み込んでから口を開いた。

「どうって言ってもねぇ……特別な事は何もなかったわよ。ああ、でも竜王があたし達をお妃に迎えるつもりはないって、はっきりとした言葉を聞けたのは良かったかもね。魔女を妃に求めているのはあのルーゲって男だけみたい。単なる政略結婚を恩人云々《うんぬん》の建前で隠しているだけだわ」

ロザリアの言葉にオリヴィアは頷いた。政略結婚という姉の言葉がすとんと心に落ちる。恩人だから妃にだなんて、そんなのお伽噺《とぎばなし》の中だけだもの。

話を振ると、あとはオリヴィアは聞き役に回る事が多い。食事をしている時は殊更に。

「命の恩人を探しているのは、お礼を伝えたいからって言ってたけど……どうする？　あの時の事を話す？」

問いかけにオリヴィアは首を横に振る。

スプーンでポタージュを口に運んだ。青臭さはなく滑らかでとても美味しい。見れば豆料理が得意ではない姉も好んでいるようだ。家でも作ってみようか。

「あんたがそう言うなら、それでいいわ。助けたのは妹かって聞かれたけれど、あたしは妹は声が出ないとだけ言っておいた。……まぁ嘘はついていないわよね。いつから声が出ない、なんて聞かれていないもの」

肩を竦めて見せるロザリアの様子に、オリヴィアは声無く笑った。

それだときっと竜王は、生まれた時からずっとだと思うことだろう。

お茶会の話題はそれで終わりになった。明日の仕事の内容を確認しながら、二人は食事を楽しんだのだった。

ふわりと花の香りがする。爽やかな香気が部屋を満たしていた。


入浴を済ませたオリヴィアは、寝着の上にガウンを羽織ってバルコニーに出ていた。

この後は天気が崩れるかもしれない。風にほんのりと雨の気配が混ざっている。

湯浴《ゆあ》み後で髪を下ろしているオリヴィアは、胸下まで伸びた髪を背に払った。やっぱり結んでいる方が楽で好きだ。

浴室から調子外れの鼻唄が聞こえてきて、オリヴィアは表情を綻ばせた。使っているのは姉だが、なんだか機嫌がいいらしい。

ロザリアはオリヴィアの使う魔法黒板を改良したいのだと、食事後はそれに向き合っていたのだ。すぐに改良出来るものではないらしいが、数日中にはもっと使いやすく出来るだろうと言っていた。魔導具に向き合っている時のロザリアは生き生きとして瞳も輝いている。そんな姉の様子を見るのがオリヴィアは大好きだった。

月に薄雲がかかっている。綺麗な弓張月だった。

何をするでもなく、ぼんやりと空を眺めていたオリヴィアは草を踏みしめる足音がする事に気付いた。そちらに目を凝らしてみると、月明かりを受けて金色が煌めくのが分かった——あれは竜王だ。

リベルトもオリヴィアに気付いたのか、バルコニーの下までやってくる。

掛けられる声もなく、この暗さでは魔法黒板も用を成さないだろう。困ったように眉を下げたオリヴィアは、そっとリベルトに手を振った。

自分でも、どうしてそんな事をしたのかは分からなかった。

「下がっていろ」

リベルトの声に従って、オリヴィアが数歩下がる。一体何だろうと首を傾げたのも束の間で、ばさりと翼をはためかせる音がしたかと思うとリベルトがバルコニーまで飛んできていた。

背中には竜の翼、頬や手の甲には黒い鱗が浮き出ている。半竜姿では瞳孔が縦に割れて、金の虹彩《こうさい》が人の姿の時よりも深い。

月影に照らされるその姿は息を呑むほどに、美しかった。美しくて、ぞっとする程の恐ろしさまで感じる程に。

（そうだ、お花のお礼を言わないと）

ふと我に返ったオリヴィアは口を開くも、当然声が出る事はない。魔法黒板は室内だ。取ってくるまで待っていてくれるだろうか。そんな事を思い巡らせていると、リベルトがくつくつと低く笑った。

「話す手段だろ？　俺は唇が読めるから大丈夫だ」

唇が読める。

そんなスキルをどうして身に付けているのか気になったものの、そう言うのならとオリヴィアは口を開いた。

『お花をありがとうございました。とっても綺麗です』

いつも魔法黒板に書きながらしているのと同じように、唇が言葉を紡いでいく。それが音に変わる事はないし、今ももちろん同じだった。だが――

「どういたしまして。もう体調はいいのか？」

『ええ、時々臥《ふ》せってしまうだけだから』

「そうか。無理はするなよ。あの呪われた魔導具だって、使えないならそれでもいいんだ」

会話が成立している。

その事にオリヴィアは、何とも言えない喜びが胸の内に湧き立つ事を感じた。嬉しさに笑み綻ぶとリベルトも金の瞳を細めた。

『魔導具は解呪してあげないと。その役目を果たせないのは可哀想《かわいそう》だから』

「そういうものか？　まぁ、お前達が辛くないならそれでいいんだが」

ひとつ頷いたリベルトが気だるそうに首をぐるりと回す。それだけで背中の翼は一瞬で消え、浮き上がっていた鱗も無くなっていた。

「お前に聞きたいことがあるんだが」

『なんでしょう』

「……八年前、俺を救ったのはお前か？」

『わたしは魔法を使えないわ』

「あの子は魔法を使わずに、歌う事で俺の傷を癒したんだが」

『声が出ないのは、あなたも見ての通りよ』

「そう、か……。いや、悪い。お前の姉さんにも言われてたんだが……俺を救ったのはお前達じゃないって」

リベルトは小さく溜息をついた。その様子が余りにも哀《かな》しそうで、思わずオリヴィアはリベルトの腕に自分の手を添えていた。

温もりに、リベルトは伏せていた視線をオリヴィアに向ける。

『竜王様はどうしてそこまでして、その子を探すの？』

「深い理由なんてねぇよ。ただ、あの歌声が耳から離れねぇんだ」

『そう……』

リベルトの言葉に、不思議と喜びを感じる反面、オリヴィアは深い悲しみも感じていた。この人にわたしはもう歌ってあげる事が出来ない。その想いが暗い影となって心に刺さる。

「お前達が何を隠してるのかは知らないが、あの子の事を知っていたら教えてほしいってだけだ」

『どうしてわたし達が隠し事をしていると？』

「俺は動物達に連れられて、あの子を家に送り届けてるんだよ。お前達の住む、あの赤い屋根の家にな」

『勘違いじゃなくて？』

「あの森の中に、他に家が建っているなら教えてほしいぜ」

リベルトが盛大に肩を竦めて見せる。その様子が何だかひどく幼く見えて、オリヴィアは笑った。声はないけれど楽しげな様子に、リベルトも表情を和らげる。

「ちょっと！　妹に手を出さないでって言ったでしょ！」

「でかい声で人聞きの悪い事を言わないでくれるか」

風呂から上がったロザリアがガウンを羽織りながら、バルコニーに飛び出してくる。その剣幕に思わずオリヴィアは笑ってしまった。

「オリヴィア、大丈夫？　変な事はされてない？」

オリヴィアを背に隠しながら、ロザリアが心配そうに問いかける。魔法黒板を手にしていないオリヴィアは言葉を伝える術を持たず、何度も頷いて見せた。

「ただ話してただけだろ」

「こんな時間に女の子の部屋に侵入すること自体が、間違ってるって言いたいのよ」

「部屋には入ってないんだが」

「もう！　ああ言えばこう言うんだから。めんどくさい男ね」

今にも噛《か》みつきそうな程に怒りを露にするロザリアを、リベルトは軽く流すばかりだ。

それをどう宥めようかと考えていたオリヴィアは、ロザリアの髪から雫《しずく》が滴っている事に気付いた。

髪も乾かさないで飛び出してきてくれたようだ。

『姉さん、風邪をひいちゃうわ』

「風邪をひくって言ってるぞ」

「え、なに……？」

オリヴィアの唇を読んだリベルトがそれを伝えるも、ロザリアは何の事かとばかりに困惑の声を漏らす。オリヴィアは濡れた髪に触れながら再度口を開いた。

『髪を乾かさなくちゃ。部屋に入りましょう』

「髪を乾かすから、部屋に入ろうってよ」

「……あんた、オリヴィアの声が聞こえるの？」

「唇が読めるんだよ、俺は」

「……っ、ふん！　唇が読めるからって、勝った気にならないでよね！」

「何の勝負だよ」

半ば威嚇するようなロザリアの様子がまるで怒った猫のようで、オリヴィアは肩を揺らして笑いだしてしまう。そんな妹の様子に、ロザリアもようやく表情を和らげた。

「入りましょう、オリヴィア。今日も一緒に寝ましょうね」

「おい、お前の姉さんは何を張り合ってんだ」

『さぁ？』

「まぁいいけどよ。おやすみ、オリヴィア。俺の事はリベルトと呼んでくれ」

片手を振ったリベルトはその手を手摺《てすり》に掛けて、軽い身のこなしで飛び降りる。それを見送って、オリヴィアはロザリアと共に室内に戻った。

ロザリアの髪はすっかり冷えてしまっている。

「……何を話していたの？」

——助けたのは誰かって、それを聞きたかったみたい。わたしは魔法も使えないし、声も出ないって言ったら納得していたみたいよ——

「そう……」

鏡台で髪を乾かすロザリアの隣に椅子を持ってきて、オリヴィアはそこで魔法黒板に言葉を紡ぐ。その様子を見たロザリアの瞳に、一瞬翳りが差したのをオリヴィアは見逃さなかった。

——どうかしたの？——

「……悔しいだけ。あの男なら、オリヴィアがそれを使わなくてもお喋《しゃべ》り出来るのかと思うと。絶対にそれを改良して、もっとあんたがお喋りしやすいようにしてやるんだから……熱っ！」

ぐっと力を込めた拍子に、手元の魔力調整が狂ったらしい。髪を乾かす為に手元から出していた温風が熱くなりすぎて、ロザリアは顔をしかめた。

——大丈夫？——

「ええ、大丈夫。これも全てあの男のせいだわ」

八つ当たりにオリヴィアは苦笑いだ。それでも姉の気持ちが嬉しくて、そっとその肩に頭を寄せた。

（そういえば、あの人はわたしの名前を呼んだわ）

その事に気付いたオリヴィアは、胸の奥のもっと深くが、ずくんと痛んだような気がして吐息を漏らした。その痛みが何なのか、まだ知りたくはなかった。


オリヴィアとロザリアが部屋で昼食を頂いて、廊下から吹き抜けの回廊に出ると柔らかな春の風が吹き抜けていった。

緑の匂いを含んだ風が、下ろしたままのロザリアの髪を揺らしている。まるで春花のようなピンクゴールドの美しい輝きに、隣を歩くオリヴィアの頬は緩むばかりだ。

（綺麗……きらきらしてる）

そんな事を考えながら姉の髪を横目で見ていると、目が合った。隠れて視線を送っていたつもりなのに、バレバレだったようだ。

「どうしたの？」

笑み交じりの優しい声に、オリヴィアは首を横に振った。魔法黒板は両腕でしっかりと抱えているけれど、いま思っていたことを伝えるのは何だか恥ずかしかったからだ。

「ふふ、何か考えていたでしょう。当てて見せるから——うわ」

弾むような声が一転して悪態へと変わる。足を止めたロザリアの視線はまっすぐ前に向けられていて、リベルトとその側近達も近くで足を止めた。オリヴィアは姉の様子に困ったように眉を下げつつ、そっと頭を下げた。この人達からは悪意を感じない。

「いきなり悪態か」

「悲鳴をあげられるよりいいんじゃないかしら」

不機嫌そうなロザリアにリベルトは肩を竦めて見せる。その雰囲気に棘はなかった。

リベルトの後ろには前に花を届けてくれたディーターと、緑の髪を短く整えた青い鎧の騎士が控えている。オリヴィアの視線に気付いたのか、二人は軽く頭を下げてくれた。

「こんにちは、ロザリアさん、オリヴィアさん。こちらの彼は陛下の護衛騎士でパトリックといいます。お二人はこれからお仕事ですか？」

「こんにちは、ディーターさん。パトリックさん、どうぞ宜しく。あたし達はお昼も頂いたので仕事に戻ろうかと。魔導具はまだ沢山ありますから」

「お疲れ様です」

「俺に対する態度と違いすぎないか」

呆れたような溜息をつくリベルトに、可笑しさを隠せずにオリヴィアは肩を揺らしてしまう。リベルトに会うのはあのバルコニーで会ってから、二日ぶりだ。あの時に感じた胸の奥が疼《うず》く感覚は無くなったと思っていたのに、彼に会うとまたそれがぶり返す。

「……ん？」

何かを感じ取ったのか、リベルトが周囲に視線を巡らせる。不思議そうにしながらも確認するような金の眼差しがオリヴィアで止まった。

どうかしたかと首を傾げたオリヴィアに近付いたリベルトは、オリヴィアの頭に顔を寄せた。

「な、っ！」

慌てたようなロザリアがオリヴィアの腕を強く引く。オリヴィアも後退《あとずさ》ってリベルトから距離を取った。熱を持ち始めた頬を片手の甲で押さえながら。

「変態！　オリヴィアに手を出したら呪ってやるって言ったでしょ！」

周りの視線に気付いたようにリベルトが頬を掻《か》く。ロザリアが噛みつくような視線を送りながらオリヴィアを背に隠し、ディーターもパトリックも呆れたような目でリベルトを見ていた。

「人聞きの悪い事言うな。別に手を……これは俺が悪いのか？」

顔から熱が引く気配のないオリヴィアは、ロザリアの腕に手を絡めながら深呼吸を繰り返した。鼓動が早くて、胸の奥がぎゅっと苦しくなる。

（ただ距離が近かっただけなのに。こんなに顔が赤くならなくたっていいじゃない。……恥ずかしい）

異性と近付くことに慣れていないからなのか、それともリベルトだからなのか。そのどちらもありそうで、どちらでも恥ずかしい事には変わりがない。

オリヴィアが動揺したのと同じくらいに、リベルトの瞳にも動揺の色が濃く映っていた。

「違う、別に疚《やま》しい気持ちがあったわけじゃない」

「じゃあ何だって言うのよ！」

「薬の匂いがしたんだよ」

その言葉にオリヴィアは目を瞬いた。確かに今朝、マジックバッグに入れておいた薬草を薬に変えた。薬を作るのが好きなオリヴィアが気分転換に行った、ほんの少しの時間のことだった。

匂いの強い薬草ではなかったし、出来上がった薬だってそうだ。自分では薬の匂いは分からなかったけれど、そんなにも強く漂っていたのだろうか。

思わず首を傾げてしまうと、リベルトが少し眉を下げた。

「……俺は鼻がいいんだ。薬を飲むような何かがあったのかと思っただけで、それ以上に何か思ったわけじゃない」

彼の様子から、それが本当の事なのだと伝わってくる。きっと心配してくれたのだ。それが伝わったのかロザリアの纏う空気が少し落ち着いたのがオリヴィアにも分かった。

（そういえば……あの黒竜も鼻先を近付けてきたわ。あの時も何か匂いを確かめていたのかもしれない）

幼い頃の黒竜といまの彼の姿が重なるようで、オリヴィアはふっと表情を和らげた。ただ懐かしい気持ちでいっぱいだった。

『わたし達が薬を使ったわけじゃないわ。薬を作るのはわたしの趣味で、今日は時間があったから少しそれをしていただけよ』

「そうか……それならいいんだが」

オリヴィアが唇を動かすと、ほっとしたようにリベルトが笑った。細められた金の瞳が綺麗だと思った。

「大丈夫、ということですかね？」

「ええ。今朝、オリヴィアが趣味の調合をしていただけよ」

そのディーターの言葉に、魔法黒板を使っていなかったことにオリヴィアは気付いた。リベルトは分かってくれるけれど、他の人には伝わらないのだ。オリヴィアは申し訳なさに眉を下げたけれど、ディーターもパトリックも気にしていない様子だった。

「薬……といえば、少々困ったことがありまして」

手元の書類に目を落としながらディーターが困ったように声を落とす。

わざわざオリヴィア達に伝えようとするのだから、きっと魔女の力が必要なことなのだろう。

「まだ王都まで来てはいないのですが、辺境で病が流行っている報告があがってきているんです。王都から薬を提供しているので重篤なものにはなっていないのですが、薬の在庫が減ってきていまして。オリヴィアさんは薬草に関しての知識は……？」

「この子は薬草の選別だって上手よ。オリヴィアの作る薬はよく効くんだから」

ディーターの問い掛けに、得意げに応えたのはロザリアだった。まるで自分のことのように胸を張っている様子に、オリヴィアは少し恥ずかしくなる。でもそれ以上に嬉しく思うのも本当だった。

「魔導具の件とは別に、薬草採取の依頼もお願いできないでしょうか。もちろん報酬は別にお支払いします」

「俺からも頼みたい。契約が必要なら俺が契約者となる」

ロザリアはオリヴィアへと顔を向けた。どうするかを問いかけているのは伝わってくるけれど、オリヴィアの気持ちはもう決まっていた。大きく頷くとロザリアも応えるように頷いた。

「薬草は何が必要なんです？」

「ラドンナ草です」

「ああ……確かに数を確保するのが難しい薬草ですね」

ラドンナ草は採取も運搬にも注意が必要な繊細な薬草だった。でもオリヴィアにとっては他の薬草と変わらない。問題なく採取できるものだった。

「お受けしましょう。契約は結構ですが報酬は頂戴します」

ロザリアの言葉に、リベルト達がほっとしたように表情を和らげた。

竜族が薬草不足で大変な思いをしているのは分かっていながらも、オリヴィアは浮足立つ気持ちを抑えられずに笑みを零《こぼ》した。薬草を採取するのなら森に行けるからだ。

「じゃあ……リベルトとリックがついていくでしょ？」

「そうだな」

「はぁ!?　採取場所を教えてくれたらいいわ。あたしとオリヴィアだけで問題ないもの」

ディーターの言葉にロザリアは眉を寄せた。それもそうだとオリヴィアも思った。薬草採取にわざわざ王様がついてくるなんて、聞いたことがないもの。

「竜に乗って行けばすぐですし」

「あたし達は移動手段を持っているから平気」

「そう言わずにつれていってください。我らが竜王は連日働いているので気分転換をして頂きたいと臣下としては思っているのです」

「気分転換ならお好きにどうぞ。あたし達とは別にね」

ロザリアの纏う空気が鋭くなる。この人も竜王と魔女を番《つが》わせようとしているのか。

そんなロザリアの様子に気付いたディーターが慌てたように、顔の前で両手を振った。

「すみません、そういうつもりではなかったんです。こうでもしないと陛下は机から離れないものですから……。森には魔獣も多く出ますし、陛下とリックがいれば魔獣が近付く事もないからと思っただけなのです。あなた達が魔女だという事も、充分にお強い力を持っている事も承知しているのですが」

肩を落としたディーターに相変わらず悪意の靄は見えない。この人はただ純粋に、オリヴィアとロザリアの心配をしていただけなのだ。そう思ったオリヴィアはロザリアの腕に手を掛けた。

オリヴィアに視線を向けたロザリアも、オリヴィアと同じ気持ちでいるようだった。不機嫌そうに寄せられていた眉が、今は下げられている。

「……狸親父には言わないでよね。面倒な事になるのはごめんだわ」

ロザリアの言葉に、リベルトもディーターもパトリックも可笑しそうに笑った。

オリヴィアはロザリアと共に、姉の魔力で生み出された大きな青い鳥の上にいた。ふかふかとした羽毛は、本当の鳥に触れているかのように柔らかい。

ロザリアが魔法障壁を展開しているおかげで風のほとんどが遮られ、気持ちの良いそよ風がオリヴィアの頬を擽っていった。

青鳥と一緒に空を飛ぶのは黒竜と緑竜。緑竜は先行するように少し先を飛び、周囲へと警戒するような視線を向けていた。

黒竜は青鳥の隣を飛んでいる。オリヴィアが子どもの頃に見た時よりも大きくて、美しい竜。金の瞳がオリヴィアを捉えたかと思うと、笑ったかのように細められる。見ていたことを知られるのも何だか恥ずかしくて、オリヴィアの頬にまた朱が差した。

「降りるみたいね。オリヴィア、掴《つか》まっていて」

緑竜が降下していく。オリヴィアはロザリアに言われるままに、鳥の背に着けられているベルトをぎゅっと握った。

青鳥はゆっくりと旋回するようにして高度を下げていき、森の中へとその身を下ろした。異質な気配に怯《おび》えた鳥達が入れ替わるように空へと飛び立っていく。

オリヴィアとロザリアが鳥の背から降りると、黒竜と緑竜も人の姿へと変わっていくところだった。黒竜はリベルト、緑竜はパトリック。光に包まれた竜が人の形へ変わっていくところは不思議で、神々しささえ感じる程に美しくもあった。

「すごいですね、その鳥。竜の飛行についてこられる鳥は初めて見ました」

「あたしの魔力で作られた鳥だもの、普通の鳥とは違うのよ」

感心したようなパトリックの言葉に、鳥の喉を撫でながらロザリアが得意げに笑う。気持ちよさそうに目を細めた鳥が一度大きく体を震わせたかと思えば、青い光の粒子となってロザリアの持つロッドへと消えていった。

「疲れていないか？」

オリヴィアは掛けられた声の方へと顔を向けた。大きく伸びをしているリベルトに笑みを浮かべながらオリヴィアはひとつ頷いて見せた。

「ラドンナ草が生えているのはすぐそこだ。リック、先導してくれ」

「了解」

パトリックが先頭を歩き、その後ろをロザリアとオリヴィアが並んで歩く。最後尾はリベルトが歩き、これではまるで後ろからの襲撃に備えているかのようだとオリヴィアは思った。

彼は竜王で、その身は尊いものなのではないだろうか。薬草採取の護衛のような役回りをする必要があるのだろうか。

そんなオリヴィアの疑問を感じ取ったかのように、隣を歩くロザリアがちらりと後ろに視線をやった。肩を竦めてからオリヴィアの手を繋いで軽く揺らす。

「気にしなくていいんじゃないかしら。本人がそうしたいと思う事に、他人が口出しするのも野暮ってもんよ」

確かにそれもそうだ。納得したオリヴィアはロザリアの手を自分からもぎゅっと強く握り直した。

数分歩いたら急に場所が開け、小さな泉が姿を現した。

泉を取り囲む草花は木漏れ日を浴びてきらきらと輝いているようにも見える。

「ここは薬草の群生地なのだが、ラドンナ草もあるだろうか」

足を止めたパトリックが問いかけてくる。大きく頷いたオリヴィアは周囲を気にする事なく駆けだしていた。

メイロウ、キビの実、クコン草、レンジュの花にミンガの実も生《な》っている。それからラドンナ草も春風を受けてゆらゆらと揺れていた。

大きく息を吸い込むと様々な草花の香りが胸を満たす。色濃い緑の香りに満足したオリヴィアは肩から下げていたマジックバッグの中から、小ぶりのナイフを取り出した。慎重に鞘《さや》を外してから肩越しに振り返る。

その視線を受けてロザリアがオリヴィアに歩み寄った。二人で土の上に膝をつくと、オリヴィアの持つナイフにロザリアが手を伸ばす。ロザリアの髪が魔力を帯びてふわりと舞った。天色の瞳が色を濃くする。

翳した手から光が雪のように舞い落ちて、ナイフに触れると同時に弾けて消えた。ナイフは白い光を帯びている。オリヴィアはマジックバッグから白く透き通る氷のような魔導具を取り出して、それを土の上に置いてからひょろりと長く伸びた草を根本近くで刈り取った。

切り口を魔導具の上にぴたりとあてる。その瞬間、青く点滅した魔導具から冷気が漏れ出て――草の切り口は小さな氷で覆われていた。

「……それがラドンナ草なのか？」

いつの間にか近付いてきていたリベルトが、二人の手元を覗き込んでいる。オリヴィアは一つ頷くとマジックバッグから取り出した布の上にラドンナ草をそっと置いた。

「ラドンナ草は光を帯びた刃で切らないと、すぐに枯れてしまうの。萎《しお》れるのも早いから切り口を魔氷で凍らせるといいのよ。衝撃にも弱いから、布で包んでマジックバッグで運ぶの」

「光の刃で切るのは知っている。うまく切り落とせてもすぐに萎れてしまうから、取り扱うのが難しい薬草だと聞いていたんだが……」

驚いたようにリベルトが金の瞳を瞬かせている。パトリックもどこか唖然《あぜん》としたように、オリヴィアの手元を見つめていた。

「魔氷がいいって発見したのはオリヴィアなのよ。魔女の世界ではもう共通認識になっているんだから」

腰に手を当てて胸を張るロザリアの様子に、オリヴィアは肩を揺らした。

幼い頃から森で薬草を摘んでいたオリヴィアは、すぐに萎れてしまうこの草に苦慮していた。切り口に光をあててみたり、炙《あぶ》ってみたりと色々試した結果、【魔法で生み出された氷】がいいと気付いたのだ。今までも凍らせることを試した人は多くいたようだけれど、ラドンナ草が鮮度を保つにはある一定の温度しか効かない。オリヴィアは地道に試して、それを見つけたのだった。

『姉さんが切り口を凍らせる為に魔導具を作ってくれたの。これがあるから鮮度を保つのも楽になったのよ。運搬にはやっぱり注意が必要だけど』

リベルトに向かって口を動かす。やっぱり彼は唇を読んでくれるようで、感嘆したように息をつきながら微笑んだ。

「凄いな。その魔導具もだが、魔氷に気付いたお前も」

『ありがとう』

褒められると嬉しくなるのは当然の事だ。素直にお礼を言いながら、周囲に群生しているラドンナ草へと目を向けた。それに気付いたパトリックが短剣に手を掛けつつ、長く伸びた草を指差した。

「では光を纏わせた短剣で切った後に、その魔導具をお借りしてもいいですか？　皆でやれば早く終わるでしょう」

有り難い申し出だったが、オリヴィアは首を横に振った。マジックバッグから魔法黒板を取り出すと、それに文字を綴りだす。

――ラドンナ草は毒草と似ているので間違えやすいんです。パトリックさんの近くにあるそれは毒草ですね――

それを読んだパトリックは慌てて手を引っ込める。周囲に生える草を見比べては眉間に皺《しわ》を寄せて悩んでいるようだった。

――煎じて口にすると毒の症状が出るんですが、触れるだけなら大丈夫ですよ。見分け方があるんですが、最初は少し難しいと思います――

「オリヴィアに切って貰って、あたし達は凍らせたり包んだりした方が間違いないわね。そこの竜王も手伝うんでしょ」

「ああ、もちろん」

シャツの袖を捲《まく》りながらリベルトが頷いている。パトリックもやる気のようで、土の上に膝をついていた。

「温度調節が難しいから、あんたはこの魔導具を使って凍らせて。パトリックさんは凍らせた後のラドンナ草を運んで布で包んでください」

「ああ」

「承知しました」

ロザリアの指示に頷く二人の頼もしさに笑みを浮かべながら、オリヴィアはラドンナ草を刈る作業を始めることにした。

春風が頬を撫で、緑の匂いがオリヴィアを包む。柔らかな日差し、悪意とはかけ離れたこの場所で、気持ちが落ち着いていく事をオリヴィアは感じていた。

「こんなもんでいいんじゃないかしら。足りそう？」

ロザリアの声を合図としたように、オリヴィアは立ち上がった。まだ光を帯びているナイフを鞘にしまってから、マジックバッグの中に入れた。

ラドンナ草の包みは積み上がっていて、オリヴィアの腰よりも高い位置まであった。これだけあればしばらく薬に困る事はないだろう。随分採ったけれど、まだたっぷりと生えている。薬草が豊富に生えるのは、この場所が加護を受けているのかもしれないとオリヴィアは思った。

「充分だ。……正直なところ、ここまで採取できるとは思っていなかった。助かる」

「ふふん、あたしのオリヴィアは凄いでしょ」

「ああ、本当にな」

素直な賛辞にオリヴィアは恥ずかしそうに笑った。

（好きなことをしているだけなんだけど、こうして褒めて貰えるのは嬉しいわ。わたしの知識が誰かの役に立つのなら、それも嬉しい。それに……こうして森に来られるなんて思ってなかった）

そう思いながらオリヴィアは深呼吸を繰り返した。陽《ひ》はまだ高く、沈むまではまだまだ時間がある。出来る事なら今日はこのまま、森で過ごしたい。そう思ってしまうけれど、魔導具の解呪という仕事が残っている以上、そんな我儘《わがまま》を言ってはいけないというのもオリヴィアは分かっていた。

そろそろ戻ろうかと、それを綴るために魔法黒板へ手を伸ばした時だった。

「もう少し、森にいるか？」

リベルトの言葉にオリヴィアは目を瞬いた。どうしていいか分からずにロザリアへ目を向けると、姉もにこやかに微笑むばかりだ。

「この半日をお休みしたくらいで、解呪に問題があるわけでもないしね」

「本来ならこの量を採取するのに、数日はかかると思っていました。ディーターにもリベルトを休ませるように言われていますので、出来れば帰城は夕方あたりが好ましいかと」

ロザリアの隣ではパトリックも温和な笑みを浮かべている。すぐにラドンナ草を持ち帰らなくて大丈夫だと、暗に伝えてくれているのだろう。

（……いいのかしら）

胸の奥がそわそわと疼きだす。もう少しこの緑の中に居たい。悪意もなく、清らかな美しい場所に。

「いいんだよ。まだ採りたい薬草があるなら付き合うぞ」

オリヴィアの心を読んだかのように、リベルトが笑う。つられるようにオリヴィアも笑った。声はなくとも、弾むような笑顔だった。

『ありがとう。じゃあレンジュの花を少し摘んでもいい？』

「もちろん」

泉の側に咲いている花だ。遠くに行かなければ大丈夫だろう。

姉も一緒に……と振り返ると、ロザリアは泉の側にシートを敷いて座り込んでいる。マジックバッグから取り出したらしいお茶セットも用意して、今日はのんびりする事に決めたようだ。マジックバッグに手を入れて、中から取り出した剪定《せんてい》ばさみをオリヴィアへと差し出してくれる。

「あたしはここに居るわ。そこの竜王に何かされそうになったら躊躇しないで引《ひ》っ叩《ぱた》くのよ」

「何もしないが。お前の目に俺はどう映っているんだ」

呆れたようなリベルトだが、その雰囲気に棘はない。軽口の応酬にオリヴィアは目を細めながら、剪定ばさみを受け取った。

「リック、お前も待っていていいぞ」

「パトリックさんもよかったらお茶をどうぞ」

「ありがとうございます。ではお言葉に甘えて」

「お砂糖は？」

「恥ずかしいのですが五つほど入れて頂けるでしょうか」

「……甘党なのね」

パトリックはリベルトの護衛騎士だというが離れても大丈夫なのだろうか。そんな疑問も静かな森を思えばすぐに消えた。

この森の動物達が竜の存在に緊張しているのが伝わってくるからだ。興味と怖《おそ》れが入り混じった気配が森中でしている。この雰囲気の中では魔獣も出てこられないだろう。絶対的な強者に向かってくるだけの魔獣もこの森にはいなさそうだ。

「この周りにある花なのか？」

オリヴィアの歩調に合わせて歩きながら、リベルトが問いかけてくる。唇を読んで貰う為に、オリヴィアはリベルトへと顔を向けながら唇を動かした。

『ええ、この花弁が五枚の白い花。花弁の裾がドレスみたいだから、レディドレスなんて別名でも呼ばれるのよ』

「へぇ。効能は？」

『これは虫除《よ》け。乾燥させて砕いてから少しずつ燃やして煙を出すの』

「色々あるんだな」

『そのまま使うだけじゃなくて、組み合わせるとまた効果が変わったりするの。それも楽しくて』

身を屈《かが》めてオリヴィアはレンジュの花をはさみで切っていく。少し堅い茎を切ると、パチンと高い音がした。レンジュの花は香りが強い。そういえばリベルトは鼻がいいと言っていなかったか。そう思ったオリヴィアが様子を窺うと、指先で鼻を擦《こす》っている。

『大丈夫？　この花は香りが強いから……少し離れていた方がいいかもしれないわね』

「いや、平気だ。そのうち慣れる」

『そう？』

言いながらもオリヴィアはレンジュの花を摘むことをやめた。腰のポーチから布を取り出し、小さな花束程になっていたレンジュの花を包み込む。これで少しは香りも落ち着くだろう。

『次はミンガの実を採るわ。薬というよりもおやつになるくらいに、甘い実なの。食べたことは？』

「残念ながら未経験だ。食べてみたい」

『気に入るといいんだけれど』

泉から少し離れるが、まだ見える位置なら大丈夫だろう。姉とパトリックの楽しげな笑い声も聞こえてくる。

オリヴィアの腰程度の低木に生っている、赤い小さな実を潰さないようにそっと摘んだ。とても柔らかいから扱いに気を付けなければならない。赤い汁が手についたら落ちにくいということも、オリヴィアはよく知っていた。

『柔らかいから潰さないように気を付けて。指先が赤く染まったら、洗ってもなかなか落ちにくいから』

オリヴィアの忠告を受けたリベルトは、指先でそっとミンガの実を摘んだ。柔らかさを確かめるように軽く押している様子に、オリヴィアは少しハラハラしてしまった。

『もう少し摘んだら泉で洗って――』

食べよう、と続ける前にリベルトの手から水が溢れ出した。オリヴィアの手にあるミンガの実も水でさっと洗ってくれる。

（魔法も使えるのね。竜族は身体能力に秀でているから、魔法を使わない人も居るって母さんに教えて貰った事があるけれど……）

自分では生み出せないその水が、今日は何だか羨ましく思う。魔法を使えない事は自分でも分かっていて、そんな自分を受け入れていたはずなのに。喉が締まって息がしにくい感覚を誤魔化すように、濡れたミンガの実を口に入れた。

「うん、美味い」

同じように実を口に運んだリベルトが明るい声をあげる。オリヴィアの口の中にも爽やかな甘さが広がって、自然と頬が緩んでいた。甘いけれど食べ飽きない味だ。ブルーベリーにも似ているけれど、これはそこまでの酸味がない。

「甘いものが好きか？」

『ええ。でも甘すぎないでさっぱりしているものが好きかも』

「フルーツタルトとか？」

『大好き』

掌《てのひら》にミンガの実を集めながらお喋りをする。魔法黒板を使わなくても出来る会話が楽しくて、いつもよりもオリヴィアの口数は多かった。

魔法黒板に文字を綴る時は、自分の中で考えを纏めてから書く事が多かった。その分、余計な事は省いていたように思う。でもいまは――思うままに言葉を紡げる。そこに声が乗らなくても。

不意に風が吹いた。強い風に、今日も高い場所で一つに結っていたオリヴィアの髪が揺れる。風がやんだ後に、髪が崩れていないか触れて確かめているとリベルトがこちらを見つめている事に気付いた。

『どうかした？』

「いや……きらきらしていて綺麗だと思って」

ぽつりと落とされた呟きに、オリヴィアの顔は真っ赤に染まった。オリヴィアの顔を見て、自分が何を言っているのかようやく気付いたらしいリベルトの顔も赤く染まっていく。

「……ミンガの実、もう少し摘んでいくか」

『そうね』

先程の発言に触れる事無く、二人はミンガの実を摘んでいく。その顔から熱が引くにはまだ時間が掛かりそうだった。

それからお喋りをしながら薬草を摘んで、城に戻ったのは陽《ひ》が沈み始める頃だった。

久し振りののんびりとした、悪意から離れられた時間をオリヴィアもロザリアも楽しむことが出来て、二人の顔は朝よりも晴れやかだった。

その夜の食事につけられたデザートはフルーツタルトで、オリヴィアは胸の奥が不思議に疼くのを感じていた。

第二章　月映えに想いを寄せて

強い雨が執務室の窓を叩《たた》く。

風が吹《ふ》き荒《すさ》び、曇りガラスのようになった窓の向こうの景色は霞《かす》んでいる。

長年磨かれた黒檀《こくたん》の執務机は美しい光沢を放っている。リベルトはすっかりとその机で執務を行うのにも慣れてしまった。嫌いだった書類仕事も、王の座に在るからにはこなしていかなければならない。

空が光った。遅れて雷鳴が轟《とどろ》く。

轟音《ごうおん》に紛れて聞こえたのは扉を叩くノックの音。隣の机で仕事をしていたディーターが応じるべく扉に向かう。

「リベルト様、少々宜《よろ》しいですかな」

にこやかに入室してきたのは、ルーゲだった。ルーゲの肩向こうでは両手を合わせて、声を出さずに謝っているディーターが見える。

「どうした」

「ロザリア様とはいかがですか」

何となくは予想していた問い掛けだった。

既に一線から身を引いて相談役になったといえども、尚《なお》も残るこの存在感。さすがは元宰相といったところか。

「いかがもなにも、別にお前の期待しているような事はないが」

「ふむ、そうでしたか。こちらとしてもお妃《きさき》として迎え入れる準備というものがありますので——」

「ルーゲ、俺はあの魔女を嫁に迎えるつもりはない。あっちだってそんな気はさらさらないぞ」

「それは困りましたな。リベルト様には何としてでも、ロザリア様をお妃様に迎えて頂かなければ」

「大体、何で姉の方なんだ？　そこまで魔女に固執する事もないだろうが」

「何を今更。『命を救ってくれた少女なら』とリベルト様が仰《おっしゃ》ったのではないですか。魔女の姉妹であられますが、残念ながら妹君は魔法を使う術《すべ》を持たないご様子ですし、リベルト様をお救いしたのはロザリア様なのでしょう」

盛大に溜息《ためいき》をついて見せるルーゲに、リベルトは気まずそうに頬を掻《か》いた。手にしていた羽ペンを執務机に置くと、椅子の背凭《せもた》れに深く体を預け直した。

「姉は俺を助けていないと言っている」

「照れ隠しでしょう」

「……ルーゲ、何を考えている？　お前は本当に魔女を妃に据えるつもりなのか」

真っ直ぐな金の眼差《まなざ》しに射貫《いぬ》かれて、ルーゲは貼り付けていた笑みを崩した。真剣な表情で、またルーゲもリベルトを見据えていた。

「ロザリア様には第二妃となって貰《もら》うつもりでおります」

「正妃もいないのにか」

「正妃の座には竜王国の貴族令嬢を。現在の第一候補はブルマイスター公爵家の令嬢ですな」

「魔女を利用する事はできないぞ」

冷たい声だった。

やり取りを見ていたディーターが息を呑《の》む程に。声と比例するようにリベルトの金の瞳も酷薄に昏《くら》い。

「魔女を王家に取り込んで、他国への牽制《けんせい》にするつもりか？　姉を妃にして、妹も王家に縁のある者として他国へでも嫁がせるつもりじゃないだろうな」

「はっはっは、さすがはリベルト様。この爺《じい》が全てを口にせずとも全て理解しておられる」

「理解なんてするわけないだろ。嫁ぐつもりがある令嬢なら誰でもいいからお前が選べ。あの姉妹は仕事が終われば家に帰す。……いいな？」

「おやおや、宜しいのですか？　リベルト様の初恋を成就させようと、爺も努力させて頂いているだけなのですが」

「初恋じゃないし、余計なお世話だ」

冗談めかすルーゲの様子に、わざとらしくリベルトが溜息をついた。足を組み、肘掛けに頬杖をつくと、睨《にら》むように鋭い視線をルーゲに向ける。

そんな様子も気にせずに、ルーゲはまた笑みを顔に乗せた。

「リベルト様、感傷に囚《とら》われすぎてはなりませんぞ。竜王たる者、国を繁栄させる為《ため》に非情にならざるを得ない時もあるのです。使えるものは何でも使う。それでいいではありませんか。第二妃とはいえ竜王の妃という栄誉は、こちらに魔女の力を取り込む対価として充分過ぎるでしょう」

ルーゲの言葉にリベルトは眉を寄せた。

姉妹の姿が脳裏をよぎる。花のように笑う、仲の良い魔女の姉妹。あの二人を使う？　馬鹿を言うな。

リベルトが反論しようと口を開いた時、廊下を走る音が響いてきた。焦りを含んだその足音は真っ直ぐに執務室に近付いてきている。

「……ディー、開けておいてやれ」

「はいはい」

指示通りに扉を開けたディーターが扉を大きく開くのと、一人の騎士が転がり込んでくるのはほぼ同時のことだった。

「はっ、は……っ申し訳ありません、リベルト様……っ、お知らせしたい事が……！」

「何があった」

席を立ったリベルトは、床に座り込んで肩で息をしているその男の前で膝を曲げた。雨でずぶ濡《ぬ》れの騎士と視線を合わせるように腰を落として、言葉を待った。

「……鬼蛇族が！　国境の防衛砦《とりで》を襲撃しております！」

「なに!?」

息を整えた騎士の声に、ルーゲとディーターが顔色を変えて声を荒らげる。だがリベルトは眉を寄せただけだった。

鬼蛇族。

蛇が鬼を取り込んで生まれたと言い伝えがあるが、その真偽は定かではない。しかし純粋な鬼族とは違う異質な種族。

他種族を贄《にえ》として呪術の儀式を執り行い、得た力で更に強い滅びの力を得ていると言われる呪いの種族。

その牙がとうとう竜族にも向いたというわけか。

リベルトは舌打ちをすると立ち上がった。

「ディー。リックの隊を連れて砦へ向かえ。抑えられないようなら俺も出る」

「分かったよ。君が出張らなくても済むように、僕とリックで何とかしようか」

「気を付けろよ」

「分かってる。君もね」

リベルトと拳を合わせたディーターは気負った様子もなく、浮かぶ笑みも変わらない。呼吸の落ち着いた騎士を連れて、執務室を後にした。

竜族の翼を使えば砦までの距離も遠くない。砦には勇猛果敢な兵士達が集っている事もあり、リベルトは陥落の心配はしていなかった。信を置く友であり、臣でもあるあの二人が援軍を率いて赴くのなら殊更だ。

「鬼蛇族を滅ぼす時が来ましたかな」

静かになった執務室に、ルーゲの言葉が落ちた。

机に戻ったリベルトは羽ペンを手に執務に入る。視線だけを一度ルーゲに向けたリベルトは首を横に振った。

「撤退させれば充分だ。こちらから攻め入る事はしない」

「それでは鬼蛇族に殺された竜族の無念は、どうすればよいのです」

「死人が出たと決まったわけじゃない」

「出ていたら？」

ルーゲの声には苛立《いらだ》ちが含まれ始めている。それに気付いていながらもリベルトは引くつもりはなかった。

「その無念を晴らすために鬼蛇族に攻め入って、それで終わるのか？　無念の連鎖を断ち切るのも、その無念を別のやり口で昇華させるのも王としての俺の仕事だろうが。違うか？」

「……リベルト様は甘いお方だ」

ルーゲは低く呟《つぶや》いて、そのまま執務室を出ていった。リベルトは書類から目を離さずに、ペンを走らせる。

甘いことは自覚している。それで昔、足を掬《すく》われた事もある。それでも自分を歪《ゆが》める事など出来なかった。

それでいいのだと頷《うなず》くように、あの時の歌が聞こえた気がした。

＊＊＊

魔導具の解呪を始めてから、もう二週間になろうとしていた。

呪いが深いものは簡単には解く事が出来ず、幾重にも重なった魔法式を一つずつ解き明かしていく必要があった。無理に解呪を行えば溜《た》め込まれた力が暴発する可能性もあるからだった。

ロザリアは魔法式を解いていく事に専念し、オリヴィアはその補助にあたる。必要な魔導具を準備したり、魔力を多く使う時には自らも魔力を姉に流し込んだりと。二人はそうやって山積みになっていた魔導具の半分以上を甦《よみがえ》らせていった。

そんな日々を過ごしていた、ある夜のことだった。

薄くたなびく細い雲が夜空に道を作っている。薄く開いたバルコニーに通じるドアからは心地のよい夜気が部屋を満たしていた。

「オリヴィア、出来たわ！」

喜びに弾む姉の声に、ベッドの端に座って本を読んでいたオリヴィアは顔を上げた。押し花で作った栞《しおり》を挟んでから本を閉じる。

テーブルで作業をしていたロザリアの元に歩み寄ると、姉の手にあったのは魔法黒板だった。その先を察したオリヴィアは嬉《うれ》しそうに笑みを浮かべた。

「ふふん、これでもうあの竜王にも負けないわ」

得意げな姉の様子に肩を揺らしつつ、オリヴィアは魔法黒板を覗《のぞ》き込んだ。オリヴィアの両手を合わせた程の大きさで、前のものよりも小さくなっている。これなら持ち歩きもしやすそうだと、オリヴィアは笑みを深めた。

「もう白墨《チョーク》もいらないわ。ここにね、魔力を流すの」

ロザリアは両手で魔法黒板を持ち直す。親指が当たる場所には魔法石が埋め込まれていて、ロザリアの魔力に応じて天色《あまいろ》に輝いた。

「この魔法石に触れている間だけ、魔女言葉で話したいことを思い浮かべれば……。こんな感じ」

ロザリアが魔法石から親指を離す。魔法黒板には『話したいことを思い浮かべれば』と文字が浮かび上がった。

満足そうに頷いたロザリアが文字の上に手を翳《かざ》すと、音もなく文字が消えていく。後には何も残らなかった。

「魔法石に指が当たってしまっていても、魔女言葉以外認識しない仕様にしてあるから考える事が勝手に綴《つづ》られたりしないでしょ。やってみて」

魔女言葉とは魔女のみが扱える言語である。主に詠唱時の魔法式に使われる事が多く、魔女以外には言語として認識されない。

オリヴィアは唯一の術であった、歌う為の声を失ったが故に魔法を使う事は出来ないが、魔力を扱う事は出来る。姉の作った魔導具を使う事が出来るのはその為だ。

魔法黒板を受け取ったオリヴィアは、姉がやっていたように魔法石に親指を当てる。魔力を流すとオリヴィアの瞳のような碧色に輝きはじめた。

（姉さん、ありがとう）

――姉さん、ありがとう――

成功のようだ。

オリヴィアの話したい言葉が魔法黒板に浮かび上がる。その浮かび上がった文字に、ロザリアは嬉しそうに笑ってオリヴィアに抱きついた。応えるようにオリヴィアも、姉の背に手を回して抱き締める。

「これで少しは話しやすくなるでしょう？　本当は早く声を取り戻してあげられたらいいんだけど……」

――ありがとう。でもわたしはこのままでも……そうだった。声を戻して、昔みたいにお姉ちゃんって呼ばなくちゃね――

書くよりも断然早く、文字が紡がれていく。いままでよりも会話が滑らかに進みそうでオリヴィアの表情も明るくなる。

「そうよ。可愛《かわい》い声で呼んでもらわなくちゃ。とびきり甘えた声でね」

――それはだいぶ難しいけれど――

二人は顔を見合わせて、可笑《おか》しそうに笑った。

そんな時だった。バルコニーに一陣の風が巻き上がる。穏やかな夜気は強い風になってカーテンを揺らす。その正体を知っているロザリアは条件反射のようにオリヴィアを自らの背に隠した。

「あんた、また来たの？」

「悪いか」

「悪いから言ってんでしょ」

バルコニーに風を巻き上げながら降り立ったのは、半竜姿のリベルトだった。ロザリアは不機嫌さを露《あらわ》に、リベルトに人差し指を向けた。

「いい？　オリヴィアに変な事をしないでよ！」

「しないっての。お前の中で俺はどんな風に見えてんだ」

「夜に女の子の部屋に侵入する不埒《ふらち》な男」

「ふざけんな」

この二人のやり取りも、慣れたものである。

リベルトは三日に一度はこうしてバルコニーに現れては、お喋《しゃべ》りをしていくのだ。最初はもっと邪険にしていたロザリアも、少しずつ慣れてきたのかこれでも棘《とげ》を落としている。

「あたしはお風呂に入ってくるわ。オリヴィア、何かされたら遠慮なくぶん殴るのよ。違った、何かされる前に殴らないと。ああ、やっぱり何かされなくてもぶん殴って構わないけど」

「何もしないって」

ぽんぽんと打ち合う二人の軽口にオリヴィアが声無く笑う。それを見てふぅと盛大に息を吐き出したロザリアは、オリヴィアの頭をぽんとひと撫《な》でしてから浴室へと消えていった。

「ロザリアは俺を何だと思ってんだ」

『さぁ……。でも、本当に嫌だったらバルコニーの扉も開けておかないと思うわ』

オリヴィアはバルコニーへ移動して、その手摺《てすり》に両腕を掛ける。隣のリベルトも手摺に体を預けると一瞬で半竜姿から人へと戻った。

「そうかもしれないが……ああ、忘れるところだった。土産だ」

肩を竦《すく》めたリベルトは、着ていたジャケットの懐から小さな瓶を取り出した。リボンが飾られたその瓶の中では、飴玉《あめだま》が部屋の明かりを受けて煌《きら》めいている。

差し出されたそれを受け取ったオリヴィアは中の飴玉を透かして見た。飴の中に閉じ込められた花びらが色とりどりで美しかった。

「街を視察してたら、鬼族の商人が屋台を出してたんだ。疲れた時には甘いものがいいらしいぜ」

『綺麗《きれい》で食べるのが勿体《もったい》ないわ』

「なんでだよ。食べるためのものだろ」

『そうだけど、とっても綺麗なんだもの。ありがとう』

「どういたしまして」

嬉しそうに瓶を両手で包み込むオリヴィアの様子に、リベルトも表情を和らげた。

「魔導具の方は？」

『もう少しかかりそう。あとは呪いが強いものばかりだから、少しずつやっていかないといけないの』

「そうか……」

『何かあった？』

仕事の進捗を問う声が僅かに硬い気がして、オリヴィアは改めてリベルトに向き直る。手摺に背を預けるようにして、リベルトもまたオリヴィアに顔を向けた。

「ちょっとな。……国境の防衛にあたる砦が攻められてる」

『戦争になるの？』

「したくはないな。砦が落ちる事はまずないと思うが、小競り合いが続くようなら俺も砦に向かわなきゃならない」

言葉を切ったリベルトはオリヴィアの頭にぽんと手を載せた。その手は頭を滑り落ち、下ろしたままのオリヴィアの髪先に触れる。一房を指先に絡めてはゆっくりと解いた。

「もしそうなった時、お前達をこの城に置いてはおけない。妃だなんだと暴走する奴等《やつら》がいるからな」

『そこまで気を回さなくても大丈夫よ。姉さんがしっかり断るのは、もう分かっているでしょう？』

「ロザリアの気の強さは心配してない。お前達に手荒な事は誰も出来ないと思うが……何があるかは分からないだろ。お前達は俺のせいで巻き込まれたようなものだしな」

『王様って大変ね。何もかも抱え込まなきゃいけないなんて』

「そうだな。だがそれが、上に立つ者の責務だ」

リベルトの声には、こうであるべきというような確固たる信念のようなものがあった。それを感じとったオリヴィアは、小さく頷くだけでそれについてはもう言及することはなかった。

見上げた夜空にかかっていた薄雲は風に溶け消えて、その代わりに煌星《きらぼし》が輝きを放っている。穏やかな風に花の香りがふわりと浮かぶ。穏やかな優しい小夜《さよ》だった。

翌日の午後。

部屋で昼食を頂いたロザリアとオリヴィアが、また仕事に励もうと魔導具の保管されている作業場へ戻ろうとしていた。

春にしては日差しが強く、比例して気温も上がっている。珍しく風もない日で、暑さに耐えかねたロザリアが、いつも下ろしている髪を結っている程だった。

いつも着ている服では暑いので、装いも夏仕様だ。

オリヴィアの着るミモレ丈の水色ワンピースは、膨らんだ半袖が可愛らしいものだった。ロザリアは半袖の白いブラウスに黒いロングスカートで、スカートは一部分だけ太腿《ふともも》辺りで縫い留められ、重ねられた白いフリルが裾まで広がっていた。

明日からもこんなに暑くなるのだろうか。そんなお喋りをしていた二人は、前から来る一団に気付いて足を止めた。

「ロザリア様、お疲れさまでございます」

声を掛けてきたのは数人の侍女達だった。

にこやかに笑みを浮かべているが、彼女達は濃くも薄くも悪意の靄《もや》を纏《まと》っていて、オリヴィアはそっと姉の後ろに一歩下がった。

「お疲れさまです。では――」

「まぁ、今日のお召し物も素敵ですね」

「髪を上げているのもお似合いです。リベルト様にご覧になって頂いてはいかがですか？」

愛想もなくその場を立ち去ろうとしたロザリアの言葉を遮って、侍女達はロザリアを囲んでしまう。

そしてちらちらと時折オリヴィアに棘のある視線を向けてきた。

『相変わらず陰気な妹ね』

『もっと愛想良く出来ないのかしら』

『どこかの国に嫁ぐらしいけど、お嫁に貰った国の方が可哀想《かわいそう》なくらい』

相変わらず、悪意の声が細かな棘となってオリヴィアに突き刺さる。無意識に護符《アミュレット》を握るけれど、それで防げないのはオリヴィアも重々分かっていた。それよりも――オリヴィアには気にかかる事があった。

（わたしが、どこかの国に嫁ぐ……？）

自分にはそんな予定はまったくない。これは……姉がこの国に嫁ぐ事を望んでいる、あの老臣が何かを画策しているのかもしれない。あとでリベルトに確認しなければ。

オリヴィアがそんな事を思いながら、そっと輪からまた距離を取った時だった。

靄が姉に向けられている。

侍女達の悪意の殆《ほとん》どが自分に向けられているけれど、うっすらとその悪意が姉に突き刺さっているのが見えた。

オリヴィアはその事に不安を覚えた。自分に悪意が向けられるのはわかっている。そこに姉の意思があるかは別として、姉は妃にと請われている。そんな姉の重荷になっている妹だから。

でもいままで、姉に対して悪意が向けられた事はなかったのに。一体自分達は何に巻き込まれているのか、それを思ったオリヴィアは込み上げる嘔吐《おうと》感に顔をしかめた。

「大丈夫？」

掛けられた声に顔を上げる。

そこに居たのは、スミレ色の髪をした穏和そうな男だった。右の目元に小さなほくろが二つ並んでいる。上着とズボンが繋《つな》がった作業着姿で、捲《まく》った袖から覗く腕はがっしりとしている。暑いのかズボンの裾も膝下まで折っていた。

――大丈夫です。ありがとうございます――

オリヴィアが魔法黒板を使って言葉を紡ぐと、その男は驚いたように目を瞬いた。この城の殆どの人は、声が出ないのを知っていると思っていたオリヴィアもまた、不思議そうに首に角度を持たせた。

「あー……ごめん。声が？」

――声が出ないんです――

「そうか、それは失礼。でもその黒板、いいね」

――ありがとうございます――

黒い瞳を細めて笑みを深めた男は、オリヴィアの背に手を添えて侍女達に向き直った。

「ほら、君たち。仕事に戻らないと」

「いけない、そうだったわ。ありがとう、キリル」

侍女達は賑《にぎ》やかにその場を去っていく。

キリルと呼ばれた男はそれを見送ってから、オリヴィアの顔を覗き込んだ。キリルの耳に飾られた幾つものピアスが光を映している。

「本当に大丈夫？　さっきよりも顔色が悪いね」

「ありがとう、あとはあたしが面倒を見るから大丈夫よ」

割って入ったのはロザリアだった。オリヴィアを背に隠すようにして、キリルの様子を窺《うかが》っているようだった。

「そう、じゃあ俺はこれで。……ええと、君達の名前を聞いても？」

「あたしはロザリア。この子はオリヴィアよ」

「俺はキリル。あー……もしかして君達が噂《うわさ》の魔女姉妹？」

「どんな噂になっているのか聞きたくはないわね」

「竜王様のお妃候補でしょ」

「違うから」

キリルが明るく笑う。未《いま》だにロザリアは警戒を解いていないが、それもキリルは気にしていないようだった。

オリヴィアは目の前の姉の背に額を預けた。体は限界を訴えているけれど、ここで倒れるわけにはいかない。少しだけ姉の温《ぬく》もりを分けてもらおうと思ったのだ。

妹の様子に気が付いたロザリアは、後ろに手を回してオリヴィアと手を繋いだ。冷えきった指先を温めるように強く握り、軽く揺らす。

「俺は庭師なんだけど、最近出仕したばかりなんだよね。よく温室にいるからさ、必要なものがあったらいつでも声を掛けてよ。他の庭師仲間にも言っておくから」

「ありがとう」

「オリヴィアちゃんの調子が悪いなら、何か薬草でも選んでくる？」

「大丈夫よ、薬はあるの」

「そっか、さすがは魔女だね。薬草も結構種類があるからさ、遠慮しないでね」

「ええ、何かあったら温室に伺うわ」

ロザリアがそう答えると、キリルは満面の笑みを浮かべた。成人しているだろう姿なのに、幼ささえ感じさせるような、人懐こい笑みだった。

「じゃあねえ」

手をひらひらと振って立ち去るキリルに、オリヴィアも姉の後ろから軽く頭を下げた。――それが限界だった。

オリヴィアは体を支えていられなくて、その場に膝をついてしまう。ロザリアは慌てたように振り返ると、目線を合わせるように自らも膝をついた。

「ごめんね、オリヴィア。そんなに悪意が強かったのね……もっと早くにあの侍女達を振りきれたらよかったんだけど。次からはもう逃げちゃいましょう」

　適当に相手をすれば、いつもなら侍女達は満足して去っていく。今回もそう思って、侍女達の意識を自分に向けたはずだった。それなのにオリヴィアはここまで悪意に晒《さら》されて衰弱してしまっている。ロザリアは後悔に眉を寄せた。

「キリルが侍女を散らしてくれて助かったわ」

　――ちがう――

　震える手でオリヴィアが魔法黒板に魔力を流す。オリヴィアの動揺を映してか、その文字はいつもよりも震えていた。

　――あの人、あのキリルって人……あの人、恐《こわ》い――

「……恐い？」

　――悪意の靄を纏っているどころじゃない。あの人は、悪意の塊――

「……それは、あたし達に向かって？」

　濃淡は様々だが、人は悪意の靄に包まれている事が少なくはない。それがオリヴィア自身に向けられているのでなければ、妹がこんなにも弱ってしまう事はないはずだ。

　あの穏やかな男は一体……。そんな事をロザリアは考えていた。

　――あの人は、全てを憎んでいる――

　オリヴィアはそう魔法黒板に文字を紡ぐと、黒い瞳の奥深くに宿る翳《かげ》りを思い出して体を震わせた。

「落ち着いた？」

――ええ。いつも心配をかけてるわね、ごめんね――

「バカね、そんな事気にしなくていいのよ。あんたはあたしの、可愛い妹なんだから」

ここは魔導具を保管している部屋だ。

借りている客間に戻ろうかとも思ったが、この部屋に向かった方が早いとロザリアは判断した。途中すれ違う文官にもオリヴィアの顔色の悪さを心配されたが、軽く流して足早にこの部屋に逃げ込んだのである。

解呪中はいつも結界を張っているから、内緒話をするにしても怪しまれる事もない。

「それで……さっきのキリルの事なんだけど」

――特定の何か、誰かを妬んだり恨んだり、嫌っているんじゃない。あの人の本質が悪意そのもの――


「そんな事ってあるの……？」

――わたしもこんなの初めてよ――

部屋に据え付けられているソファーに並んで座った二人は、どちらからともなく肩を寄せた。頭も寄せて、手を繋ぐ。触れあう温もりに、オリヴィアは安心したように吐息を漏らした。

――あの人にはあまり近付かない方がいいわ――

「そうする。それにしても、人は見かけによらないわね。あんなに人が良さそうに見えるのに」

――そうね。わたしも靄が見えなければ、明るくていい人だと思っていたもの――

ロザリアはオリヴィアの頭を軽く撫でてから、そっとその場を離れた。壁際に設《しつら》えられたミニキッチンで空間収納のマジックバッグからガラスポットを取り出す。既に水出しでアイスティーが出来上がっていて、美しい琥珀色《こはくいろ》の水面が揺れた。

　背の高いガラスのグラスも二つ取り出すと、魔法で氷を生み出してグラスを満たした。そこにアイスティーを注ぐとカランと高い音が響く。

「侍女達もいつも通りだった？」

　再度ソファーに戻ったロザリアは、手にしていたグラスのひとつをオリヴィアに渡す。オリヴィアはそれを一口飲んでから、サイドテーブルにグラスを置いた。代わりに魔法黒板を手にすると文字が浮かび上がる。

——美味しい。ありがとう——

　ロザリアが頷くと、オリヴィアは魔法黒板に手を翳して文字は消す。それからまた文字が綴られる。

——侍女の人達なんだけど、少し気になることがあるの——

「気になること？」

——わたしだけじゃなくて、姉さんにも少し悪意が向いていたわ。今まではそんな事が無かったのに、何か侍女の間であったのかもしれない——

「そう……悪意を向けられてもあたしは構わないわ。あんたの分まで受け止めたいくらいだもの」

　ぐいとアイスティーを呷《あお》ったロザリアは、気にしていないとばかりに肩を竦めた。

——それから、もうひとつ——

結露で濡れたグラスを指先で拭っていたロザリアは、オリヴィアの紡ぐ言葉に目を瞬いた。首に角度を持たせて先を促すと、応えるように文字が消える。

――わたしが他国にお嫁に行くって――

「はあ⁉」

大声にオリヴィアは一瞬肩を跳ねさせた。

ロザリアはその美しい顔を鬼の形相に変えている。目を吊《つ》り上《あ》げてサイドテーブルにグラスを叩きつけた。幸いにして割れる事はなかったが、氷が破片となって飛び散ってしまった。

――落ち着いて――

「落ち着いてなんていられるものですか！　あんたが嫁ぐ⁉　そんなの聞いてないわ！」

――わたしもよ。だからリベルトに聞いてみようと思って――

「あの男っ！　何が任せておけよ！　どうせあの狸親父《たぬきおやじ》が侍女達に何か吹き込んだんでしょ！」

あまりの剣幕にオリヴィアは苦笑いするしかなかった。結界のお陰で中の会話が漏れる事はないが、外にこの声が響いていないか心配になるほどだ。

――そうだとしても、わたしの同意もなしに嫁がせるなんて出来ないわ。わたしは魔女だもの――

魔女は何者にも跪《ひざまず》かない。

魔法を使えないとはいえ、オリヴィアとて魔女の端くれだ。婚姻を強要させる事など出来はしない。

「そうだけど、あたしは勝手にそんな話が進められている事にも怒っているのよ。勝手に嫁ぐだの何だの……ああもう！　本当にろくでもない国だわ。こんな形で魔女を利用しようとするなんて！　仕事なんて受けなきゃよかった」

――だめよ、それは。どんな仕事でも受けるのがうちの家訓でしょ――

「こんなのを聞いたら母さんだって父さんだって激怒するわよ。あの人たちはあたしより過激だもの」

オリヴィアはそれも否定できなくて、ただ笑って流す事にした。

「やっぱり関わるべきじゃなかったのよ。あんたが黒竜を助けたのはいいとしても、いや、本音を言うならそれだって良くないけど。……さっさと終わらせて、出ていきましょう。ペースを上げるわ」

――無理をするのはだめよ。姉さんに何かあれば、わたしが耐えられないもの――

魔力が尽きるまで一気に解呪に励もうかと思っていたロザリアは、オリヴィアの心配そうな視線に言葉を詰まらせた。

「……でも、ここに居て何かにあんたが巻き込まれるなんて、あたしは嫌なのよ」

――分かってる。わたしだって深入りするつもりはないわ――

「本当に？」

ロザリアはソファーの上、オリヴィアに向かい合うよう座り直した。真っ直ぐに碧の瞳を見つめると、オリヴィアは少し困ったように笑った。

――仕事を終えて、去る間際に悪意を伝える。それだけよ――

「……分かった。でもまぁ、できる限り早く仕事を終わらせましょう。あんたからも魔力をもっと貰わないといけないかも」

――それはもちろん。いくらでも使って――

オリヴィアは魔法黒板をサイドテーブルに置くと、両腕をロザリアの背に回してぎゅっと抱きついた。伝わる温もりや確かな鼓動に自分のそれが馴染《なじ》んでいく感覚。

ありがとうと感謝を込めて。大好きだと想いを乗せて。

ロザリアは表情を和らげると、自分からもオリヴィアの背に手を回した。宥《なだ》めるように背中を撫でると擽《くすぐ》ったそうにオリヴィアが肩を震わせた。

「さて、それじゃあもうひと頑張りしましょうか」

ロザリアの明るい声にオリヴィアは頷くと、まだ積み上がったままの魔導具に目をやった。悪意の残《ざん》滓《し》がうっすらと立ち上っているのが見える。

それでもキリルの悪意を思えば、こんなものは恐ろしくも何ともなかった。

窓の向こうは綺麗な青空。

夏の始まりを予感させる深い青。流れる雲を三つ数えて、オリヴィアは意識を解呪へと向け直した。

バルコニーで空を眺めている時だった。

疲れも溜まっているのか、姉はもうベッドに入って休んでいる。解呪の魔法式を展開しているロザリアの負担は重い。それを共に分かち合えない事に、オリヴィアは自責の溜息をついた。

声が無くなった事を悔やんでいるわけじゃない。

（声が出ないから魔法を使えないと、自分で諦めていたのかもしれない。声が無くても魔法を展開できる術があるかもしれないのに……わたしは甘えていたんだわ）

静かな夜だった。自分を責める心の声を遮るものは何もない。奈落の底へと気持ちが落ちていくような、足元が崩れていくような感覚が気持ち悪い。

こんな夜は耐えるしかないのだ。時間が過ぎ去っていく事を、ただひたすらに待つしかない——そんな夜。

月は眩《まばゆ》く、星は囁《ささや》き、風は春花の香りを纏っている。いつもと変わらないはずなのに、ただ気分が重い。

そんな空気を吹き飛ばすかのように、風が吹いた。バルコニーに飛んでくる影の正体を、オリヴィアはもう分かっている。

「……どうした？」

半竜姿のリベルトの頬には、竜の鱗《うろこ》が現れている。背中には竜の翼があるけれど、竜の姿の時にはもっと大きな翼になるのだから不思議なものだ。

優しい声に目の奥が熱くなることを感じながら、オリヴィアは首を横に振った。そんなオリヴィアの様子に眉を寄せたリベルトは指先に光を灯《とも》して、それを光源にオリヴィアの唇を読むことにした。

『なんでもないわ。……少し、疲れているのかもしれない』

「疲れているっていうより、落ち込んでいるように見えるが」

『そう、かしら……』

落ち込んでいる自覚はある。でもそれを零《こぼ》していいのだろうか。そこまで心の内を曝《さら》け出《だ》して、この人は迷惑に思わないだろうか。

「……散歩にでも行くか」

『お散歩？』

「そう、空の散歩。俺の背に乗って飛ぶ空は気持ちがいいと思うぜ」

『あなただって疲れているのに』

「だからだよ。肩が凝っていて、翼を広げて思い切り空を飛びたい気分なんだ。眠れないなら付き合えよ」

その言葉は本当なのかもしれないし、オリヴィアを気遣っての事なのかもしれない。どちらにしても、その提案は非常に魅力的だった。

『上に羽織るものを持ってくるわ。姉さんに書置きもしてこないと』

「急がなくていいぞ。姉さんは寝てるのか？」

『ええ。疲れが溜まっているのかも』

オリヴィアはバルコニーの扉から室内へと戻った。クローゼットから薄手のカーディガンを取り出してそれを羽織りながら、ベッドで眠る姉の元へ近付いていく。

顔を覗き込むと、姉はよく眠っているようだった。規則正しい寝息が聞こえて、長い睫毛《まつげ》が頬に影を落としている。

ベッドサイドに置いておいた魔法黒板を手にして魔力を流す。

(ちょっとお散歩に行ってくるわ。リベルトと一緒だから心配しないで)

心の中で魔女言葉で紡いだら、それが黒板に文字となって綴られていく。オリヴィアの瞳の色と同じ碧色の文字が消えない事を確認して、魔法黒板をベッドサイドのテーブルに戻した。

またバルコニーに戻り、夜風で冷えてしまわないように扉を静かに閉める。微《かす》かな音は立ててしまったけれど、扉のガラス越しに見るロザリアは目を覚ましていないようでオリヴィアはほっと胸を撫でおろした。

『お待たせ』

「じゃあ行くか」

ここで竜になるのだろうか。そんな事を考えていたオリヴィアの足元に風が渦巻く。足を取られて体が浮いた瞬間、リベルトに手を取られていた。

(リベルトの風の魔法……)

力強いのに優しい、そんな風だった。

リベルトはオリヴィアの手を取ったまま、自分も翼を使ってふわりと飛び、バルコニーの下にある庭園へと着地する。風は夜気に溶けるように消えていった。

「中庭から飛ぶ」

さすがにここで竜になるのはまずいのだろう。オリヴィアはただ頷くだけだった。

オリヴィアは気付かなかった。眠っていたはずのロザリアが目を開けて二人の様子を見ていたことに。その口元に優しい笑みが浮かんでいたことも、もちろん知る由はなかった。

庭園から少し歩いて、城の中庭へ。

灯された明かりが城壁を柔らかく照らしている。明るすぎず、かといって足元が不安になる程でもない。

広い中庭には四人の兵士が居て、夜間警備に当たっているようだった。

「陛下、どうなさいましたか」

「少し出てくる」

「かしこまりました」

この人は王なのに、こんなに簡単に外出してもいいものなのだろうか。そう思ったけれど、周囲の兵士も何も気にしていないようだったから、オリヴィアが何を言う事でもないと思った。

リベルトの魔力が高まっていく。金の瞳が色を濃くして、その姿が光の奔流に包まれる。

光が弾《はじ》けたその瞬間、オリヴィアの前には美しくて大きな黒い竜が姿を現していた。城の二階に到達するかと思うくらいの体躯《たいく》は、八年前と比べて大きく変わっている。

(やっぱり綺麗……)

黒い鱗も光を帯びているように見えているのは、魔力の残滓が残っているのだろうか。

リベルトがゆっくりと瞬《まばた》きをしたかと思えば、またオリヴィアの体が風に掬われる。それがリベルトの操る風だと気付いたオリヴィアは抵抗しなかった。されるままに体を預けると、リベルトの背に下ろされる。

触れる鱗の感触が、なんだか懐かしく思えた。

敬礼をする兵士達に見送られ、リベルトがその巨体を宙に浮かせる。翼が風を切る大きな音が耳に響くけれど、恐ろしさは感じなかった。

ゆっくりと旋回するように高度を上げていくのはオリヴィアへの配慮だろうか。少しごつごつとした広い背は、あの時とは違う大人の竜なのだと思わせるほどだった。


空が近い。

蒼映える月が美しい竜を照らしている。

いつもオリヴィアが乗っている鳥よりも速いのに怖いとは思わなかった。リベルトは落とすような事はしないと分かっているからだ。共に過ごす時間は短くても、リベルトが悪意の靄を纏っている姿を見たことがない。それがなくとも、真っ直ぐな人だというのが伝わってきていた。

リベルトの展開する薄い風がオリヴィアの体を守っている。そのおかげで寒さもない。

『怖くないか？』

不意に頭に声が響いた。

くぐもっているがリベルトの声だった。返事をしようにも、オリヴィアにはその術がない。どうしたら大丈夫だということを伝えられるだろう。

『怖くなったら言えよ。もう少し低く飛ぶ』

オリヴィアの言いたい事が伝わっているかのような言葉だった。それに目を丸くしながら、広い背をそっと撫でる。

（……伝わっているのかしら）

『伝わってる』

成立する会話にびっくりして、思わず背から手を離した。触れていると伝わる？　いや、これはもしかしたら……。

（伝えようとしたら、伝わるの？）

『そう、竜族の念話だ。伝える事も読み取る事も出来る』

竜族の能力の高さには驚かされるばかりだ。確かに竜の姿で空を飛ぶ時に、こういう能力が無ければ意志の疎通も難しいだろう。

では唇を読んで貰わなくても、竜の姿になってもらえば……なんてことを想像して、大きな竜を見上げる自分の姿がおかしくてオリヴィアは声無く笑ってしまった。

眼下には竜王国が見える。

城を中心にして灯《あか》りが広がっている。城以外でも一際明るい一角は繁華街だろうか。街の外灯がオレンジ色の道を作っているのも綺麗だと思った。

（綺麗な街ね。こうして夜の景色を空から見る事なんてないから、なんだか嬉しいわ）

『気に入ったなら良かった。落ち着いたら街も案内したいところだが……』

（その気持ちだけで充分）

それが難しいことは分かっている。彼は竜王の座に在って忙しいし、今は特に戦争になるかの瀬戸

際だから。

リベルトは王都から離れた方角へと進路を取る。街の灯りが遠ざかると先程よりも星の瞬きがはっきりと見える。

『それで……お前は何を考えてたんだ？』

（わたし？）

『そう。何か落ち込んでいただろ？　話しにくいなら無理には聞かないが、話せるなら聞くぞ』

思いやりに溢《あふ》れた声だった。

伝わる優しさにオリヴィアの胸の奥が切なくなる。ぎゅっと締め付けられる不思議な感覚。その感覚に流されるままに、オリヴィアは口を開いた。言葉として紡ぎ出す事が出来なくても、この人はちゃんと分かってくれる。そう思って。

（……魔法を使えない事が、悔しかったの）

オリヴィアはリベルトの背に横たわった。ごつごつとした硬い鱗に頬を寄せるようにして。ひんやりしていると思っていたのに、鱗の奥からは体温が伝わってくる。自分よりも高い温度が心地よかった。

（声が出ないから魔法を使えない。それは分かっているのに……声を出す以外で、魔法を使えたらいいのにって。魔法を使える術を探すのは今からでも遅くないのかもしれないけれど、でも……もっと幼い頃からそう思っていたら、姉さんの助けになれたのかもしれない）

『今だってお前は姉さんの助けになっていると思うけどな』

（……助けられて、支えられているのはわたしの方よ）

『どっちがっていうより、お互いが助けて支え合ってる。それでいいんじゃないか？　少なくとも俺の目には、ロザリアがお前を負担に思っているようには映らないけどな』

　リベルトの言葉に、オリヴィアは小さく頷いた。自分でも分かっているのだ。だからこれは……ただ自分が拗《す》ねているだけ。

『でもそういう日もあっていいのかもな。不安になるのは、それだけ姉さんのことが好きだからだろ』

（姉さんのこと、大好きよ。でも、そうね……こんな気持ちも持っていていいのね）

『まぁお前がやる気なら、魔法を使えるようになる為に色々するのもいいかもしれないけどな。でも別に落ち込むのは悪いことじゃない』

　そうかもしれない。リベルトの言葉がすっとオリヴィアの心に響いていく。もやもやとしていた気持ちがゆっくりと晴れていくようだった。

　リベルトの背に横たわったまま、深呼吸をする。サンダルウッドのような爽やかで甘い匂いがした。人の姿の時にする香りと同じだと気付いてしまって、オリヴィアの鼓動が早まっていく。

甘く疼《うず》く胸の痛みが何なのか、オリヴィアはもう気付かない振りなんて出来なかった。

叶《かな》わない恋だと分かっていても。それでも、この想いをなかった事にはしたくない。

『寒くないか？』

（大丈夫。わたしを乗せて、あなたは疲れない？）

『全然。久し振りに気持ち良く飛べたな』

（それなら良かった）

見上げた空は吸い込まれそうなほどに美しく、満天の星が輝いている。今までに見たどんな空よりも美しくて、この空を、この夜をきっと忘れないと思った。

流れる星をひとつふたつと数えた時、オリヴィアはふと思い出した事があった。

オリヴィアが他国へ嫁ぐということ。でもそれを聞くのは、今じゃなくていい。この夜にそれは口にしたくなかった。

深い夜空に二人きり。月も星も、二人だけのものだった。


ロザリアへ向けられる侍女達の悪意をオリヴィアが感じてからというもの、ロザリアは魔導具を解呪するペースを上げていた。キリルのことも不気味だし、不穏な城から早く離れたいと思っての事だった。

オリヴィアはロザリアが無理をしている事に気付いていながらも、それを止める事は出来なかった。それが自分の為であるという事も、分かっていたからだ。

侍女に絡まれる事を避けるように、二人は部屋を移動する際には出来る限り気配を消してこっそりと動く事にしていた。リベルトが止めてくれているのか、ルーゲが何かを仕掛けてくる事はない。厄介なのは偶然を装って待ち伏せている侍女達だ。侍女長のカミラに訴える事で部屋の前での待ち伏せはやめてくれるようになったけれど、それでも廊下でばったり会ってしまうのはどうしようもない。だからこそ遠回りをしたり、魔導具を使って侍女達の気を別に向けたりする必要があった。その日々はオリヴィアとロザリアを疲弊させていった。

そんな風にこっそりと宛がわれている部屋に戻る、ある日の夕方だった。

涼やかな風が夜の気配を纏い始めている。城壁に夕日が映る美しい時間、中庭を囲む回廊をオリヴィア達は静かに歩いていた。

「なぁ、正妃の話を聞いたか？」

中庭を警備している兵士達の声が聞こえる。今日の兵士は声が大きいのか、距離があるのにオリヴィア達にも届いてしまった。オリヴィアとロザリアは足を止めて、お互いの顔を見合わせた。

「ブルマイスター公爵家のご令嬢が嫁いでくるんだろ？　でもそうしたらロザリア様はどうなるんだ？」

「第二妃となるって聞いたぞ」

「ふぅん、そこまでして魔女の力を取り込みたいものなのかね」

回廊の柱の陰に隠れながら、オリヴィアとロザリアは兵士達の話を聞いていた。オリヴィアは自分の鼓動が早くなっている事に気付いた。指先が冷たくなっていく。

ちらりと姉を窺うと、その顔からは一切の表情が消え去っていた。天色の瞳だけが怒りを映し出している。

「でもロザリア様は嫁ぐ気がないんだろ」

「だから侍女達が奮闘しているのさ。ルーゲ殿の指示で、何とか陛下とロザリア様をくっつけようとしているみたいだぞ。でもロザリア様があまりにも素っ気ないから、侍女らも苛立っているけどな」

「人の恋路に口を出すのも野暮ってもんじゃないのかね」

「それが国の為になるって、ルーゲ殿は考えているんだろ。俺らにはよく分からん事でも、必要なんだろうさ。でも侍女達もどこまで頑張れるかね……同じ竜族同士の方がいいって思いながら、嫌々指示に従っているのもいるみたいだしな」

軽い調子で始まった兵士達の話は、また違う話題へと移り変わっていく。お喋りが好きなのか、二人はずっと会話をしていて、隠れているオリヴィア達に気付く様子はなかった。

先程までよりも陽《ひ》が落ちて、空がだんだんと暗くなっていく。夕日はもう残滓を残すばかりだ。

「……腹立つ」

――そうね。魔女を何だと思っているのかしら――

「オリヴィア、明日からはもう少しペースを上げるわよ。本当なら夜も解呪を進めたいくらいだけど、魔力回復の為には休まないといけないのが辛《つら》いわ」

――分かった。わたしの魔力もどんどん使ってね――

「ありがとう」

ロザリアがそっとオリヴィアの手を取った。冷たかった手が、ロザリアの温もりによって少しずつ熱を取り戻していく。

（だから姉さんにも悪意が向けられていたのね。そんな苛立っているのなら、わたし達の事は放っておいてくれたらいいのに。ルーゲは一体何を考えているのかしら……）

オリヴィアはぶるりと体を震わせた。美しかった城が何だかひどく恐ろしいものに見えてきてしまう。

兵士の意識がこちらに向けられていない事を確認しながら、二人はまた息を潜めて歩きだした。

オリヴィアは胸が痛むのを感じていた。

リベルトの正妃には同じ竜族の令嬢がなる。自分がそこに立てないのは分かっていた。この恋が叶わない事も分かっていた。気持ちを告げるつもりもなかった。でも……何だか胸の奥がざわついてどうしようもなかった。

月宿る夜に日中の暑さは身を潜めて、涼やかな風が夜空の下で軽やかに踊る。それはバルコニーの手摺に凭れる、オリヴィアの髪を揺らして遊ぶほどに。

ロザリアはもう既に休んでいる。いつもより早い時間なのだが、魔導具の解呪に魔力を注ぎすぎてしまったようだ。もちろんオリヴィアも足りなくなる前に魔力を渡すのだが、いつもよりも解呪を急ぐ姉はやはり疲れてしまったらしい。

いくらオリヴィアが魔力を渡していても、魔導具で補助をしていても、解呪の魔法式を展開しているロザリアの負担の方が大きい。魔力を回復させるにはしっかり食べて、ちゃんと眠るのが一番だ。

魔力を回復させる薬もあるけれど、あれも一時凌《しの》ぎにしか過ぎない。それが分かっているから、オリヴィアもロザリアも休む時間を作るようにしていた。

　不意に風が強くなった。

　美しい程に澄みきった、魔力を帯びた一陣の風。それが何を意味するのか、オリヴィアはよく知っていた——リベルトだ。

　リベルトはいつものように軽い身のこなしでバルコニーに降り立つと、半竜の姿を解く。そこには美貌の竜王の姿があった。

「疲れた顔してるな」

　オリヴィアは足元に置いていた魔導ランタンを手摺に載せた。今日は部屋の明かりを落としているから、ランタンの明かりがないと唇を読んで貰えないからだ。

『そう？　いつも通りだと思うけれど』

　慣れた様子で手摺に凭れるリベルトはランタンと、明かりの消えた室内を見比べて首を傾《かし》げる。

「ロザリアは寝ているのか？」

『ええ、解呪のペースを上げているから……姉さんの負担が大きいの』

「解呪は魔力を喰《く》うらしいな。お前は大丈夫なのか？」

『魔力量だけはあるから大丈夫』

　そう声なき言葉を口にして、オリヴィアは自分の迂闊《うかつ》さに眉を下げそうになった。魔力量なんて口にしたら、八年前の事と紐付《ひもづ》けられてしまうかもしれないからだ。話を変えようと思ったオリヴィアは、リベルトの顔に疲労が色濃く表れている事に気付いた。

『あなたも疲れた顔をしているわ。大丈夫？』

「ん？　ああ、ディーターがいなくて少し忙しくてな。でもまぁ、問題はない」

『いないのは、襲撃を受けている砦が関係してる？』

「そうだ。ディーターと、パトリックが率いる一団が砦に出張ってる」

『砦はどうなの？』

「鬼蛇族は砦から撤退したが、近くに陣を張ってるらしい。襲撃の機会を窺っているようだから、呼び戻すにはまだ時間がかかりそうだな」

『大変ね』

「まぁな。だがこれ以上被害を広げない為にも、あいつらには気張ってもらわないと」

その言葉や表情からは、友人に対する信頼が読み取れる。オリヴィアは表情を和らげ、小さく頷いた。

「暗い話はやめだ、やめ」

『そうね、じゃあ……あなたの子供の時の話が聞きたいわ』

「俺の？　面白い話はないがそれでもいいか？」

『聞かせて』

オリヴィアの言葉に、リベルトは予想外だとばかりに目を瞬く。それでもオリヴィアが尚も促《うなが》すと、大袈裟なほどに肩を竦めて見せた。

リベルトはバルコニーに据え付けられているテーブルセットから、椅子を二脚引いてきては手摺に向かうようにそれを並べた。

促されたオリヴィアが座ると、隣にリベルトが腰を下ろす。満ちた月明かりが柔らかな光でバルコニーを照らしていて、春風がオリヴィアの髪を擽っていった。

「まず……竜王ってのは、どうやって決まるか知ってるか？」

問いかけに、オリヴィアは首を横に振る。

「じゃあそこからだ。竜王とはその時代の強者がなる。世襲制ではないんだが、竜王の血を継ぐ子どもは、その血統からか強者が多いって言われてる。そして俺の父親は先々代の竜王だった」

『じゃああなたは、生まれた時からこのお城で暮らしていたの？』

「そうだ」

オリヴィアは改めて月明かりに照らされた眼下の光景を眺めた。美しい城と、それに調和するよう整えられた庭園。ここは生まれた時からリベルトの家だったのか。

「補佐官のディーターも、騎士のパトリックも幼馴染《おさななじ》みなんだ。あの二人の両親も城に出仕していたから、昔からの腐れ縁ってやつだな」

幼き日を思い出してか、リベルトの表情が常のものよりも和らいでいる。庭園を駆け回る幼い男の子達を思い浮かべて、オリヴィアもまた微笑《ほほえ》んだ。賑やかな声さえ耳に聞こえてくるようだった。

「ルーゲは俺の教育係で、小さい頃はよく叱られたもんだぜ。俺たちは三人揃《そろ》って悪さばかりしていたからな」

ルーゲ――リベルトに悪意を持つ、あの老臣。教育係として接していたのに、どうして悪意を……。考え込んでしまいそうになるのを、オリヴィアは意識して止めた。考えても仕方のない事だし、いまは穏やかなリベルトの声を聞いていたいと思ったからだ。

「小さい頃はそんな事ばっかりだ。悪戯《いたずら》して、喧嘩《けんか》して、また遊んで……ずっとそのままでいられたらよかったんだけどな」

リベルトは長い足を組み替えて、オリヴィアに向き直った。金の瞳に翳りが見えて、オリヴィアは思わずリベルトの腕に手を添えていた。

その手をリベルトは払うことはしなかった。オリヴィアの華奢《きゃしゃ》な手をぎゅっと掴《つか》むように握って、自分の足の上に載せた。

「俺が十五になったばかりの、春の日。八年前の、あの日だ」

リベルトが何を言おうとしているのか、オリヴィアには分かってしまった。八年前の春の日、リベルトが瀕死《ひんし》の状態で森にいた――あの日。

「親父が討たれた。母さんは俺を逃がす為に盾になって死んだ」

『……どうしてそんな事に』

「一人の男が謀反を起こしたからだ。竜王は、その時代の強者がなる。その摂理に従っただけなのかもしれないが、本当はもっとちゃんとした儀式があるんだ。あの男はそれを無視して、明け方に討ち入ってきた」

『そんなの、許されていいの？』

「許されないさ、本来ならな。だが親父が死んで、その男以上の強者は当時はいなかった。咎《とが》める事なんざ、誰も出来なかったんだろう。そしてその男が竜王となった」

オリヴィアは手を裏返して、リベルトのそれと指を絡めるようにして繋いだ。しっかりと、力強く。

「逃げ出した俺も満身創痍《そうい》だった。飛ぶことさえ出来なくなって落ちたのが——魔女の森だ。そこで俺は傷を治して貰った」

二人の間を駆け抜ける風が花の香りを含んでいる。あの春の日を呼び起こすかのように。それに気付いていながらも、オリヴィアは口を開けなかった。

あの時間を、あの時は共有していた。だが助けたと告げる勇気がない自分には、あの春を共に懐かしむ事は出来ない。

嘲笑《あざわら》うかのように、風はどこまでも穏やかだった。

繋ぐ手の温もりが同化している。元々ひとつであったかのように、隔たりなんて感じなかった。

『傷を癒して、そのあとは……？』

唇を読んだリベルトはその金の瞳をすっと細めた。懐かしさと痛みが入り交じったような表情に、オリヴィアの胸が少し軋《きし》んだ。

「最初のうちはディーターとパトリック、それから二人の両親に助けられて竜王国の外れにある村で暮らしていた。一年くらいそうして過ごしていたか……その後は鬼族の国にいたんだ」

リベルトはオリヴィアと手を繋いだまま、静かな声で言葉を紡いだ。手を繋いだまま、どちらからもその温もりを離そうとはしなかった。

「鬼族は亜人との戦争中で、俺は傭兵《ようへい》として戦場を渡り歩いた。戦争が終わるまでの四年間、ずっと戦うことばかり繰り返していた」

『……危ないことも、あった？』

「戦争だからな。命も奪ったし、奪われかけた。さっきまで笑ってた奴等を看取《みと》ることだって少なくなかった。でも……おかしくなりそうな血の臭いの中でも、声が聴こえるんだ」

『声？』

「ああ。……俺を救ってくれた、あの歌声。あれが聴こえるうちは生きることを諦めないでいようと思った。支えられていたんだ、あの歌に」

リベルトの言葉に、オリヴィアは息を呑んだ。

あの春の日が、あの歌声がそんなにも彼の心に根付いていたなんて。だからこそ、自分がその少女だと口にする事は出来ないと思った。もう歌うことさえ出来ない自分は、彼の記憶に残る少女とはあまりにもかけ離れているから。

「戦争が終わって、竜王国に戻って……先代が竜族至上主義を掲げているって知った。竜族こそが最高の存在であり、他種族は竜族に支配されるべきって考え方なんだけどよ」

リベルトは吐き捨てるように言葉を紡ぐ。その美貌は嫌悪感に歪んでいて、それになぜかオリヴィアは安堵《あんど》している自分に気付いた。

「それに賛同する奴等もいたが、俺は納得できなかった。親父達が治めてきたこの国がそんな風になっていくのも、見たくなかったしな」

『だから竜王になったの？　先代を討ったっていうこと？』

「古いしきたりに則《のっと》ってな。一対一の決闘をして、強い方がその時代の竜王になる。俺は勝った、それだけだ」

『先代は？』

「自害したよ」

結末にオリヴィアは目を見開く。その様子にリベルトは酷薄に唇を歪めて低く笑った。繋ぐのとは逆の手でオリヴィアの髪先をそっと掬った。

「別に自害しなきゃいけないわけじゃない。ただ、思うことがあったんだろうぜ。復讐《ふくしゅう》だと捉えたのかもな」

『復讐はしたかった？』

「どうだろうな。……憎くはあったし、両親の無念を晴らしたい気持ちもあっただろうが……先代を倒して竜王になって、それで満足したかってのは……また違う気がする。悲しい気持ちだとか、守れるだけだった不甲斐《ふがい》なさとか、そういうのはずっと抱えていかなきゃいけないんだ。俺にもまだ、よくわからない」

指にピンクゴールドの髪を絡めては、そっとほどく。そんな仕草を繰り返しながらリベルトは眉を下げて笑った。オリヴィアはその手を避ける事もなく、ただ耳を傾けていた。

「竜族至上主義なんて掲げられて、他の国を従属させようとしたら間違いなく戦争になる。皆が平和に暮らしているところに、そんな火種を落とすわけにいかないだろ。そんな思いで立ったんだが、ただの復讐だったのかもしれないな」

『復讐だとしても。わたしは……そんな竜王国にならなくて良かったと思うわ。もし魔女も従属させようとしたなら、わたし達は戦っていたと思うもの。でもそんな事、誰も望んでいないでしょう』

　リベルトの視線が、オリヴィアの口元に集中する。声無き言葉が紡がれるこの空間は、ただ静かで風だけが舞う。

　オリヴィアは感情のままに口を開いた。

『あなたが竜王になってくれて、本当に良かったと思う。大変な事が沢山あっただろうけれど、生きていてくれて良かった』

　オリヴィアの言葉に、リベルトは目を瞬いた。その言葉を噛《か》み締めては震えるように息を吐く。囁くようなありがとうを、リベルトは吐息に紛れ込ませた。

　魔導ランタンの灯りに、二人の影がゆらゆらと揺れ動く。

「退屈な話だったろ。次はお前の番だぜ」

『わたしの話の方が退屈だと思うけれど』

「俺は話したんだ。次はお前の子どもの頃を聞かせろよ」

　雰囲気を一転させて、リベルトが明るく笑う。つられるようにオリヴィアも表情を和らげると、弧を描く唇で言葉を紡いだ。

『魔女の母と、学者の父、それから姉さんと四人で暮らしていたの。わたしは魔法を使えないけれど、薬作りやお化粧品を作るのは得意なのよ。父と一緒に実験をしながら、色んな薬を作るのが好きだったの』

「お前の薬草への知識はその頃からか。魔導具の扱いもこなすし器用なんだな」

『器用なのは姉さんも。姉さんは代々の魔女の中でも優秀でね、特に治癒や解呪に長《た》けているんだけど、姉さんが好きなのは魔導具作り。いつも新しい魔導具を作っては、わたしを驚かせていたのよ』

家族の話をするオリヴィアはいつもよりも饒舌《じょうぜつ》で、楽しそうだった。それを見てリベルトの笑みは深まるばかりだ。

『子どもの時の話っていっても、そんな毎日を繰り返していたから特に何もないの』

「いいじゃねぇか、楽しそうだ。ずっとあの家にいるのか？」

『ええ。買い物で町に出たりもするけれど……そういえば、こんなにも長く家を離れたのは初めてだわ』

「落ち着いたら観光にでも連れてってやろうか」

『忙しいくせに。その疲れた目元に効く薬を明日にでもあげるわね』

「目元だけじゃなくて、疲れがぶっとぶような薬はねぇか」

『反動が大きいからおすすめはしない。休養をしっかりとるのが一番よ』

残念と笑うリベルトに、オリヴィアも笑った。声は無くとも楽しそうな様子がリベルトにはしっかりと伝わっていた。

『そういえば、あなたに聞きたい事があったんだけど……』

繋ぐのとは逆の手の人差し指を、オリヴィアはリベルトの鼻先へと突きつけた。その指を握って下ろさせながら、どうかしたかとリベルトが首を傾げて先を促す。

『わたしが他国へ嫁ぐって、どういう事かしら』

「なんでそれを……」

『あなたも知っている話なのね？』

唐突な問いかけに思わずといったようにリベルトが言葉に詰まる。それを見たオリヴィアは眉を寄せ、繋いでいた手を力任せに振りほどいた。

「落ち着け、オリヴィア」

『わたしは落ち着いているわよ。ちょっと腹が立っているだけで』

振りほどかれた手で、苛立たしげに黒髪を乱したリベルトは溜息をつく。オリヴィアは胸の前で両腕を組むと碧色の瞳をすがめた。

「どこから聞いたんだ、その話」

『城内で噂になっているのを聞いてしまったの』

「くそっ、そんなに広く話が回ってんのか」

オリヴィアは嘘《うそ》はついていないと、自分に言い聞かせた。侍女から直接聞いたわけでもないし、オリヴィアに聞かせようとしていた声ではないけれど【悪意の声】が聞こえたのは事実だからだ。

悪態をついたリベルトは意識して深い息を吐くと、手を伸ばしてオリヴィアの腕をほどかせた。そのまま両方の手でオリヴィアの両手を取ると、しっかりと握りしめる。

「そんな事は絶対にさせない。ルーゲあたりが侍女にこぼしたんだろうが、もうそんな話もさせない」

『わたしだって嫁ぐつもりはないわ。わたしが怒っているのは、わたしの知らないところで勝手にそんな話が進められている事よ』

「お前の言うことは尤《もっと》もだ。悪かった」

『大体、どうしてわたしがどこかにお嫁に行くだなんて話が出たの？』

オリヴィアの問いにリベルトは口ごもる。棘のある視線でオリヴィアはリベルトを見つめ続けた。答えが返ってくるまでは、ずっとそうしているつもりだった。

「……聞いたら気を悪くすると思うんだが」

『それを言われて、引き下がるとでも？』

「そうだよな、分かってる。あー……くそっ」

迷うように視線を彷徨わせていたリベルトは、悪態を最後にオリヴィアと視線を重ね合わせた。碧の瞳にはすべてを受け入れるだけの覚悟と共に、苛立ちが色濃く映っていた。

「お前の姉を俺の嫁に据えて、お前も義妹として迎え入れる。そして竜王国の王族として他の国に嫁がせて国交を磐石《ばんじゃく》のものにする……って考えた奴がいるんだよ」

『わたしは竜人じゃないのに王族として？』

「お前は魔女だ。魔法の力だけじゃなくて、受け継がれてきた知識もある。その力を取り込みたいと思っている者も多いくらいだ。……お前が思ってる以上に、その身は尊いんだよ」

苛立ちを纏った声でリベルトが吐き捨てる。感情が揺れ動いたのか、リベルトの魔力が漣《さざなみ》となって風を起こした。舞い遊ばれるピンクゴールドの髪を、オリヴィアは自嘲気味に眺めていた。

『……姉さんを第二妃にしようとしているのも、魔女の血統が欲しいからなのね？』

「ロザリアを嫁がせたりもしない。ルーゲやら侍女が何か騒いでるのかもしれないが、それも俺がなんとかする」

『……わたし達、まるで道具ね』

「お前はどこにもやらない。俺を信じろ」

風が強くなる。

庭の花香を強く含んだ風が、リベルトとオリヴィアを包む壁となった。くるりくるりと二人を囲って回る風の中でリベルトの声だけが熱を持っていた。

『信じてもいいの？』

「俺はお前を裏切らない」

力強く紡がれた言葉に、オリヴィアは少しの間沈黙を守る。心が揺らぐ感覚に浚《さら》われてしまいそうで。

「オリヴィア」

焦《じ》れたように名を呼ばれて、ようやくオリヴィアは頷いた。重ね合わせた金の瞳はどこか必死で、自分だけを真っ直ぐに見つめていた。

『わたしの事も信じてくれる？』

震える唇が形作った言葉に、リベルトは迷いなく頷いた。その様子に思わずオリヴィアが笑ってしまうと、ようやくリベルトもその表情を和らげた。掴んだままの両手をそっとほどくと、オリヴィアの頭にぽんと片手を載せた。

二人を囲んでいた風の壁がゆっくりと消えていった。あとには花香だけが残るばかりだ。

「変な事に巻き込んじまって悪かった」

『今更でしょ』

「違いない」

低く笑ったリベルトはオリヴィアの髪をそっと撫でる。何かを確かめるようなその仕草に、オリヴィアは鼓動が跳ねるのを感じていた。

あの春の日も、黒竜の姿で触れてくれた。ざらざらとした独特な掌《てのひら》の感覚を、優しい仕草を今もオリヴィアは覚えている。

「……俺を助けたのは、本当にお前じゃないのか。あの花の匂いも、森の匂いも――」

――同じなのに。

リベルトがそう言いかけたのだろうという事はオリヴィアにも分かっていた。リベルトの声色は、オリヴィアに問いかけるというよりも、リベルトが自身に言い聞かせるようなものだった。その答えをオリヴィアは口にする事が出来ずに、ただ眉を下げた。

「悪い、違うと言われているのにな」

『気にしてないわ』

「解呪が終わったら、家に帰るんだろ？」

『ええ、そうよ。もう少しで終わる予定』

「会いに行ってもいいか」

予想外の言葉にオリヴィアは目を瞠《みは》ってしまう。その表情にリベルトは低く笑うばかりだ。

『そんな暇はないでしょ』

「作るさ。飛んでいけばすぐだしな」

『……姉さんと喧嘩しないでね』

「それはロザリア次第だろ」

それも間違いない。肯定の言葉を口にするのは憚《はばか》られるも、笑ってしまっては頷いたのも同じことだ。オリヴィアはそう思いながらも、笑いを堪《こら》える事が出来なかった。

「すっかり長居しちまったな。眠くねぇか？」

『言われたら少し眠たいかもしれない。この後にお仕事に戻ったりしないわよね？』

「あー……まぁ、早く寝る」

『もう、やっぱり。いつか倒れてしまうわよ』

「そしたら看病してやってくれ」

オリヴィアの頭をぽんぽんと撫でて軽口を紡ぐと、リベルトは手摺に手を掛ける。

「おやすみ、オリヴィア」

『おやすみなさい』

オリヴィアの唇がそう形作るのを読み取って、リベルトはひらりと手摺を乗り越える。音もなく着地して、一度振り返ってオリヴィアへと手を振った。

応えるようにオリヴィアも手を振ると、リベルトはそのまま闇に溶け消えていった。灯りの届かない庭園の奥に、その姿を見つける事は出来なかった。

オリヴィアは自分の頭に手を載せた。

未だにリベルトの温もりが残っているようで、胸の奥が軋む気がする。

(これ以上惹《ひ》かれてはいけない。気付かれてもいけない)

湧き上がる感情に蓋をして、自分に言い聞かせる。あと数日もすれば解呪も終わる。そうしたらもう終わり、会うこともない。この気持ちだっていつかは落ち着いていくだろう。

(会いにくるだなんて、きっとない)

それでも胸の高鳴りはまだ治まってはくれなくて、オリヴィアは空を仰いだ。先程よりも傾いだ月は蒼映えて、傍らには一際輝く金の星が寄り添っている。

夜気に包まれてもどこか落ち着かず、オリヴィアは体が冷えてしまうまで部屋に戻る事は出来なかった。

＊＊＊

翌日、竜王執務室。

ノックの音と共に、文官が入室してくる。その両手に積み上げられた書類の山に、リベルトは内心で溜息をついた。その書類を黒檀の執務机に置いた文官は、処理の済んだ書類を持って部屋を後にしようとする。文官の顔にも疲労が色濃く表れているのをリベルトは見逃さなかった。

「おい」

「はっ、何かありましたでしょうか」

「疲れた顔をしているな。人が足りないか」

「お気遣いありがとうございます。いまこの時期だけでしょうし、大丈夫です」

ディーターがいないだけでこの有り様だ。砦が襲撃を受けた為に、そちらにもいつも以上に手を掛けなければならない。砦の切り盛りはディーターがやっているだろうが、騎士の補充や補給や何やらで皆忙しくなっている。

「休みはしっかり取るようにな」

「はい。ですが陛下もお疲れの様子ですね。私達はまだ大丈夫ですから、遠慮無くこちらにも回してください」

「ああ、ありがとう」

疲れた顔をしながらも、労《ねぎら》いの言葉を受けた文官は明るい表情で部屋を後にする。

それを見送ったリベルトは執務椅子に深く背を預けて、大きく伸びをした。

体が凝り固まっている。竜化して、思いきり羽を伸ばして飛びたいところだが、いまの状況では中々それも難しい。落ち着いたらまたオリヴィアを背に乗せて——想像したところで、リベルトは我に返った。

浮かんだ映像を掻き消すように黒髪を乱した。それでもオリヴィアの笑顔が脳裏に貼り付いて消えてはくれない。声が無くても彼女と話すのは楽しい。繊細そうに見えて実は芯が強いところも伝わっている。

彼女はどんな声で、自分の名前を呼ぶのだろうか。その声が――あの歌声と同じだったら。

「……くそっ」

自分の考えに悪態が出る。

席を立って壁側に設えられたミニテーブルに向かった。黒いポットを持つとまだ温かく、用意してくれた侍女長の気遣いに目を細めた。カップにコーヒーを注ぐと、立ち上る香ばしさに深呼吸を繰り返す。

その場でカップに口をつけたところで、部屋にノックの音が響いた。

「リベルト様、ご機嫌はいかがですかな」

入ってきたのはルーゲだった。後ろに撫で付けられた白髪も、纏う衣服にも綻びなどなく、いつもと同じきっちりとした姿。リベルトが幼い頃からこの教育係はそうだった。

「この爺に何のご用でしょう」

そうだ、呼んでいたんだった。

書類仕事に追われて、それさえ忘れてしまっていたリベルトは、内心の気まずさを珈琲を飲む事でごまかした。

「ルーゲ、オリヴィアを嫁がせる話が侍女に伝わっているのは、どういう事だ？」

「侍女にも準備が必要ですからな、伝えないわけにはいかないでしょう」

「あの二人は仕事が終わったら家に帰す。そう言ったはずだが？」

「そういうわけには参りません。ロザリア様をお妃に、妹君には他国に嫁いで架け橋となって頂きます」

「そこに俺の意思も、あの二人の意思も無いのにか」

「リベルト様、爺は以前も申し上げましたぞ。国を繁栄させるのもあなたのお仕事なのですから。鬼蛇族の脅威に晒されているこの状況では、魔女を国に取り入れるのが最善ではないですか。ロザリア様の魔力や魔導具の素晴らしさはご存知でしょう。あの力を取り込む事が出来れば、国の為になりましょう」

「何度言わせる、ルーゲ」

怒りを孕《はら》んだ声だった。ルーゲが思わず一歩後ずさるほどに、リベルトの声は硬く殺気さえ帯びている。

「魔女の力なんざ無くても、国は繁栄させる。侍女らにも言っておけよ。あの二人は俺にも、どこにも嫁がないとな」

「……リベルト様」

「話は終わりだ」

何かを言いかけるルーゲの声を遮ったリベルトは、カップを手にしたままで執務机に戻る。椅子に腰掛けた時、ノックが聞こえた。

「リベルト様、オリヴィア様よりお届け物がございます」

　侍女長のカミラが、大事そうに籠を抱えて入室する。カミラの両手に収まる程の小さな籠。執務机に置かれたその中には、掌で包み込めそうなくらいに小さな瓶が二つ。それと陶器で出来た立体的な星。

　それを取り出したリベルトは、二つに折り畳んだ紙があるのに気付いた。広げると流れるような美しい字が並んでいた。

【緑の瓶にはペパーミント、紫の瓶にはラベンダーの精油が入っています。お仕事の時にはペパーミントが集中出来ていいと思う。眠る時にはラベンダーを使ってみて。疲労を回復させる成分も混ぜてはあるけれど、一番大事なのはしっかり休む事だって忘れないでね。お役に立ちますように】

　短い文章からでも、気遣う心が伝わるようでリベルトは頬を緩めた。その表情の穏やかさに思わずルーゲやカミラが息を呑むも、文字を指でなぞるリベルトは気付かない。

「これは……どう使うんだ？　オリヴィアは何か言っていたか？」

「はい、使い方を聞いておりますよ。この陶器の星に、精油を数滴垂らすそうです。香りが広がるそうですよ」

　早速リベルトは緑の瓶の口を開けた。深みのある爽快な香りがふわりと広がって、リベルトは驚きに目を瞬いた。言われた通りに陶器製の星に何滴か垂らすと、その香りに包まれるようだった。

「いいな、何だかすっきりする」

昨晩、バルコニーで『疲れた目元に効く薬』をくれると言っていたのを思い出す。律儀な性格を思って、リベルトの笑みが深まった。

「あとで礼をするか。そうだカミラ、補佐官達に何か差し入れをしてやってくれ。飲み物でも軽食でも」

「かしこまりました」

頷いたカミラは腹部で手を揃え、綺麗な角度で一礼をしてから部屋を後にする。残されたのはリベルトとルーゲだけ。

「ふむ……リベルト様は妹君の方がお好みでしたか。しかし助けて下さったのはロザリア様でしょう？」

「別に好みとかそういうわけじゃない。ロザリアだって俺を助けてないって言っている。その事についてはもういいんだ」

「リベルト様の恋を成就するお手伝いをしたいのですが……妹君はなりませんなぁ」

顎を指でなぞりながら、ルーゲがわざとらしく溜息をつく。カップを口元に寄せたリベルトは眉を寄せながら、ルーゲを見遣《みや》った。

「妹君では魔女の力が弱すぎます故。娶《めと》るのはやはりロザリア様――」

「いい加減にしろ！」

尚も嫁取りの話を持ち出すルーゲに、リベルトは声を荒げた。魔力の荒ぶりに窓ガラスが悲鳴のような音を立てた。

金の瞳の瞳孔が怒りで縦に割れている。凄《すさ》まじい威圧感に、ルーゲの顔色は悪くなるばかりだ。呼吸さえ許されない程に空気が張り詰めていく。

「……あの二人を利用するのは許さない。分かったな？」

声も出せず、ルーゲは小さく頷くと足早に部屋から出ていった。

気配が遠ざかっていくのを感じ、リベルトは深く息を吐く。体の中で渦巻いている苛立ちが抑えられない。気分まで悪くなりそうだ。本当に少し飛んできた方がいいだろうか。

リベルトがそんな事を考えて、窓に目を向けた時だった。引き留めるように鼻を擽ったのは清涼な香り。目線を机上の星に向けると、困ったように笑うオリヴィアの姿が思い浮かんで、苛立ちが収まっていくのを自覚した。

心を黒く染める感覚が落ち着いていく。清々《すがすが》しい香りで心が満ちていく。

落ち着きを取り戻したリベルトは、すっかり冷めてしまった珈琲を一気に呷るとペンを手にして書類に向かった。

その日の仕事が思った以上に捗《はかど》ったリベルトが、オリヴィアに頼んで文官達にも精油を配ったのはまた後日の話である。

＊＊＊

背中に石柱の冷たさを感じながら、オリヴィアは己の迂闊さを悔いていた。

自分の顔横には男の両腕。腕檻《うでおり》に閉じ込められて動く事も敵《かな》わない。目前には、にこにこと人懐こい笑みを浮かべるキリルがいる。

どうしてこうなってしまったのか。オリヴィアはもう溜息を隠そうともしなかった。

発端はひとつの忘れ物だった。

また春に季節が戻ったように、穏やかな日差しが降り注ぐ午後。部屋で昼食を頂いて、また解呪に戻る途中。姉と共に廊下を歩いていたオリヴィアは、魔法黒板を部屋に忘れてしまった事に気付いた。それまで姉の話を聞いているだけだったから、気付けずにいたのだ。それでも今までこんな事は無かったから、疲れているのかもしれない。

ひとりで部屋までの道を歩く中では、侍女達に見つからないようにと、それだけを願っていた。疲れているのに悪意に晒されては堪《たま》ったものじゃないからだ。それなのに不意に腕を引かれたかと思えば、こうしていまの体勢になっていた。オリヴィア自身でも何があったのか、理解が追い付かなかった。

「こんにちは、オリヴィアちゃん」

声を潜めているものの、その声色は明るい。にこやかな表情なのに、その全身からは相変わらず悪意の靄が溢れている。その対比がオリヴィアにはひどく恐ろしかった。

「あれ、今日はあの黒板持っていないの？」

答える手段を持たないオリヴィアは、眉を下げて小さく頷いた。それを見たキリルの目がすっと細められる。

「そっか。……ねぇオリヴィアちゃん。君も魔女なんだよね？」

纏う気配が冷え込んだ気がして、オリヴィアは胸元に下げた護符を握りしめた。問いかけには、また一つ頷いた。

「ロザリアちゃんは優秀な魔女だけど、君は声が出ないから魔法も使えないって。出来損ないって言われてるのを聞いちゃったんだよね」

そんなの今更だとオリヴィアは思った。それで傷付くほど繊細なわけでもないし、確かに自分は魔法を使えない。この城の人達に悪意を向けられているのも知っている。

オリヴィアが平気な顔をしている事が意外だったのか、キリルは目を瞬いた。

「なんだ、もしかして言われ慣れてる？」

傷付かなくとも、これ以上は付き合っていたくない。自分に向けられているわけではなくともこれだけの深い悪意を浴びるのなら、侍女達に囲まれた方がまだましだ。そう思ったオリヴィアはキリルの腕の下を潜《くぐ》り抜けようとした。

キリルはそれを許さずに、オリヴィアの両手首を掴むと石柱に押し付ける。先程までよりも距離が近付いて、オリヴィアは眉を寄せた。

「ふふ、こんな事されても助けを呼べないなんて不便だね」

キリルの黒い瞳がすがめられる。

「出来損ないなんて言われてるけどさ……俺には、オリヴィアちゃんの方が美味しそうに見えるんだよね。魔力量、とんでもないでしょ。声さえ出たら凄《すご》い魔女になっていたかもしれないのに、残念だね」

お生憎《あいにく》様だとオリヴィアは内心で毒づいた。

声が出ていた頃だって、魔力を上手に転化出来ずに魔法なんて使えなかった。出来る事といえば歌う事だけだ。

それにしても、キリルがどうして魔力量に気付くのか、オリヴィアにはそちらの方が気にかかっていた。それにここまでの悪意を持ちながら、全てを恨んで憎みながら、何故笑うことが出来るのか。

それも何だか恐ろしかった。

「……俺が怖い？」

心の中を読まれたのかと、一瞬オリヴィアの肩が跳ねた。それは充分すぎるほどの返事になったようで、キリルはにやりと口元に弧を描く。

「面白いね、オリヴィアちゃん。ねぇ、君……何か見えてる？」

見えているのは悪意の靄だけれど、キリルが言っているのはまた違うもののような気がした。どちらにせよオリヴィアは答えるつもりもなく、ただ首を傾げて見せた。

「まぁいいや。オリヴィアちゃん、この後って時間ある？　俺、君の事が凄く気になるんだよね。気に入ったって言った方がいいかな」

オリヴィアは首を横に振って、掴まれたままの手首を解こうと力を込めた。それをキリルは許さずに、更に拘束する力を強めるばかり。

　身の危険を否応《いやおう》なしにも感じて、血の気が引く。離してほしいと睨んでみるも、キリルは怯《ひる》む事もなくただ肩を揺らした。

「いいよね、ほんと。そうやって睨まれるとぞくぞくする」

　低く笑ったキリルの声が、纏わりつくような甘さを帯びているようで、オリヴィアは眉を寄せた。蹴り飛ばしてこの場から逃げ出してしまいたいのに、足の間に割り込んできた体はびくともしない。

「助けも呼べない。抵抗もできない。……最高かよ」

　キリルが顔を寄せてくる。出した舌の先は二つに分かれていて、舌を飾る銀のピアスが唾液に濡れて妖しく光った。顔を背けて固く目を閉じるしか出来ないオリヴィアの唇に吐息がかかる。――その時だった。

「おい」

　殺気を帯びた低音にキリルの体が離れていく。それを感じたオリヴィアはゆっくりと目を開いた。キリルの向こうには、冷酷な光を灯す金の瞳――リベルトがいた。

「……リベルト様」

「こいつに触れるな」

　リベルトはオリヴィアとキリルの間に割り込むと、拘束しているキリルの手を振り払う。解放されたオリヴィアは石柱に背を預けて、ずるずるとその場に座り込んだ。顔色の悪いその様子にリベルトは舌打ちをすると、オリヴィアの隣に膝をついた。

「お前、新しく来た庭師だったな？」

「そうです、キリルと言います」

「こいつは俺の客人だ。もう近付くな」

「……はぁい」

怒りを圧《お》し殺したようなリベルトの声に、キリルはいつものような笑みを浮かべて頷いた。一礼をしてから足取りも軽く、その場を去っていく。醜態を見られた事も、何も気にしていない平然とした姿で。

オリヴィアは自分を抱くように腕を回し、ゆっくりと深呼吸を繰り返した。

「大丈夫か？」

震える体を落ち着けようとしているのが、リベルトには分かっていた。声を掛けると頭に手を伸ばして、そっと撫でた。先程の事を思えば振り払われてもいいと思いながら。しかしオリヴィアはそれをしなかった。リベルトの温もりを受け入れて、体の強張《こわば》りを解いていく。

『助けてくれてありがとう』

顔を上げたオリヴィアはまだ顔色が悪いものの、眉を下げて笑った。しかし碧色の瞳に未だ恐怖が浮かんでいる事に気付いたリベルトは――衝動が抑えられなかった。オリヴィアの華奢な肩に両腕を回して、抱き締めていた。

オリヴィアは拒まなかった。されるままに体を預けているうちに、震えは次第に収まっていった。

昼下がりの喧騒《けんそう》が遠くで聞こえていた。

いまこの場所には、二人だけ。鼓動が重なる距離で、二人だけだった。

どれだけの間そうしていたのか。オリヴィアの震えが漸《ようや》く落ち着いたのは、長いようで短いような曖昧な時間が経《た》ってからだった。オリヴィアの様子を窺う為に体を離したリベルトは、互いの体温が同化していた事に気付いて低く呻《うめ》いた。

空咳《からせき》でそれを誤魔化してから、オリヴィアに再度向き合い、問いかける。

「何があった？」

『魔法黒板を部屋に忘れてしまったの。取りに戻る途中で、キリルと会って……』

その先は口に出来なかった。オリヴィアはただ首を横に振るだけだ。囁かれた言葉も触れていた肌も嫌だったけれど、それよりも恐ろしかったのは彼が纏っていた悪意の靄だ。先の見えない深淵《しんえん》に立っているような、そんな感覚が恐ろしかった。

知らぬ内に唇を噛んでいたリベルトは、オリヴィアの手首に赤黒く残る痕に気付いた。それがキリルの指の痕だと、オリヴィアに問わずとも分かりきっている。

リベルトは小さく悪態をつくと、細い手首に指を添えた。小さな声で紡がれる詠唱に応えて、リベルトの指先が仄《ほの》かに光る。その光はオリヴィアの手首に広がって、痕が消えた時には痛みも綺麗になくなっていた。

『治癒魔法も使えるのね』

「少しだけどな。痛くないか？」

『大丈夫、ありがとう』

「まだ黒板を取りに行ってないんだろ。付き合う」

立ち上がるオリヴィアの腕を支えながら、リベルトはそう告げた。オリヴィアはそれを拒まなかった。

キリルに捕まっていた時は肌寒いくらいだったのに、それが嘘のように穏やかな温もりに包まれている。そう思ったオリヴィアは隣を歩くリベルトにそっと視線をやった。

綺麗な人だと思う。意思の強そうな眉や金の瞳も、通った鼻筋も、顎のラインも。力強い美しさがそこにはあった。

「どうした？」

不意に視線が重なって、オリヴィアは首を横に振る。綺麗だと思っていたなんて言ったら、きっと怪訝《けげん》そうな目で見られてしまうから。

侍女や使用人が、オリヴィアと歩くリベルトを見て一瞬驚いたように目を瞠《みは》る。壁際に控えて頭を下げて見送ってはいるものの、オリヴィアに悪意を向ける者も多かった。

『魔女未満のくせにリベルト様とならんで歩くだなんて恥知らずだわ』

『魔法は使えないのに、誑《たぶら》かすのは上手なのね』

悪意の棘が言葉を象《かたど》って突き刺さってくる。

オリヴィアは護符を無意識に握りしめていた。

「それ、何かの魔導具なのか？」

『お守りなの』

「夜はつけてないみたいだが……やっぱり解呪ってのは大変なんだな」

そういえば、夜にバルコニーでお喋りする時はつけていなかった。悪意を向けてくる人がいないかつける必要がないだけなのだが、それを何と言っていいか分からずに、オリヴィアはただ頷くだけに留《とど》まった。

「それにしても顔色が悪いな。今日はもう休んだ方がいいんじゃないのか」

『大丈夫よ。もう大詰めだし、姉さんにばかり大変な事をさせたくないから』

「そうか……無理はするなよ、ってこれしか言えないが。何かあったらいつでも言うんだぞ」

『ありがとう』

「あー……それから、さっきの件だが」

唇を読むためかオリヴィアを窺いながら、リベルトが声を潜めた。耳を澄ませていないと風の音で掻き消えてしまいそうな程の声だった。

「……庭師とは知り合いか？」

『前に姉さんが侍女に囲まれた時に助けてくれたの。見かけるのは今日で二回目よ』

「そうか」

リベルトは続く言葉を探しているようだった。そう見えたオリヴィアは不快そうに眉を寄せる。彼のそんな様子は珍しいし、それが先程のキリルの件なら良くない話になりそうだったからだ。

『言いたいことがあるなら、はっきり言った方がいいわよ』

「言いたい事というか……」

『キリルとの関係はさっきも言ったでしょ』

話をぶり返されたくなくて、オリヴィアの唇がいつもよりも早く動く。そこに苛立ちを感じ取ったリベルトもまた、眉を寄せた。

「二回目のわりに随分と距離が近かったからな」

オリヴィアは思わず足を止めた。

失言に気付いたリベルトも同じくしてその場に立ち止まる。

『あなたにはそう見えていたのね。わたしがあの距離を許していると』

「あー……悪かったよ、言葉を間違えた」

『間違う？　どんな言葉を選ぼうと、そう思っていた事には変わりがないわ』

「落ち着けって」

困ったように言葉を紡ぐリベルトの様子さえ、腹を立てているオリヴィアには火に油を注ぐだけだった。悪意に晒され続けて限界もきていたのかもしれない。鬱憤だって溜まっていた。だから本当は言うつもりのない事まで口走っていた。

『このお城の人達はわたしの事を嫌ってる』

「はぁ？　お前、何を言って……」

『わたしには見えるのよ』

「見える？　もてなしに不備でもあったなら、そう言えよ。対処させる」

『そういうことじゃない。わたしには人の悪意が見えるのよ』

リベルトは訝《いぶか》しげに眉を寄せる。その表情にオリヴィアはなんとも言えない物悲しさを感じた。しかしそれが何故なのか、どうして自分がこんなにも苦しいのか分からずに、その感情は全て怒りに変換されていく。

『信じられない？』

「お前の事は信じるが、城の者の悪意が見えるっていうのは……」

『信じていないのね』

「だからそういうわけじゃない！　城の奴等がお前を嫌ってるって、それはお前の思い込みだろ」

リベルトも声を荒らげた。

先程キリルに捕まっているオリヴィアを見た時からずっと、胸の奥でどろりとした不可解な感情が渦を巻いていたからだ。それが何なのか分からずに、ただ苛立ちだけが募っていた。

『……信じてくれるって言ったのに』

その言葉を口にしたオリヴィアの瞳から、すっと光が消えていった。まるで扉が閉じてしまったかのように、碧色の瞳は何の感情も映さない。表情さえ無くしたオリヴィアはその場から駆けだして去ってしまった。

「……くそっ！」

悪態をついたリベルトは手近の壁に拳を叩きつけた。壁が震えて、拳が赤く滲《にじ》んだ。

「陛下！」

大声のせいか、壁を殴ったせいか、見回りをしていたらしい二人の兵士が駆け寄ってくる。リベルトの様子に驚いたように目を丸くするも、それに対して言葉を掛けてくることはなかった。

「……オリヴィアが忘れ物を取りに部屋に向かった。仕事部屋に戻るだろうから、ついていってやれ」

「はっ！」

二人の衛兵は揃って美しい敬礼をすると、オリヴィアに追い付くべく早足でその場を後にした。

リベルトは苛立ちを抑えられずに、また壁を殴る。亀裂が入り、欠片《かけら》がぱらぱらと床を汚した。この苛立ちが何なのか、答えはまだ見えそうになかった。

兵士達に送られて解呪の部屋に戻ったオリヴィアは「おかえり」とにこやかに笑う姉の姿に、涙が抑えられなかった。泣きたくもないのに、自分の意思を無視して視界が滲む。涙が溢れる。

ロザリアはそんな妹の様子に慌てて駆け寄ると、何も言わずにまずは抱き締めた。両腕を背に回して、包み込むように優しく。震える背中をそっと撫で、乱れる呼吸を耳元で聞きながら、ただ寄り添うばかりだった。

「……何があったの？」

落ち着いたオリヴィアは、ロザリアに促されるままにソファーへと腰を下ろした。魔法黒板を持っている為に手を繋ぐことは出来ないが、二人は体をぴったりとくっつけて座っている。肩も足も触れ合う程に。

――キリルに会ったの。それで――

オリヴィアが魔法黒板に魔力を流すと、碧色の文字が流れるように刻まれていく。

キリルに会った事、捕まえられた事、キリルは何かを隠している事。

リベルトが助けてくれた事、リベルトが――信じてくれなかった事。

細かな内容は端折《はしょ》ったけれど、オリヴィアは先程までの事を淡々と紡いでいった。ふと見ると隣に座る姉が鬼の形相になっていて、オリヴィアは眉を下げて笑った。

――信じて貰えなかったのは仕方ないの。誰だって悪意が見えるなんて言われても分からないだろうし――

「仕方なくないわ！　あの男……本気で呪ってやろうかしら」

――リベルトはお城の人を信用しているんだもの。例えば姉さんが悪意を持っているって誰かに言われても、わたしがそれを信じられないのと同じだと思う――

「そうだとしても……悲しかったでしょ」

ロザリアは声を落として呟くと、オリヴィアの頭に手を添えた。そのまま自分に凭れ掛けるように引き寄せる。

「あんたもあの男も冷静じゃなかったから、そんな事になっちゃったのよ。落ち着いて話したら、きっとまた違ったわ」

――そうかしら――

「落ち着いたらまた教えてやるといいわ。それでも信じなかったら、あたしがぶっ飛ばしてあげる」

　ぐっと拳を握った姉の様子に可笑《おか》しそうにオリヴィアは笑った。また視界がぼんやりと滲んできたのを誤魔化すように瞬きを繰り返す。

「キリルは問答無用でぶっとばすけど」

――だめよ、あの人に近付いたらだめ。あの人……やっぱり怖い。悪意を楽しんでいる気がする――

「でも……」

――だめ。お願い、姉さん――

　オリヴィアの必死さが珍しく、ロザリアは眉を寄せた。

　本音を言うならぶっとばすどころか息の根を止めてやりたいくらいだ。だがオリヴィアがそこまで言うのなら、それに従った方がいいのだろう。

「……わかったわよ。じゃあさっさとお仕事終わらせて、こんな場所とはおさらばしちゃいましょ」

――手を止めさせちゃったし、何でもするわ。魔力は足りてる？――

「まだ大丈夫だけど、先に分けてもらおうかしら」

――任せて――

　二人とも雰囲気を一新させるように、意識して笑みを浮かべている。お互いそれに気付いていながらも口にするような野暮はしなかった。

　窓の向こうでは風に煽《あお》られた春の花びらが舞っている。軽やかに舞う花びらは抜けるような青空に飛んでいった。

＊＊＊

執務室の窓を開けて窓枠に寄りかかっていたリベルトの元に、風に煽られて花びらが運ばれてくる。何の気なしに手を出すと、まるで誘いに応えたかのように花片は掌に着地した。

オリヴィアの髪色のような、柔らかなピンク色。指先で撫でたリベルトは、その手付きが愛《め》でているかのようだと自覚して、窓枠に突っ伏した。

「……俺は一体何をやっているんだ」

何に対する悪態なのか、自分でもはっきりしなかった。

苛立つ原因は数多あった。オリヴィアを拘束していたキリルに対しては苛立ちどころじゃない。ただ、それに対して怒るだけの理由を自分は持っているのか。

もしこれがロザリアだったら。

あの姉がおとなしく捕まっているとは思えないが、もし同じ状況になっていたとして。同じように出くわしたならきっと割って入るだろう。だが今のような黒い感情の波に飲み込まれるのか。

自分への問いかけは否だった。それが何を意味するのか、さすがに自分でもわかっている。

「惚《ほ》れてるとか嘘だろ、おい……」

自嘲気味に呟きながらも、それを認めると全ての事に納得がいくのだ。

声はなくとも穏やかに笑う顔だとか、気が弱そうに見えて中々辛辣なところだとか、共に過ごす夜の優しさを思い浮かべる度に胸の奥が軋んでいく。

王と、仕える者という関係性でなかったら、あの場でキリルの命だって奪っていたかもしれない。

拘束されるオリヴィアを思い出すだけで、ふつふつと怒りが再燃する。

その怒りを鎮めたのも、記憶の中のオリヴィアだった。『信じてくれるって言ったのに』と表情を無くしたオリヴィア。

いや、無くしたんじゃない。あの碧の瞳には自分に対する失望があった。

信じると言ったのに。自分の事を信じろと言いながら、オリヴィアを信じられなかった自分が腹立たしい。

「……調べてみるか。あいつがああ言うなら、きっと何かあるんだろ」

一人ごちると、掌で包んでいた花びらに目線を落とす。そっと指先でなぞると擽られて身を捩《よじ》るかのように、風に乗って飛んでしまった。

リベルトは見えなくなるまでそれを眺めていた。ピンクの髪を持つ彼女が、同じように飛んでいかないようにと願いながら。

自分の手の届かないところへ、消えてしまわないようにと。

＊＊＊

風が庭園を吹き抜ける。

庭園で薔薇《ばら》のアーチを整えていたキリルは、両手を天に大きく伸びをした。ふと薔薇の葉にピンク色の花びらがくっついている事に気付くと、それを指先で摘《つ》まんで陽に透かした。

今の風で飛んできたんだろうかと、目を細める。

その花片の色合いがオリヴィアを思い起こさせて、キリルは喉奥で低く笑った。

思った以上に細い手首は、あと少しでも力を加えたら折れてしまいそうだった。こちらを睨む青みがかった緑の瞳は、怯《おび》えていながらも屈しまいとしているようで、余計にキリルの嗜虐《しぎゃく》心を煽ってくれる。

「ほんっと、堪んないよね」

思い出すだけで体が震えて熱を持つ。

それにあの魔力。姉を希代の魔女と持て囃《はや》すこの城の連中は、あの魔力に気付いていないのか。確かに姉は優秀な魔女で、他に肩を並べる者はいないのだろう。だが魔力量なら妹の方が遥《はる》かに上だ。

あの妹が魔法を使えたなら、きっと一番の魔女になっただろうに。

キリルは摘まんでいた花びらに、先割れした舌を這《は》わせた。花蜜が残っているようで仄かに甘い。

「それにしても、あの竜王様の顔。いいもの見れたかもしれない」

割り込んできた時の竜王は明らかに嫉妬をしていた。怒りに身を委ねずに、自制出来ていたのはさすが時代の強者か。

突き刺さるような殺気を思い返して、キリルの口元が笑みに歪む。

「欲しいな。……うん、欲しい」

花びらを口の中に入れる。なぶるように舌で転がしてからゆっくりと飲み込む。

キリルは機嫌良く歌を口ずさみながら、薔薇の剪定《せんてい》に戻った。口の中に残る甘さにオリヴィアを思い浮かべながら。

第三章　翳る春花

あの日以来、リベルトがオリヴィア達の部屋に現れる事は無かった。オリヴィアは一抹の寂しさを感じながらも、それが今の自分達を隔てる全てなのだと納得してもいた。

思えばいつもリベルトが来てくれていた。彼が来なければ――彼が来ないことを選択すればこうして簡単に終わる関係。会いに行く勇気もない、会いに行けるだけの理由もない。

オリヴィアは自嘲気味に笑うと、鏡の魔導具に映った自分の顔を眺めた。

目元にクマが出来ている。寝付きが悪くなっているからだ。やっと眠れたと思っても夢見が悪くてすぐに起きてしまう事を、ここ数日は繰り返していた。

それだけではない。

何をしても悪意の棘《とげ》に狙われているようで、気が休まらないのだ。食欲も無くなり、何だか少し頬が落ちてしまったかもしれない。

「……オリヴィア？」

掛けられた声は心配そうに翳《かげ》っている。

物思いに耽《ふけ》っていたオリヴィアは、はっとした様子で顔を上げた。ロザリアが気遣わしげに天色《あまいろ》の瞳を曇らせていた。

――ごめんなさい、大丈夫よ――

「大丈夫じゃないでしょ、もう……。ソファーで横になっていてもいいわよ」

——ありがとう。でも本当に大丈夫。あともう少しで終わるから、頑張らせて——

オリヴィアはそう言うと魔法黒板を置いて、手元の鏡を布で磨いた。

解呪が必要な魔導具はあと三つ。厄介な呪いがかけられているものばかりだが、ロザリアとオリヴィアなら二日もかけずに終わるだろう。それはこの城での滞在が終わるということも意味していた。

しかしオリヴィアには気に掛かる事があった。

リベルトと仲違いをしてしまった事以外にも、もしかしたらそれ以上に気に掛かる事が。不安や焦燥感に襲われたオリヴィアは、魔法黒板を持った。起動の魔石に触れる指先がひどく冷え込んでいた。

——姉さん、最近のお城ってどう思う？——

「最近？　あたしには別にいつも通りに見えるけど……。でもあんたがそれだけ窶《やつ》れちゃってるんだから、何かあるんだろうなとは思ってる。侍女達の悪意がすごい？」

——ううん、姉さんが侍女をわたしに近付けないようにしてくれてるでしょ。だから大丈夫なんだけど——

オリヴィアは一度そこで文字を消した。

深く息を吸い、そして吐く。それを繰り返してからまた魔法黒板に魔力を流す。

——このお城自体が靄《もや》に包まれ始めてる——

「……それはあんたが体調を崩すのも当然だわ。もっと早く言いなさいよね」

——ごめんね——

「心配を掛けさせたくないとか、そんなところだろうけど。あたしはあんたが一番大事なのよ。わかってる？」

——もちろん。でも、わたしひとりで家には帰らない——

紡がれる碧色の文字に、ロザリアは息を詰めた。

あとは自分一人でも出来るから、先に家に帰ってなさいと言うつもりだったのが見透かされていたからだ。

「……こうなった時のあんたは頑固なのよね」

妹は繊細そうに見えて、実は頑固で我慢強い。芯が強いのは美点なのか、この状況では欠点なのか。

ロザリアは説得を諦めると、オリヴィアの頭に両手を添えて髪を撫《な》で乱した。

予想外の行動に、オリヴィアが驚いたように目を丸くする。

「今日と明日で全部終わらせる。明後日の朝には帰りましょう」

——わかった。ありがとう、姉さん——

「家に帰ったら休ませるからね。そのクマが取れるまではベッドから出さないんだから」

姉の言葉に本気さを感じたオリヴィアは、ただ笑って頷《うなず》いた。声は無くとも穏やかな笑みだった。

ロザリアは改めて魔導具に向き直る。先程オリヴィアが磨いてくれた鏡の表面には、呪いの文言がこれでもかとばかりに刻まれていた。この鏡の虜《とりこ》になって、毎朝毎晩と鏡を覗《のぞ》き込まなければ気が済まなくなり、そのうち鏡に生気を吸われて死んでしまう呪い。

元の魔導具としての力は、遠く離れた場所を映し出すものだったのに。可哀想《かわいそう》な魔導具を労《いたわ》るようにロザリアは表面を指でなぞった。

鏡の表面に解呪の魔法陣を指で描く。魔力を指先に集中させて、呪いが反発出来ない程の弱さで、だが確実に描いていく。

幾重にも絡み合った呪いがそれに応じて、ひとつひとつ解けていった。それを実感しているロザリアは徐々に魔力を強めていく。次第に呪力よりも天色の魔力が勝っていった。そして——

キィン……！

高い音が耳をつんざき、空気をこれでもかと震わせた後に、ぶつりと途切れた。断末魔のようなその音の余韻さえ消えた時には、鏡は元の輝きを取り戻していた。

オリヴィアが鏡を魔法布で包み込む。それを見ながらロザリアはぐったりとその場に横たわった。

「疲れたぁ……」

——お疲れさま——

鏡が他の呪いに汚染されないように魔法布でしっかり守ってから、オリヴィアは姉の傍《そば》に膝をついた。ロザリアの額に手を添えて、自らの魔力を流し込む。ロザリアのピンクゴールドの髪が、碧色の光に包まれていった。

「……ありがと、楽になったわ」

——わたしはまだ大丈夫だから、足りなかったら言って——

「ありがたいけど、だめよ。魔力回復が追い付いていないでしょ」

眠れない、食べられない日々を過ごしていたオリヴィアは、魔力の回復がいつもよりも遅くなっていた。ロザリアがそれに気付かないわけもなく、指摘するとオリヴィアは気まずそうに眉を下げた。

ロザリアは上体を起こすと、その場に座り込んだままでオリヴィアの頬をそっと撫でた。

「ねぇ、この城自体が靄に包まれてるって、原因はわかる？」

問いかけにオリヴィアは躊躇《ちゅうちょ》しながらも頷いた。魔法黒板に文字が流れる。

――悪意を持つ人が増えているの――

「それは、あたし達に対して？」

――ううん、キリルのように悪意をその身に宿した人達。悪意の塊、悪意を楽しむ人達がいる――

「キリルみたいなのがいっぱいいるって事？　最悪だわ」

――急に増えた気がするの。何に対してそれだけの悪意を持っているのか、恨んでいるのか妬んでいるのか憎いのか、それは分からない。でも悪意を煮詰めたような、とにかく怖い人達がいる――

「リベルトに聞くのが一番てっとり早いんだけど、あの朴念仁はさっぱり音沙汰ないしね。こっちから出向くのもちょっとアレだし……まぁいいわ。仕事が終わってそれを報告する時にでも教えてやりましょ」

――でも、また信じて貰《もら》えなかったら――

「それはその時。信じないでリベルトが危険な目に遭ったとしても、それは自業自得だもの。そこまであんたが背負《しょい》込《こ》む必要なんてないわ」

きっぱりと言い切るロザリアに対して、オリヴィアの表情は晴れなかった。

姉の言うことは尤《もっと》もなのだ。それ以上オリヴィアが出来る事もなく、その後の責任だって取れるわけでもない。それでもオリヴィアは、頷く事ができなかった。

信じてもらえないかもしれない。それでも、リベルトが危険に晒《さら》されるのならどうにかしたい。

「もう……本当に頑固なんだから」

オリヴィアの考えを読んだように、ロザリアは盛大な溜息《ためいき》をつく。その様子にオリヴィアは眉を下げて、ごめんねと唇だけで囁《ささや》いた。

「謝らないで。あたしは……そんなあんたに、救われてるのよ」

ロザリアの言葉を受け、オリヴィアが不思議そうに目を瞬く。意味を理解できていない妹の様子に、ロザリアはにっこりと笑った。

「オリヴィア、あんたがそうやって真っ直ぐに居てくれるから。あたしも真っ直ぐ居られる気がするの。あんたと同じように立っていれば、何にも恥じなく生きていられる。そうじゃなかったらあたしは傲って、力に溺れて、妬みに身を滅ぼしていたかもしれない」

オリヴィアを見つめるロザリアの瞳は、空のように澄んで美しかった。その瞳がどこまでも真っ直ぐで誠実で、オリヴィアは泣きたい気持ちを誤魔化すように姉へと抱きついた。

受け止めたロザリアは背に両手を回して、自分からもきつく抱き締める。

（わたしも姉さんの強さにいつだって救われてる。いつかこの感謝を全て、伝えられたらいいのに）

そう思いながらロザリアに抱きつく腕に力を込めた。幼い頃のように、強く。

どこまでも優しい時間だった。

窓から差し込むのは夕日影。寄り添う二人の影を、長く長く伸ばしていた。

全ての魔導具の解呪が終わったのは、予定通り次の日の夕方だった。

すっかりと清浄な空気で満たされた部屋で、綺《き》麗《れい》に整頓された魔導具を眺めるロザリアは、腰に手をあて満足そうに頷いている。

そんな姉の様子に表情を綻ばせながら、オリヴィアは開けていた窓をそっと閉めた。揺れの収まったレース刺《し》繍《しゅう》のカーテンが、夕日の色に染まっている。

窓を離れたオリヴィアは魔法布を始めとする解呪導具を、丁寧にマジックバッグにしまっていった。家に帰ったらこの魔導具達もお手入れしなければ。そんな事を思いながら、オリヴィアはバッグから一つの封筒を取り出した。

昨晩に書いた、リベルトへの手紙だった。

悪意が目に見えるのは本当だという事。これは幼い頃からで、悪意が靄となって視認できるという事。

最近、お城に『悪意を体に宿した人』が増えている事。その人達が何に悪意を向けているのかは分からないけれど、悪い兆しだと思う事。

どうか気を付けてほしい。自分に出来る事があれば頼ってほしい。

オリヴィアが見てきたものを知らせるのと、最後には願いを込めた手紙を書いたのだ。

それを誰に託そうかとオリヴィアが考えていた時に、部屋にノックの音が響いた。

「ごきげんよう、ロザリア様。解呪が終わったそうですな。いやはや素晴らしい」

入室してきたのはルーゲだった。その後ろには侍女長のカミラが控えている。

オリヴィアはルーゲが靄を纏《まと》っている事に驚きを隠せなかった。いままでルーゲはリベルトの話をしていない時には、こうして体から溢《あふ》れさせたりはしていなかったからだ。

一体何がこの城で起きているのか、オリヴィアは不安から護符《アミュレット》を握りしめた。それを横目に確認したロザリアは、妹を守るかのように背に隠した。

「解呪は終わりました。もうその効力を失っている魔導具もありますが、殆《ほとん》どのものはまだ使えるでしょう。危険なものもありません。急《せ》かしてしまうようで申し訳ないのですが、今晩中に確認して頂けますか？　明日の朝には帰りますので」

「おや、そんな慌ててお帰りにならなくとも、ゆっくりされてはいかがですかな。陛下と一緒に城下町を散策されるのも宜《よろ》しいかと」

「いえ、帰ります」

相変わらず愛想もなく話を断ち切るロザリアだが、ルーゲはやはり気にしていない様子で笑い声をあげるばかり。

靄が見えるオリヴィアには、それさえも空恐ろしかった。

「では確認をさせて頂いて、また明日の朝食後にでも伺うとしましょう。いや、それにしてもあれだけの魔導具を解呪なさるとは。まこと優秀な魔女ですな」

「どうも。……そうだオリヴィア、カミラさんにお願いしたら？」

賛辞の言葉を軽く流したロザリアは、ふと思い付いたように振り返った。視線はオリヴィアが持っている手紙に注がれている。

オリヴィアは頷いて、少し遠回りにカミラの元へ歩み寄った。ルーゲには出来るだけ近付きたくなかったからだ。

カミラは腹部で手を揃《そろ》えた美しい姿勢のまま、どうかしたかと首を傾《かし》げている。

「わたくしでお役に立てる事はありますか？」

オリヴィアは魔法黒板を持っていない事に気付いて、助けを求めて姉を振り返った。

「その手紙を、竜王様に渡して貰《もら》いたいんです。お願いしてもいいですか？」

「かしこまりました」

オリヴィアが差し出した手紙を、カミラはにこやかに受け取った。両手で大切そうに持っている様子に、オリヴィアは内心で安堵《あんど》の息をついていた。

カミラはこの城の中でも信用できるからだ。彼女からは靄が見えない。以前にリベルトに精油を渡してほしいと託した時も、厭《いと》わずに届けてくれた事もある。厳しそうに見える時もあるけれど、それは職務に忠実なだけで実は優しい人なのだとオリヴィアは思っていた。

「ではまた明日」

話が終わるのを待っていたルーゲが、尚《なお》も穏和そうな表情を崩さずにカミラを連れて去っていく。

それを見送ったオリヴィアは深く息を吐いて、その場に座り込んでしまった。

「大丈夫？」

魔法黒板を持って近付いたロザリアが、体を支えるようにしてオリヴィアを立たせた。オリヴィアは魔法黒板を受けとると、魔石に触れて文字を紡ぎ出す。

――大丈夫よ、ありがとう。手紙も渡せて良かったわ――

「あの人なら信用できるでしょ？」

――ええ、カミラさんからは靄が見えない。それより、ルーゲの靄が凄《すご》いの――

「あたし達には向けていなかったんじゃなかったの？　あいつが悪意を向けているのはリベルトで……」

――わたし達にじゃなくて、きっとあの悪意は全部リベルトに向けられてる。悪意が抑えきれなくて体から溢れてきているみたいだった――

文字を目で追いかけていたロザリアは柳眉を寄せた。

「リベルトと何かあったのかしら」

――わからない。悪意の中に潜んでいた、苛《いら》立《だ》ちと不愉快さは何となく感じ取れたんだけど――

「それ以上探らない方がいいわ。呑《の》まれてしまうもの」

オリヴィアは小さく頷くと、窓の向こうで燃える夕日に目を向けた。遠くの稜線《りょうせん》が金色に染まっている。夜と夕が混ざり合った濃紫が帳《とばり》となって下りてきていた。雲も月もない空が不穏な気配を映しているようで、オリヴィアは胸に巣食う不安から逃れられないでいた。

＊＊＊

「……カミラ、先程の妹君の手紙だが」

「はい」

執務室に向かうべく歩を進めていたカミラの肩を、一歩後ろを歩いていたルーゲが掴《つか》んだ。足を止めたカミラは、矛先の向かった手紙に視線を落とす。

「リベルト様のところには私が持っていくよ」

「しかしこれは……」

「職務に戻りなさい。私がリベルト様に渡しておく」

穏やかな声だが、有無を言わせない響きがあった。

自分よりも上位の竜であり、職位としても上のルーゲにカミラは逆らえなかった。

「……では、宜しくお願い致します」

「安心しろ、ちゃんと渡すさ」

手紙を差し出すカミラの手が微《かす》かに震えている事に気付いたルーゲは、にこやかに笑いながらカミラの肩をぽんと叩《たた》いた。

一礼してその場を去るカミラの気配が遠ざかった事を確認して、ルーゲは柱の陰に潜んだ。押し花が飾られた白い封筒には、綺麗な文字でオリヴィア・バルディと差出人が書いてある。

封蝋《ふうろう》を割ろうと指先に力を込めるも、バチっと電撃が走って開けることは叶《かな》わなかった。どういう仕組みか知らないが、識別する何かがあるようだ。

眉を寄せたルーゲは掌《てのひら》に炎を生み出すと、手紙を一瞬で燃やしてしまった。灰となって床に落ちた手紙の欠片《かけら》を靴先で踏み潰す。

黒く煤《すす》けてしまった靴を絨毯《じゅうたん》に擦《こす》り付けてから、何事も無かったかのようにルーゲは歩きだした。

行き先は竜王執務室。

『解呪が終わった』という報告をしなければならない。手紙の事は、追及されてもどうにでもなる。

そんな事を考えて、ルーゲは独りで低く笑った。

すべては竜王国のために。

＊＊＊

翌朝、朝食を済ませた姉妹は荷物を整理していた。

予想していたよりも滞在が長くなってしまった。町の人達からの依頼が溜《た》まっているかもしれない。

出来れば少し長いお休みが欲しいけれど、それも難しそうだ。

そんなとりとめもない話をしながら、荷物をまとめ、宛がわれていた部屋の掃除をしていた。

軽やかなノックが、静かな室内に響く。

嫌そうにロザリアが応えると、入室してきたのはルーゲと、その後ろに侍女が三人。そこにカミラの姿がない事に、オリヴィアは一抹の不安を感じていた。

「おはようございます、ロザリア様。改めまして、お疲れさまでございました」

「確認はして頂けましたか」

「それがもう少し掛かりそうなのです。昼までには終わらせますので、それまでリベルト様とお茶などいかがでしょうか」

「いえ、こちらで待たせて頂きますので」

「まぁまぁ、そう仰《おっしゃ》らずに」

相も変わらず無愛想なロザリアの様子に、ルーゲはにこやかに笑うばかり。ルーゲの後ろに控える侍女達も穏やかな笑みを浮かべている。

今日もルーゲの体からは悪意が靄となって溢れている。その表情さえ時折霞《かす》んでしまうほどの靄。控える侍女の二人からは、オリヴィアへと悪意が向けられている。悪意を向けていないのは、もう一人の侍女のイリスだけだ。イリスはオリヴィアに対して悪感情を持っていないのか、今までも良くしてくれていた。

『ロザリア様だけが残ればいいのに。妹は山だか森だか知らないけれど、そこで慎《つつ》ましく暮らしていればいいのよ』

『相変わらず陰気な妹ね。クマもひどいし情けない顔だわ』

悪意の棘は言葉と姿を変えて、容赦なくオリヴィアに突き刺さる。

それに加えて、今日はルーゲも一緒なのだ。あの溢れる悪意の靄にあてられたオリヴィアは、眩暈《めまい》を起こしてベッドへと座り込んでしまった。

「オリヴィア」

「大丈夫ですか？」

ロザリアと共に、イリスが駆け寄ってくる。

オリヴィアが小さく頷いてから顔を上げると、蒼白《そうはく》ともいえる程の顔色の悪さにロザリアとイリスは息を呑んだ。

「休んだ方がいいわ」

「オリヴィア様はわたくしにお任せを」

「そう、ね。……ええ、お願い」

氷のように冷え込んだ指先から、全身に震えが広がっていく。悪意が強くて呼吸が出来ない。オリヴィアが浅い呼吸を繰り返すと、イリスが背を撫でてくれる。

「妹君は体調が宜しくないようですし、休まれるのでしょう。ならばロザリア様は是非にお茶会へどうぞ」

「……行きましょう」

妹への悪意の意識を逸《そ》らせようと、ロザリアは渋々ながらお茶会に出る事を了承した。

その返事にルーゲは満足そうに頷くと、後ろに控える侍女に目配せをしてから部屋を出ていった。

「ではお支度を致しましょう」

「ロザリア様の髪に映えるドレスを選んできましたの」

二人の侍女はロザリアを囲むと楽しそうに支度を始めた。

今日、用意されたドレスは薄緑で、胸元や袖、裾に白のレースがふんだんに重ねられた豪華なものだった。

無表情で着替えさせられる姉の姿に、申し訳なく思いながらもオリヴィアはベッドに横たわった。呼吸は落ち着いたけれど眩暈がひどい。世界がぐるぐる回っているようだ。

「オリヴィア様、お手をどうぞ」

イリスに助けられて身を起こすと、ベッドの中に潜り込む。寒くて仕方がないのに熱くて気持ちが悪くなる。

吐き気を堪《こら》えていると、イリスが氷枕の準備をしてくれているのが視界の端に見えた。皮袋に魔法で生み出された氷が満たされていく。そこに水を足して、固さを確認したイリスはオリヴィアの頭の下に入れてくれた。

声にならないありがとうを、唇に乗せる。

伝わったようでイリスはにっこりと微笑《ほほえ》んだ。

「ロザリア様、とってもお綺麗です」

「髪は編み込みにしましょうか。小花を飾るとお花の妖精みたいで素敵ですよ」

楽しげな侍女の声と裏腹に、ロザリアの纏う気配は凍《い》てついている。それを感じているオリヴィアは眉を下げた。

姉は自分を守るために、支度をしてお茶会に向かおうとしている。守られてばかりいる自分の不甲《ふが》斐《い》なさに視界が滲《にじ》んだ。それを上掛けをかぶって誤魔化すと、カランと澄んだ音が聞こえた。

「オリヴィア様、ミント水です。ピッチャーに入れておきますね。いま、お飲みになりますか？」

上掛けからそっと顔を出して窺《うかが》うと、サイドテーブルにミントの浮かんだピッチャーとグラスが用意されていた。透明な氷の浮かんだガラスピッチャーは、その冷たさを表すように装飾のあしらわれた表面が白く曇っている。

オリヴィアが首を横に振ると、イリスは頷いてその場を離れた。

入れ替わるように支度を終えたロザリアが枕元にやってくる。

「大丈夫？」

ドレス姿のロザリアはとても美しかった。

薄緑のドレスはロザリアによく似合っていて、膨らんだスカートが華奢《きゃしゃ》な肩や腰を引き立たせている。袖は広がって白いフリルで飾られていた。

編み込まれた髪は一本に纏まって、肩から胸元に下りている。白い小花がいくつも飾られて可憐《かれん》な雰囲気を醸し出している。

綺麗だと告げようとしたオリヴィアの枕元に、そっと魔法黒板が置かれた。イリスが持ってきてくれたのだ。

気遣いに感謝しながら、オリヴィアは魔法黒板に文字を紡いだ。

——とても綺麗よ。よく似合っているわ——

「ありがとう。ゆっくり休むのよ。お昼には帰りましょうね」

――ええ――

オリヴィアは魔法黒板の文字を消すと、すぐにまた魔力を流す。

――気を付けてね。なんだか不安なの――

「分かってる。あたしも……そんな予感がしてるから。あたしの予感が当たるのは知っているでしょ」

――そうね。姉さん、本当に気を付けてね――

「あんたも。その顔色のままだと、家に帰っても本当にベッドから出さないんだから」

ロザリアはオリヴィアの髪を優しく撫でた。その心地よさに目を細めて、オリヴィアは魔法黒板から手を離す。

「行ってきます。イリスさん、オリヴィアをお願いね」

「かしこまりました」

ベッドを離れたロザリアは、侍女二人に先導されて部屋を出ていった。

部屋に満ちていた悪意が消えて、空気が軽くなる。

「お眠りになりますか？」

イリスの問い掛けに、オリヴィアは小さく頷いた。イリスも頷くとベッドを離れて窓辺へ向かう。

カーテンを閉めて日差しを遮ると、室内は切り取られたかのように薄暗くなった。

「わたくしもこのお部屋におりますので、ご安心ください」

――ありがとう、イリスさん。棚に片付け途中の本があるの。よかったらそれを読んでいて――

「ありがとうございます。ではお言葉に甘えて」

ずっと何もしないで待っていられるより、何かをして貰っていた方がオリヴィアとしても気が楽だ。

それを分かっているかのように、イリスは本棚へと向かった。

上掛けに包《くる》まり、丸くなったオリヴィアは目を閉じた。

思い出すのは先程のルーゲが纏っていた悪意。あの笑顔を思い浮かべるだけで背筋が震える。

昨日の悪意の靄の中には、苛立ちや不満が溢れていた。今日も同じだったのだけど、何か違和感があった。それが何なのか、考えているうちに睡魔が忍び寄ってくる。そういえば昨日もろくに眠れなかった。起きていたい日中に眠たくなるなんて、皮肉なものだ。

眠りに落ちる間際、オリヴィアは違和感の正体に辿《たど》り着いた。

愉悦だ。薄気味悪い愉悦が、あの悪意の中にはあった。

＊＊＊

初夏の日差しが、レース織りのカーテン越しにサロンに降り注ぐ。

テーブルには茶器と一緒に大輪の芍薬《しゃくやく》が飾られていて、花香をもってその存在を主張している。そんな穏やかな空間で、空気だけがひどく重い。リベルトは溜息混じりに口を開いた。

「恐《こわ》い顔しなくても、全部分かってる」

「………」

「オリヴィアは？　臥《ふ》せってるのか？」

「………」

「おい、会話にならないだろうが」

「会話する必要なんてある？　あたしは魔導具の確認が終わるまでの時間潰しでここにいるだけよ。どうぞお構いなく」

機嫌の悪さを隠そうともせずにお茶を飲んでいるロザリアに、リベルトは苦笑するばかり。

サロンに現れた時から不機嫌だったロザリアは定型的な挨拶だけをすると、あとはだんまりを続けていたのだ。ロザリアの怒りの原因もなんとなくは分かっているリベルトは、どうしたものかとまた溜息をついた。

「ぶっとばしてやりたいのよ、本当は。二度と解けない呪いもかけてやりたいと思ってる。あんたはオリヴィアを傷つけたんだもの」

「分かってるよ」

「知ったような口きかないで。あんたは何も分かってない」

些《いささ》か乱暴にカップをソーサーに戻したロザリアは、その天色の瞳を鋭く細めながら、強い口調で言葉を紡ぐ。

「あの子は……傷ついても、信じて貰えなくても、それでもあんたを見捨てておけないお人好《よ》しなのよ。そんなオリヴィアの優しさに、あんたは胡座《あぐら》をかいてるつもり？」

「……そんなつもりはない。信じるって、すぐに言えなかったのは俺が悪い。オリヴィアを信じていないわけじゃないんだ。あの時は……何だかひどく苛ついていて、八つ当たりみたいになってしまって」

「八つ当たり？　最低」

「自分が一番分かってる」

思い出してか憔悴《しょうすい》したような表情を見せるリベルトに、ロザリアは肩を竦《すく》めてソファーに深く凭《もた》れかかった。

「……それならいいわ、せいぜい後悔をたっぷりすればいい。あんたがオリヴィアをどう想っているのか、それを問うような野暮な事はしないけど。でも、あんたはオリヴィアを泣かせたんだからね」

「……ああ」

「泣かせたのよ、あたしの可愛《かわい》い妹を。それだけであたしからの印象点は低くなるって思っていてよね。あとうちの両親はあたしよりも過激だから、オリヴィアを泣かせたなんて知ったらうちの敷居は跨《また》げないわよ」

「信頼回復の機会を与えてくれ」

「それはオリヴィア次第ね」

散々と悪態をついて、ロザリアの気も少しは晴れたようだ。先程までの張り詰めた気配が、無数の針のような苛立ちが落ち着いている。

リベルトはそれに内心で安堵しながら、紅茶で満たされたカップを手に取った。

「で、オリヴィアは？　臥せってるのか」

「そうよ。侍女の悪意と、ルーゲの悪意に中《あて》られてね」

「悪意……」

「あんたはどうするの？　あの子からの手紙は読んだんでしょ？」

「手紙？」

　初めて聞く話だった。

　リベルトは口元に寄せていたカップに口を付けることなく、ソーサーにそれを戻す。その眉間には皺《しわ》が寄っていた。

「昨日、カミラさんに預けたのよ。あの子の感じた悪意について書かれた手紙……見ていないのね」

「カミラには昨日の昼からずっと会ってない」

「……カミラさんは？」

「お前の支度の場にはいなかったのか？」

「来ていないわ。朝食もカミラさんじゃない人が運んできたし……」

「お前達の事はカミラに任せてあるんだ。休みか？　いや、そんな話は……」

　二人で顔を見合わせて、カミラが迎えているかもしれない最悪の結果を想像した時だった。

　爆発音がした。

　連鎖するように、続けて更に爆発が起こる。二度、三度。

「なに？」

「ロザリア、俺から離れるな」

立ち上がったリベルトはロザリアの腕を掴んで扉に向かう。警戒してかその金の瞳が険しくなっていた。

「何が……」

元々薄く開いていた扉を、大きく開け放ったリベルトはその場に倒れている衛兵の姿に眉を寄せた。助け起こそうとした刹那、ぐらりとリベルトの視界が傾ぐ。毒だと気付いて慌てて口元を押さえても、歪《ゆが》む視界は戻りそうになかった。

「リベルト!?　ちょっと、大丈夫？」

「ロザリア……オリヴィアを連れて逃げろ……」

リベルトは切れ切れに言葉を紡ぐのが精一杯だった。

複数の足音が近づいてきていた。

＊＊＊

大きな音に、オリヴィアの意識が浮上する。体を起こすと倦怠《けんたい》感は無くなっていた。少しでも眠れたから楽になったのだろう。ぼんやりとそんな事を考えていたら、また爆発音がした。何度も、連続して。

一体何があったのかと寝起きの頭で考える中、不意に腕を引かれてベッドから下ろされた――イリスだった。

「オリヴィア様、ベッドの下へ。何があっても出てきてはいけません」

何があったか問いたくても、魔法黒板はベッドの上だ。イリスは考えを読んだように口を開いた。

「爆発音がしています。敵襲かもしれません」

敵襲と聞いて、オリヴィアは目を瞬いた。

(姉さんは、リベルトは……無事なのかしら。敵襲だなんて、一体このお城に何が……)

「ロザリア様は陛下とご一緒ですから、心配なさらなくても大丈夫かと。何が起きているか分かりませんが、オリヴィア様はわたくしがお守り致します」

そう言うイリスは半竜の姿になっていた。

緑の鱗が額や頬に現れている。背中には竜の翼、爪は長くて鋭い。

足音が聞こえる。

オリヴィアはイリスによって、ベッドの下に押し込まれていた。出てこないようにと念を押されながら。

オリヴィアの胸は不安に押し潰されそうだった。

一体何が起きているのか。姉は無事なのか。リベルトは無事なのか。――この部屋に向かっている人は誰なのか。

ベッドの下の空間は広くない。オリヴィアが伏せてやっと入れる程だ。息を潜めたオリヴィアにはイリスの靴だけが見えている。

そして、躊躇《ためら》いもなく扉が開いた。

＊＊＊

謁見の間。

荘厳で権威の象徴の場所が、在るべき姿を失っていた。

アーチ状の窓からは至る所で煙が上がっているのが見える。それに対応出来る者は、もう誰もいなかった。

リベルトとロザリアは魔封じの手枷《てかせ》をつけられていた。二人だけではなく、城で働く者達が同じように手枷をつけられ、この広間に集められている。騎士達は城外の詰め所で拘束されているらしかった。

広間にはまだ薄く毒が焚《た》かれ続けている。そのせいで、竜族の面々の顔色はひどく悪い。玉座の前にはリベルトとロザリアが。その後ろに文官や衛兵、侍女や使用人が並ばされている。

そして玉座に座っているのは、キリルだった。

スミレ色の髪の間から二本の太い角がその存在を主張している。いつもと同じ人好きのする笑みを浮かべ、ゆったりと豪奢《ごうしゃ》な椅子に座って足を組んでいた。

キリルだけではない。

城内の者を拘束して、見張りについている者達の頭にもしっかりと角が生えている。

「竜王様、いまどんな気持ち？」

「くたばれ」

「ははっ、最高」

キリルの隣には侍女長のカミラが座らされている。その首元には角持ちによって剣がぴったりとあてられていて、時折肌に触れるのか、赤い線がいくつも刻まれていた。

「お前、鬼蛇族だったのか」

リベルトの声に、キリルは満面の笑みを答えとした。

鬼蛇族——国境の防衛砦《とりで》を襲撃してきた種族。他種族を贄《にえ》に捧《ささ》げ、力を得てきた滅びの種族。

「砦なんてただの陽動。こっちが本命だったんだけど、まさかこうもうまくいくとはねぇ。ちょっと城内の奴《やつ》を信用しすぎなんじゃない？」

揶揄《からか》うようなキリルの言葉に、リベルトは眉を寄せるしか出来なかった。キリルの言う事は間違っていない。まさか城内に入り込まれるとは、思ってもいなかった。自分の甘さに唇を噛《か》んだ。

この城では常時、状態異常を無効とする魔導具が発動しているはずだった。それなのに毒煙が撒《ま》かれているということは、その魔導具は壊されているのだろう。

オリヴィアの言う通りだった。この城には悪意を持っている奴等がいた。あの時ちゃんと話を聞いていたら、これは防げたのかもしれない。

あれから城内を調べて、新しく雇った使用人がやけに多い事に気がついた。それを担当していたのがルーゲだという事も。深く掘り下げようとした矢先にこのざまだ。苛立ちも露《あらわ》に、リベルトは魔封じの手枷に力を込めていた。

「ああ、だめだって。それは壊れないと思うけど、竜王様だと何をしでかすか分かんないでしょ。だからわざわざ人質なんて取ってるのに」

リベルトの様子に気付いたキリルは可笑《おか》しそうに肩を揺らす。カミラの首にあてられている刃《やいば》が動いて、また赤い線がひとつ増えた。

「やめろ！」

「さっさと殺してくださいませ。枷になるのはごめんです」

リベルトの声と、カミラの声が重なった。顔色は悪いものの、カミラの声は凛《りん》としていて命を落とす事を恐れてはいないようだった。

「君が死んだら、後ろからまた一人引っ張ってくるだけ。さぁて何人死ぬのかな」

キリルが面倒そうに言葉を紡ぐと、カミラは悔しそうに顔を歪めて押し黙った。

「下衆《げす》が……！」

リベルトの悪態にもキリルは笑みを深めるばかり。

「下衆だけどそれがどうかした？　目的の為《ため》に手段なんて選んでられないのが普通でしょ。だから鬼蛇の誇りである角を隠す事だって平気だった」

スミレ色の髪から突き出る、漆黒の角。それを愛《いと》しそうに撫でて、キリルは笑う。その瞳に狂気の光を宿しながら。

「竜族に擬態するなんて、俺達の力を使えば簡単なもの。我らが神はそれだけの力を与えてくれている」

「他種族を生け贄にして得た力か」

「そうだよ。俺達にとって、他の種族の奴等は全て餌にしか見えない。力を手に入れる為の餌袋だね」

　当然とばかりにキリルが笑う。

　反論しても無駄だとリベルトは分かっていた。それが鬼蛇族の生き方だ。それを否定しても何の意味もない。それよりもこの状況を何とかして打破しなければならない。リベルトは必死に考えを巡らせていた。

「ねぇロザリアちゃんって毒が効かないの？　随分元気そうだよね」

　不意に世間話でもするような気安さで、キリルがロザリアに話しかける。ロザリアは不快さを隠そうともせずに顔をしかめた。

「魔女に毒や呪いが効くとでも？　対処はしてあるのよ」

「へぇ、そうなんだ。ねぇねぇ、君って希代の魔女なんて持て囃《はや》されてるけど……本当はオリヴィアちゃんの方が凄いでしょ。君ももちろんそれを知っているだろうけど、オリヴィアちゃんが妬ましくないの？　大事そうにしているけど、本当は足手まといだと思っているんじゃない？　嫌いで、いなくなってほしいって思ってない？」

キリルの声は労るようにどこまでも優しい。心の隙間に入り込もうとするように、ねっとりと甘い囁き。それはまるで毒花を芽吹かせようとするかの如《ごと》く。

しかしそれはロザリアの心を揺らす事はなかった。

「馬鹿言わないで。確かにオリヴィアが力を使えればあたしなんて及ばない。だけどそんなの関係ない。あたしはあの子の姉で、あの子はあたしの大切な妹よ」

「ふぅん……つまんないの」

淡々としながらも怒りを帯びた言葉を紡ぐロザリアに、興味を無くしたとばかりにキリルは肩を竦めた。

リベルトは二人の遣《や》り取《と》りよりも、この場にオリヴィアがいない事が気に掛かっていた。臥せっていると聞いていたが、無事に逃げられたのだろうか。それを心から願っていた。

しかしオリヴィアがこの場にいないのに気付いているのは、リベルトだけではなかった。もちろんキリルも気付いていた。

「そのオリヴィアちゃんがいないんだよねぇ。部屋には何人か向かわせたんだけど、遅いな……ちょっと見てきてよ」

キリルの言葉に応えて、扉を見張っていた鬼蛇族が二人動いた。

「待て！」

「やめて！」

リベルトとロザリアは咄嗟《とっさ》に叫ぶ。オリヴィアだけでも無事でいてほしいと、その願いが悲痛な声に宿っていた。

「だぁめ。俺、オリヴィアちゃんが気に入っちゃったんだもん」

キリルが悪戯《いたずら》に舌を出す。先割れした舌に飾られたピアスが唾液でぬらりと光っている。

「オリヴィアには手を出さないで」

「姉妹愛？　仲睦《むつ》まじいのは良いことだけど、人の恋路を邪魔するのはいくらお姉ちゃんでも野暮ってものだよ」

「鬼蛇族の狙いは竜族だろうが。それなら俺の命で充分なはずだ」

「そう、狙いは竜王様だった。だけど気が変わっちゃったんだよねぇ。あんなご馳走《ちそう》がこの城にあっただなんて、やっぱり来て良かった」

ロザリアの言葉も、リベルトの言葉もどこ吹く風でキリルは低く笑った。熱を帯びた黒い瞳は、扉にだけ注がれていた。

玉座の間に焚かれている毒が強まったようだ。体の自由が効かなくなって、リベルトをはじめとする竜族はその場に膝をついてしまった。それを見て鬼蛇族は嘲るように笑うばかりだった。

＊＊＊

複数の足音が聞こえるのに時間は掛からなかった。何かを引きずるような音も。そして嘲りを含んだ笑い声。

リベルト達も扉へと目を向けた時、勢いよく扉が開かれた。そこにいたのは鬼蛇族に腕を引かれるオリヴィアだった。

手には魔法黒板をしっかりと持っている。碧色の瞳が、悲しみに深く翳っていた。

「遅かったね、オリヴィアちゃん。どこかに隠れてたの？」

オリヴィアはにこやかに笑うキリルの前、リベルトとロザリアの間に立たされた。それと同時にカミラの横に何かが放り投げられる。それを見てオリヴィアは眉を下げた――ぼろぼろになったイリスだった。

「……イリスさん？」

ロザリアの声が震えている。カミラは半竜姿で気を失っているイリスの姿に息を呑むと、堪えきれずに涙を溢《こぼ》した。リベルトや、後ろで捕えられている兵士達の気配に強い怒りが混ざる。それを気にする事もなく、キリルは玉座からイリスを覗き込んだ。

「なにこれ。どうしたの？」

「その侍女がオリヴィア様を隠していまして」

「ふぅん、この城にもオリヴィアちゃんの味方がいたんだねぇ」

キリルは肩を竦めると、玉座に深く座り直した。両手を肘掛けにそれぞれ載せて足を組む。堂々たるその姿は、まるで己が王だと誇示しているかのようだった。

「ねぇオリヴィアちゃん、君……俺が鬼蛇族だって気付いてた？」

オリヴィアは首を横に振る。

「そっか。じゃあ、何に気付いてた？」

低い声に広間の空気が冷え込んでいく。オリヴィアは魔法黒板を両手に持ち直し、魔力を流す。それを見たロザリアは、オリヴィアが魔封じの手枷をされていない事に気付いた。魔法を使えないオリヴィアは、魔力を封じなくてもいいと軽んじられているのかもしれない。

――あなたが悪意を宿している事に――

「悪意？」

――あなたの本質は悪意そのもの。妬みも恨みも何もかもを飲み込んで、それを楽しんでいる――

躊躇なく紡がれていく碧色の言葉達。それを読んだキリルは一瞬目を丸くするも、すぐに声をあげて笑いだした。身を折るように腹を抱えて。

「あははは！　ほんっと、最高だよオリヴィアちゃん！　そうか、君は俺に悪意を見ていたから怖がってたんだ」

――最近あなたみたいに悪意を宿す人が増えていたから、何があったのかと思ったけれど。皆、竜族の人達ではなかったのね――

「そうだよ。あー危なかった。君がお喋《しゃべ》り出来なくて良かったよ」

笑いすぎて浮かぶ涙を指先で拭いながら、キリルは何度も頷いていた。

「本質が悪意……」

リベルトの呟《つぶや》きに、オリヴィアは頷いた。

久しぶりに顔を合わせたリベルトは、やっぱり疲れているようでオリヴィアは眉を下げる。リベルトなら唇を読むことが出来るけれど、オリヴィアは敢《あ》えて魔法黒板に言葉を紡いだ。他の面々にも分かるように。

――あなたに手紙を書いたんだけど、その様子じゃ受け取ってないのね――

「手紙……さっきロザリアもそんな事を……」

リベルトとオリヴィアの遣り取りに、はっとしたようにカミラがルーゲに視線を向けた。非難するようなその視線を追い掛けて、リベルトが後ろを振り返る。同じように拘束されているルーゲは素知らぬ顔をしているが、カミラの様子だけで全ては明らかだった。

「……くそっ」

何に対する悪態なのか、リベルト本人にも分かっていなかった。

オリヴィアを信じられなかった事への後悔か、ルーゲを信じすぎた事への自嘲なのか。

新しく使用人を雇い入れたルーゲ。その全てがこの事件の為だったというのか。

確かにルーゲならばどこにでも自由に出入りするだけの権限を持っている。異常を無効にする魔導具を操作する事も、毒の持ち込みだって出来るだろう。

だが、何故。

リベルトが振り返った先のルーゲを見つめるも、ルーゲはいつものような穏和な笑みを口元にのせているだけだった。――こんな事態だというのに。

自嘲と悔しさに、リベルトは強く唇を噛んだ。

隣に立つオリヴィアに目を向けると、碧色の瞳と視線が重なった。いまだ深い悲しみに覆われていながらも、背を真っ直ぐにしたその姿は、まるで春の花を思わせる佇《たたず》まいだった。

その瞳に宿る光に、リベルトは頭が冴え渡っていくのを感じた。諦めたくなる時に、支えてくれていたあの歌が聞こえてくるようだった。

「おい、鬼蛇族の望みは更に力を得る事だろう。俺をくれてやる。他の竜族やこの魔女を贄にするよりも、強大な力を約束してやる」

「リベルト!? ちょっと、あんた……!」

「ロザリアは黙ってろ。俺は時代の強者、竜王だ。俺以上の贄があるとでも?」

迷いのない声だった。

後ろに控える竜族が口を挟めない程に、強制力さえ感じさせる威厳ある声。――まさにその姿は王そのものだった。

「くくっ、泣けるよねえ。自分の身を捧げてまでも、守りたいんだ? でもその守りたいのって、竜族? それとも、オリヴィアちゃんのこと?」

キリルが可笑しそうに肩を揺らす。

揶揄《やゆ》めいたその声にも、リベルトは動じなかった。意思の強い黒い瞳で、キリルを見据えるだけだった。

「俺を信じるの? 竜王を贄にして、他の竜族に手を出さないって、そう思ってるの?」

「魔女がいるだろ。他の竜族には手を出さないって、俺とお前の契約を魔女を立ち会いに交わせばいい」

「なるほどねぇ……」

キリルは思案するように、ロザリアとリベルトをゆっくりと見比べる。しかしその視線はやがてオリヴィアに留《とど》まった。

「……でもさ、もっといい方法があるんだ」

愉悦に歪むキリルの口端。

ぞっとするほどの美しさに、オリヴィアは背筋が震えるのを自覚した。それを隠して、狂気の揺らめく黒い瞳を真っ直ぐに見つめ返す。

キリルから噴き出してくる悪意を、その一身に受けながら。

「いい方法……？」

ロザリアがオリヴィアを隠そうと、オリヴィアの前に一歩踏み出す。しかしキリルが顎を動かすと、控えていた鬼蛇族の兵士がロザリアの腕を掴んで壁際へと引っ張っていった。

「ちょっと……！　離しなさいよ！」

「ロザリアちゃん、そこでおとなしくしていてよ。君にもあんまり手荒な事はしたくないんだよねぇ」

宥《なだ》めるよう、キリルの声は優しい。その声に悪意が乗っていても。

オリヴィアは片手に魔法黒板を持ち直すと、逆の手で髪に触れた。直す振りで、その手を耳元へと滑らせる。右耳のピアスを引っ張ると、耳朶《みみたぶ》でピアスを留めていたキャッチが床に落ちた。音もなく、それが床に落ちた事に気付く者は誰もいなかった。

注目が、キリルとロザリアに向かっていた為だ。オリヴィアにはそれが分かっていた。

オリヴィアは手の中に握ったピアスに、そっと魔力を流した。誰にも気付かれないよう、細く弱く。

そして魔力を帯びたピアスを、隣のリベルトの手に握らせた。月とダイヤモンドが飾られた、姉と揃いの黒いピアス。受け取ったリベルトも、何事もなかったようにオリヴィアを見ることはしなかった。

リベルトは受け取った瞬間から、体が楽になるのを感じていた。

体内の毒が浄化されている事、それがオリヴィアに渡されたピアスのお陰だというのは容易に理解が出来た。先程ロザリアが言っていた『対処はしてある』というのは、これの事だったのかもしれない。それでもまだ、魔封じの枷を壊すだけの力は戻っていない。人質もいるこの状況で、安易に動く事は出来なかった。

「ロザリアちゃん、君にはそこで全てを見ていて貰いたいんだ。そうしたら、君も次の贄になれるかもしれない」

キリルが楽しそうに肩を揺らす。まだ何かを言おうと開いたロザリアの口を、後ろから鬼蛇族の兵士が手で塞いだ。

「さて、と……オリヴィアちゃん。君には俺たち鬼蛇族の為の贄になってもらう。君を捧げたら、我らが神はどんな力を与えてくれるのか……もしかしたら神が降臨されるかもしれない。想像するだけで震えるね」

「贄は俺だろう！」

　声を荒らげて、リベルトがオリヴィアの前に立ちはだかる。キリルから立ち上る悪意はリベルトには見えていないのに、まるで突き刺さるほどに鋭い悪意からオリヴィアを守ろうとするかのようだった。

「もちろん竜王様にも死んでもらうよ。オリヴィアちゃんが最上級の贄になる為に、その命を使って貰う」

　キリルは玉座から立ち上がると、ゆっくりとした歩調でオリヴィアとリベルトに近付いた。その手には小さな黒い水晶玉が握られている。その水晶が纏う靄は濃く、それが呪具として作られた魔導具だということにオリヴィアは気付いた。

「鬼蛇の神への贄は誰でもなれるわけじゃなくてね。強い魔力を持つ者、その身に強さを宿す者、それから業が深い者」

　キリルはリベルトの肩を掴んでぐいと退《の》けさせ、オリヴィアと向かい合った。

　オリヴィアは碧色の瞳でキリルの事を見つめていた。恐ろしくないわけじゃない。でも――

（負けたくない。もうこれ以上、誰も傷付けさせたくない）

　オリヴィアの脳裏にイリスの姿が浮かぶ。どれだけその身を傷付けられてもオリヴィアの事を守ってくれた。

　強い眼差《まなざ》しを正面から受け止めたキリルはにやりと歪《いびつ》な笑みを浮かべた。そして躊躇いもなく、持っていた水晶をオリヴィアの胸に押し付けた。水晶はまるで意思を持っているかのようにオリヴィアの体に沈んでいく。

（なに、これ……気持ち悪い……！）

強烈な圧迫感にオリヴィアは膝から崩れた。体の中を何かが這《は》いまわっているような不快感と強烈な痛みに吐き気がする。

オリヴィアが首から下げていた護符と、左耳を飾るピアスが高い音を響かせて弾けた。ばらばらに壊れてしまったそれにもう守護の力は宿っていない。

「呪い……？」

ロザリアが茫然《ぼうぜん》とした様子で呟いた。その声を耳に拾ったキリルは楽しそうに笑みを深めるばかりだ。

「ご名答！　これはね……その魂を泡沫《うたかた》と化してしまう呪い。鬼蛇の神が下さった力の一つでね、この水晶を作るのにもとてつもなく労力が掛かるんだ。すごく貴重なものなんだけどオリヴィアちゃんにならあげてもいいかなって」

にこにことキリルは上機嫌に説明をする。護符を失ったオリヴィアはキリルの纏う悪意に中られて、顔色を悪くするばかりだった。

リベルトは床に座り込むオリヴィアの隣に膝をついた。拘束されたままの手でオリヴィアの手をそっと握る。何も出来ない自分の無力さに唇を噛んだ。

「泡沫って……そんな……」

ロザリアの震える声にリベルトは眉を寄せた。解呪に長《た》けているロザリアが顔をこわばらせている。

「さすがはロザリアちゃん。竜王様にも教えてあげようね……泡沫になった魂は消えてしまうんだよ。

死んでも二度と生まれ変わる事もなく、その存在が永遠に消えてしまうんだ。怖いだろう？　でも解呪出来ないわけじゃない」

　オリヴィアの全身を蝕《むしば》んでいた痛みがゆっくりと引いていく。それでも体に悪意を植え付けられたような不快感が消えてくれる様子はなかった。

　オリヴィアの前にしゃがみこんだキリルはにっこりと笑っている。初めて会った時と同じような、人懐こい笑みだった。

「ねぇオリヴィアちゃん……君さぁ、竜王様の事が好きでしょう？　でも残念だったね、竜王様のお妃《きさき》様に選ばれたのはロザリアちゃん。まぁロザリアちゃんでも正妃にはなれないみたいだけど、オリヴィアちゃんはその選択肢にも入らなくて可哀想だね」

　甘い声だった。蜂蜜のように粘度が高く纏わりつくような声は同情の色を映しているようで、実際は何の感情も宿していない。オリヴィアはそれを感じ取って眉を寄せた。

「お姉ちゃんは希代の魔女なんて持て囃されて、何も苦労してなくて、竜王様まで奪っていって。魔力だけはたっぷりあるのに、声も出ないし魔法も使えない役立たずのオリヴィアちゃん。このままお姉ちゃんに全部奪われてもいいの？」

　誰も口を挟めなかった。優しくて、穏やかで、心に寄り添うような声なのに、誰にも発言を許さないような強い響きを持っていた。

「このままロザリアちゃんが竜王様の妃になっちゃったら、可哀想なオリヴィアちゃんは一人ぼっちになっちゃうね。竜王様とロザリアちゃんだけが幸せで、君の側にいてくれる人は誰もいない」

オリヴィアの胸に埋め込まれた水晶が、体の中でドクンと脈打つのが分かった。キリルの悪意に共鳴している。それに気付いてもオリヴィアには何も出来ない。

立ち上がったキリルは両手を広げて更に言葉を紡いでいく。まるで舞台を見ているような圧倒的な存在感だった。

「竜王様を自分のものにしたいでしょ？　このまま奪われ続けるままなのは嫌でしょう？　だから——竜王様を殺してしまえばいいんだよ。そうしたら竜王様は他の誰のものにもならない。君だけのものだ」

キリルはオリヴィアの腕を引っ張って無理矢理立たせると、その腕にあった魔法黒板を床に放り投げた。衝撃に耐えられなかった魔法黒板は割れ、中からは魔導石や部品の欠片が飛び出した。それらをキリルは踏み潰す。

「竜王様を殺して、最上級の贄となれば、俺達がずっと側にいてあげられるよ。贄の魂は神と共に。神は我等と共に。ほら、もうオリヴィアちゃんは一人じゃない。贄になるのもそんなに悪くはなさそうでしょ？　想い人を殺す魔女……なんて業が深いんだろう。君は間違いなく今までで最高の贄になれるよ」

音もなく近付いた鬼蛇族の兵士が、キリルへと長剣を差し出している。それを受け取ったキリルは、立ち尽くしたままのオリヴィアの手にその剣を握らせた。柄《つか》の部分に蛇の装飾が巻き付いた、柄も蛇も刃も黒く塗りつぶされた不気味な剣だった。

「贄となった君を誰も蔑まない。出来損ないと貶《おとし》めた奴等を皆殺しにする事だって出来るんだ」

オリヴィアはゆっくりと顔を上げて、真正面からキリルを見つめた。

心地の好い声に呼応するように、胸の中の水晶がどくどくと脈打っている。悪意が悪い薬のように体の中を駆け巡る。この優しい声に身を委ねるように、心が訴えかけてくるようだった。

（……暗示をかけているのね）

オリヴィアはそう思った。呪いを帯びたあの水晶を使って、体の中からオリヴィアを支配しようとしている。

影よりも闇よりも深いキリルの黒曜石の瞳。その瞳の奥には相変わらず狂気が揺らめいている。

（わたしは魔女。出来損ないでも疎まれても、わたしが魔女であることに変わりはない。魔女を従えようとするなんて——この人が一番わたしを蔑んでいる）

何も反応しないオリヴィアに、キリルは眉を寄せた。苛立ちを含んだ溜息が広間に響く。

「オリヴィアちゃん、竜王様を殺して贄にならないなら、君の魂は泡沫と消えてしまう。君という存在がこの世界から永遠に消えてしまう。そんなのは嫌だろう？　竜王様を殺さなくても、君は呪いで死んでしまう事に変わりはない。オリヴィアちゃんが贄とならずに死んだら、贄は竜王様になるだけだ。どちらにせよ竜王様が死んでしまうなら、自分のものにしてしまえよ」

キリルの言葉が荒くなる。人がよさそうに見えて、心の奥にはこれだけの激情を隠していたのか。そう思いながらオリヴィアは剣を両手に握り直した。

キリルは踵《きびす》を返して玉座へと戻る。無防備な背中を向けているのに、斬りかかれる気がしなかった。一歩でもキリルに向かった瞬間に、自分は殺されるだろう。オリヴィアはそれを肌で感じていた。

「このまま奪われ続ける弱者でいたくないだろ？　贄となれば君が奪う側だ」

　また甘い声で誘いながらキリルは玉座に座る。にっこりと笑ってオリヴィアの事を見つめていた。

「……オリヴィア、俺を殺せ。その後はどうとでもなる」

　懇願めいた声だった。

　オリヴィアはリベルトに向かい合う。どうとでもなる、なんてリベルトだってそう思っていない筈《はず》なのに。そう思って困ったようにオリヴィアは笑った。

　泡沫となるのは怖い。死ぬのは怖い。

　この人に、姉さんに、自分が死ぬところを見せるのが怖い。きっと優しいこの人達は自分の事を責めるから。

　剣を握る手に力を込めたオリヴィアは、ロザリアに顔を向けた。泣きそうに顔を歪めた姉に、笑って見せた。泣いてしまいたいのを、必死に堪えて。

　またリベルトに向き直る。

　金の瞳が真っ直ぐに向けられている。八年前のあの時と同じ、意思の強い眼差しがオリヴィアは大好きだった。

『助けるのはこれで二度目よ』

　声の出ない唇が、言葉を紡ぐ。

　金の瞳が驚きに見開かれたのを見て、オリヴィアは少し笑った。

　剣を返し、切っ先を自分に向けたオリヴィアは、それを胸に突き刺した。躊躇はなかった。

鮮血が舞い、鋭い痛みが体を走る。胸の奥の水晶がひび割れて、呪いが溢れ出すのが遠ざかる意識の中でも伝わってくる。

(どうか二人が、生きていてくれますように)

　オリヴィアが最期に思った事は、それだけだった。


　リベルトの目の前でくずおれる華奢な体。胸から溢れる真赤な血は、黒剣を伝って床に飛沫《ひまつ》を散らす。流れ出す血に混ざって、どろりとした黒い液体がオリヴィアの胸元を汚していった。オリヴィアの胸に埋め込まれた、呪いだった。

「オリヴィアぁぁぁ!!」

　ロザリアの悲鳴が響く。

　いくら暴れても兵士の拘束は緩まらない。ロザリアは必死にオリヴィアの名前を呼び続けている。声が掠《かす》れても、嗚咽《おえつ》が混じっても、応えてくれる事をひたすらに願って。

　リベルトの目の前が赤くなる。怒りと哀しみ——昔、母が目の前で死んだ時も同じだった。また自分は繰り返すのか。同じように大切な人を失うのか。

　自分の意思とは関係なく、体が変化していくのが分かった。魂が震える。失ってはいけないと心が叫んだ。

「グアアアアアアア!!」

　悲痛を孕《はら》む咆哮《ほうこう》が広間に響く。窓が震え、割れてしまう程の威圧だった。

半竜に身を変えたリベルトは魔封じの枷を力任せに引きちぎった。枷が食い込んで左手が千切れ落ちた事にも気付かなかった。

オリヴィアの傍らに膝をつき、黒剣を引き抜く。溢れ出る血も構わず、残る右手を胸に当ててありったけの魔力を込めた治癒魔法を注ぎ込んだ。命を繋《つな》ぎ止める為に。

「……くそ、魔女といっても所詮は女か。おい、竜王を殺せ。そのまま贄の儀式に入る」

キリルが舌打ちをして兵士達に命令をする。それに従った兵士達が一斉に距離を詰めて、リベルトに斬りかかった。

「邪魔を、するな……！」

リベルトの威圧に兵士達は思わず剣を取り落とす。毒で弱っている事など感じさせないその様子を見て、キリルは何度目かも分からない舌打ちをした。

「……あの女、竜王の毒を無効にしたな」

キリルが苛立った様子で立ち上がり、兵士から剣を奪ってリベルトに向かった時だった。

――光が溢れた。

光の中心にいるのはオリヴィア。血の気の失った顔で意識もないが、その胸にある傷口から碧色の光が溢れ出している。その光はオリヴィアの魔力そのものだった。

碧い光は広間全体を包み、降り注ぐ。暖かくも穏やかな、春の木漏れ日のような優しい光。

「これは……癒し、か？」

激昂《げきこう》していた感情が、光によって落ち着きを取り戻していく中で、リベルトは失った左手を見た。

碧い光が粒子となり、手を象《かたど》って再生していった。

オリヴィアの胸に広がっていた泡沫の呪いも、光が触れたところから消えていった。まるで泡が弾《はじ》けるかのように。

「ぐ、っ……」

呻《うめ》き声と同時に剣が落ちる音がした。キリルをはじめとした鬼蛇族が、膝をついて頭を押さえている。皆一様に苦悶《くもん》の表情で、嘔吐《おうと》して痙攣《けいれん》している者もいた。

「癒しと浄化。それに鬼蛇族は耐えられないんだわ」

声の主は、拘束から抜け出て駆け寄ってきたロザリアだった。涙に濡《ぬ》れた天色の瞳が、鋭くリベルトを睨《にら》み付けている。

「早くこれを壊してちょうだい。あたしは、オリヴィアを助けたい」

「ああ」

リベルトは促されるままに、魔封じの枷を引きちぎる。枷にもう魔力を封じるだけの力はなく、ただの手枷と化したそれを壊すのは簡単な事だった。

壊れた枷をキリルに向かって投げつけたロザリアは、両手をオリヴィアに翳《かざ》した。天色の瞳が色を濃くして、ロザリアの髪が魔力を帯びる。小さな音と共に髪飾りが壊れ、ほどけた髪が風に舞った。

一瞬でオリヴィアの周りに魔法陣が描かれる。五芒星の頂点から、オリヴィアの胸に光が集う。

見守るリベルトの側に、枷を壊したカミラとイリスが駆け寄ってきた。二人の傷も全て治っている。オリヴィアから溢れた癒しの魔力のおかげだろう。

「わたくし達も治療の心得はございます」

「ありがとう、お願い」

「オリヴィアは助かるか？」

カミラとイリスもオリヴィアに向かって治癒魔法を展開する。リベルトはオリヴィアの手を握りながら、ロザリアに問いかけた。握る手が氷のように冷たくて、不安が胸を焦がすようだった。

「あたしを誰だと思っているの。これでも治癒魔法は当代随一って言われてるんだから。でもまぁ、あんたにもお礼を言ってあげる。あんたが治癒してくれてなかったら、危なかったかもしれない」

　力強い言葉に、リベルトは心から安堵した。

　少し心に余裕が出来て、手を握ったまま周囲を見回すと、鬼蛇族は未だに苦悶の呻きをあげている。毒が浄化された事で力を取り戻した竜族の衛兵は、魔封じの枷を壊して立ち上がっている。リベルトの目配せに応えて、衛兵達は鬼蛇族を拘束していった。そして、拘束されたのはルーゲもだった。

「この魔力が、オリヴィアの本当の力なのか？」

「そうよ、オリヴィアは体に対して魔力が多すぎるし強すぎるの。だから体が壊れないように無意識に抑えていたんだろうけど……こうして器が壊れた事で魔力が溢れ出したのね。それでも攻撃するんじゃなくて、癒すんだから……魔力でさえやっぱりお人好しだわ」

　ロザリアは意識を失っているオリヴィアの額を軽くつついて、溜息をついた。

　三人がかりの治療が功を奏してか、オリヴィアの命は取り留められたようだった。まだ顔色は悪く、その体も冷たい。しかし繋ぐ手からは確かに鼓動が伝わってくる。

「この子は……魔力が余りにも強すぎたの。だから魔法式に転化出来なくて、魔法が使えなかっただけ。でもあるひとつの方法でなら、魔力を制御して魔法を使えた」

「それが、歌か」

「気付いちゃったのね。そうよ、八年前にあんたを助けたのはオリヴィア。その代償に、この子は声を失ったのよ」

「……俺のせいで」

「オリヴィアはあんたを助けた事を悔いてなんてなかったし、声が無くなっても恨んだりしなかった。だからあんたも自分を責めるのはやめてよね」

「だが……」

「あんたを責めていいのは、オリヴィアだけよ。そのオリヴィアが責めていないんだもの、他の誰も責める事なんて出来ないでしょ。我が妹ながら人が好すぎて泣けてくるわ。この子があんたを責めてくれたら、あたし達だってあんたをぶん殴ってやれたのに」

　リベルトはロザリアの言葉に、ただ頷くしか出来なかった。

　オリヴィアの頬にそっと触れる。その瞬間、いままで朧《おぼろ》げだった八年前の少女の姿が鮮明に浮かび上がった。

　ピンク色の髪に赤いリボンをつけた、碧の瞳の女の子。少し困ったように笑う、優しい表情。大丈夫だと、治してあげると歌ってくれた。手を伸ばせば、竜の掌に頬を擦り寄せてきた。

　意識を失った少女と、いま目の前にいるオリヴィアの姿が重なった。

「……また助けられたんだな」

「うちの妹は凄いでしょ」

「ああ、まったくとんでもねぇよ」

次第にオリヴィアの呼吸が整ってきたのが分かった。白のブラウスが血に染まって破れているが、既に出血は止まり傷も塞がっている。

「もう大丈夫。意識を取り戻すまでには、まだ時間が掛かるだろうし休ませたいんだけど……」

「隣の部屋を使え。安全が確認されたわけじゃねぇから、悪いがまだ帰してやれねぇ」

「それだけが理由じゃなさそうだけど。ま、いいわ」

魔法陣がゆっくりとその形を消していく。それを待って、イリスがオリヴィアを抱えあげた。カミラの先導で、ロザリアも共に広間を後にした。

隣室といっても扉があるわけでもない。騎士達が謁見の際に控える、扉の無い小部屋だった。そこなら広間からも様子が分かる。

それを見送ったリベルトは、拘束されて壁際に並ばされた鬼蛇族と対峙《たいじ》した。

オリヴィアの光が消えても、彼らは未だに苦悶の表情を浮かべていた。両手両足がしっかりと拘束され、武器を隠し持っていないかも確認されている。

そして同じように並ばされていたのは、もちろんルーゲも同じだった。穏和な表情は消え、憤怒と怨恨の視線をリベルトに向けている。その様子に、幼い頃に教育係だったルーゲと共に過ごしたあの時間はもう戻らないのだと、リベルトは理解するしかなかった。

　リベルトはルーゲに数歩近付き対峙する。リベルトにはオリヴィアの持つような、悪意が見える力はない。しかし相対するルーゲの視線からは、彼が自分を疎んでいると読み取る事は容易だった。

「ルーゲ、どうしてこんな事をした」

「はて、どうしてとは。私めも毒でやられて捕まっていたではありませんか。長らくお仕えした爺《じい》に対して、あまりの仕打ちですぞ」

　リベルトの問い掛けに、ルーゲはその表情をいつもの穏和なものに変えて言葉を紡ぐ。同情を煽《あお》るような憐《あわ》れな姿を装っているのがリベルトには分かっていた。

「質問を変える。オリヴィアからの手紙はどうした」

「手紙なぞ預かっておりませぬ。妹君がカミラに渡した場にはおりましたが、その後は存じませんぞ。カミラを問いただすべきではないかと」

　何を問うても無駄だと分かっていた。この臣下は飄々《ひょうひょう》とこの場を切り抜けようとするのだろう。

「まだるっこしい事やってるのね」

　声の主はロザリアだった。

　リベルトの隣にやってきたロザリアは、波打つ髪を肩から背に払ってから、胸の前で腕を組む。

「リベルト、あたしに任せなさい」

「ロザリア？」

「この男はあたし達と魔女の契約を交わしてる」

ロザリアの言葉にルーゲの顔色が変わった。体の前で拘束された両手のうち、左手で右の指達を覆ったのは無意識の事だったのかもしれない。ルーゲが隠した右手中指には、黒い指輪が埋め込むように嵌《は》められている。魔女の契約を交わした証《あかし》だった。

「契約にはこう在るわ。『魔女に危害を与えてはならない。魔女を裏切ってはならない』と」

「……何の事ですかな。今回の事件は鬼蛇族が起こしたもので、私は関係ありませんぞ。もちろんロザリア様を裏切るなんて事も……」

「聞けば分かるわ」

ロザリアの髪が魔力の風で遊ばれる。色を濃くした天色の瞳が、ルーゲを真っ直ぐに見つめている。

『我ら魔女を裏切るための嘘《うそ》をついてはならない』

静かだが抗《あらが》うことの許されない響きだった。

ロザリアの魔力が高まっていく。薄刃《うすば》のように冴《さ》え冴《ざ》えとした気配に、ルーゲだけでなく周りを囲む衛兵達まで息を呑んだ。

ルーゲの中指にある黒い指輪が、ロザリアの魔力に呼応するように震えている。そしてそこから立ち上ったのは、長く大きな黒鎌だった。魔女言葉が刻印された鎌刃が、光を受けて不気味に光っている。ゆっくりとその鎌の先がルーゲに向かって倒れていき、そして止まった。少しでも振り下ろされれば命を刈り取る程の距離で。

「あたし達を裏切れば、その鎌はあんたの大切なものを刈り取るわ。命なのか自尊心なのか、名誉か、それとも他にいる誰か大切な人なのか。魔女の契約ってそういうものよ」

間近に迫る大鎌からルーゲは目が離せなかった。少しでも目を逸らせば、その刃がいまにも襲いかかってくるように見えるのだ。圧倒的な存在感に、ルーゲは脂汗を浮かべている。

「嘘はひとつもつかない方がいいわよ。どの嘘があたし達を裏切るものにあたるかは分からないから」

　そう口にしたロザリアは振り返り、未《いま》だ半竜姿のリベルトに目を向けた。すっかりと再生された左手は、もう馴染《なじ》んでいるように見えた。

「さてと……いいわよ、リベルト。何でも聞いたらいいわ」

「これが魔女の契約か。恩に着る」

　ロザリアは肩を竦めると、後は任せたとばかりに一歩下がった。

「ルーゲ、お前は何を成そうとした」

「くくっ、……魔女とは本当に恐ろしい生き物ですな、リベルト様。取り込もうとしたのが間違いだったやもしれません」

　ルーゲは深く息をつくと壁に背中を預けて寄り掛かった。そのままずるずると座り込む。同じようにして大鎌も動いて、契約からはもう逃れられないのだと、ルーゲにも分かっていた。

「何を成そうとしたか……私はね、ずっと昔からこの国が欲しかったのですよ。しかし私には竜王になるだけの絶対的な強者の力はなかった。それでも、まだ幼い次代の竜王を自分の傀儡《かいらい》にする事が出来れば、私の願いが叶う……そう思っていたのです。その為に幼い頃からあなたを教育してきたのですが、あの事件だ。先代となったあの男の思想は私に近いものでしたが、あの男がいる限り私は王になれない。だから生き延びたあなたが戻ってくるのを本当に心待ちにしていたのですよ」

いつもきっちり整えられている白髪を、拘束されたままの手でルーゲは乱した。自嘲からか、口許は笑みの形に歪んでいる。

「先代を打ち倒して竜王となったあなたは本当にご立派でした。強さはそのままに、幼い頃の優しさも変わらない。いや、むしろ甘ったるい理想を並べる程に。竜族至上主義を厭い、他種族との同調や親交を求めていくあなたに賛同する者もいれば、嫌悪する者もいた。あなたはその者達をも納得させる為に対話を繰り返し、この国を見事に纏めあげてしまいましたね。ご立派でしたが……私の目的の為には、少々出来の良すぎる王でしたな」

誰も言葉を発せずに、ただルーゲの言葉に耳を澄ませていた。

ルーゲの言葉を聞いていたリベルトは、今までの事を思い返していた。竜王になって、国を纏めて、その全てにルーゲは自分と共に在った。支え、時に導き、共にこの国を思っていたはずだったのに、全てがまやかしだったというのか。

リベルトがぐっと拳に力を込めると、掌に爪が刺さって小さな痛みがする。それに意識を向け、感情に飲み込まれるのを堪えていた。

「そこで用意したのが、あなたが想いを寄せていた魔女。懐柔して私側へ取り込んだ魔女の言うことなら、頭の固いあなたにも届くかと思いましてね。魔女が第二妃につけば他国への牽制《けんせい》にもなりますし、妹君を他国へ嫁がせれば国益にもなると思った」

リベルトの背後で、ロザリアの怒気が膨れ上がった。肩越しに視線を送ると、ロザリアは苛立ちを隠そうともしていなかった。

「侍女達を扇動して妹君を冷遇したのは、ロザリア様の自尊心を満たせるかと思ったのですが……想像よりも姉妹の絆《きずな》が強かったようで、これは悪手だったと反省しております。足手まといの魔女未満など、切って捨てるのかと思いましたが……いやはや、まさか妹君があれだけの力を秘めていたとは」

揶揄うようなルーゲの言葉は、オリヴィアの事もロザリアの事も煽っている。ロザリアはその視線だけでルーゲを射殺せそうな程に怒りの表情に顔を歪めているが、この場はリベルトに任せてくれるようだった。

リベルトはルーゲの言葉に宿る悪意に溜息をついた。

オリヴィアはこんな悪意を、いつもあの華奢な体で受け止めていたのか。改めて彼女の心の強さに敬服するばかりだった。

それればかりではいられない事も分かっている。彼女が自分を二度も助けてくれたように、今度は自分がオリヴィアを助けたい。支えとなれるようにもっと強く在らねばならない。オリヴィアが憂いなく笑っていられるように。

そう決意したリベルトは、改めて悪意に向き直る。今まで目を逸らしていた現実を受け止める為に。

未だ物々しい雰囲気に広間は包まれている。

キリルをはじめとする鬼蛇族は、まだ回復出来ていないようだ。それだけ、オリヴィアの浄化の魔力が強かったのだろう。

鬼蛇族が不穏な動きをしないよう、そちらにも意識を向けながら、リベルトはルーゲの言葉を受け止めていた。

「鬼蛇族が国境の砦を襲撃した、すぐ後です。このキリルが私に接触してきたのは。竜王を贄にすれば、竜王国にまでは手を出さない、むしろ次代の竜王を掌握するだけの力を与えてくれるという取引に、私は乗りました。何も難しい事はありませんでした……言われるままに鬼蛇族を雇い入れ、守りの魔導具を壊すだけで良かったのですから」

そこでルーゲは低く笑った。嘲るような笑みは一体何に向けられているのか。

「今日は私の長年の夢が叶う日だと、喜びで心が震えていたのです。まさかキリルが妹君を贄にしようとするとは思いませんでしたがね……私としては竜王であるあなたが死んでくれるなら何でもよかった。あとは鬼蛇族のせいにして、この広間の面々をすべて殺し、新しい竜王や仕える者を選べばよかっただけです」

辿るはずだった最悪の未来に、リベルトは眩暈がしそうだった。

オリヴィアがいなければ、殺されていたのは自分だけではなかったのか。それを成そうとしていたのがルーゲだったという事に、リベルトは強い憤りを感じずにはいられなかった。同胞を、命を何だと思っているのか。

「オリヴィアは最初から、あんたがリベルトに悪意を持っている事に気付いていたのよ。だからあの子はこの城に来たんだもの」

「はっはっは、最初から注意しなければならなかったのは、妹君だったというわけですか」

一歩進み出てリベルトの隣に並んだロザリアが、言葉を発した。怒りに満ちた苦々しげな声だった。

それを軽く受け流すようにルーゲが笑う。悪事が露見したにも拘わらず、いつもと何も変わりのない姿だった。

「あなた達を呼び込まなければ、全てはうまくいっていたのかもしれません。頂点に立つ竜王をも手の内にする……即ち私が本当の王になるはずだったのです」

「竜王ってのは時代の強者なんでしょ。あんたが選ばれないのも納得だわ」

溜息をついたロザリアの、天色の瞳が魔力を帯びて色濃く輝きを放つ。

「リベルト、あんたには悪いけど……この男には魔女の裁きを受けて貰う。魔女の怒りを買った罪を、その身で償うといいわ」

リベルトは頷く以外になかった。本来ならば全て調べあげ、裁きの場にて罪が下されるべきだろう。

しかし相手にしているのは魔女。

魔女は何者にも跪《ひざまず》かず、従わない。魔女を敵に回す事の恐ろしさをルーゲは理解していなかったのかもしれない。

『契約者は我ら魔女を裏切った。故にこの契約を破棄とする』

ロザリアの声に魔力が宿る。指をぱちんと鳴らした瞬間、低くもあり、高くもある不気味な嘲笑が広間に響き渡る。それが大鎌から発せられていると気付いた瞬間、刃が勢いよく振り下ろされ、そしてルーゲの体を突き抜けて消えていった。

その瞬間——ルーゲから何かが失われた事が、その場の全員にも分かった。竜王にはなれない程度とはいえ、ルーゲも間違いなく上位の竜だ。その身が纏っていた圧倒的な存在感が消え去っていた。

「……まさか、いや、そんな……！」

ルーゲの悲痛な声が広間に響く。何かを成そうとしているようだが、思うままに動かない事を理解したのか、顔が絶望の色に染まっていく。

「……竜の力を失ったのか」

ぽつりと零《こぼ》したリベルトの背に冷たいものが走った。その者の種族まで変えてしまう、魔女の契約。この世界の理《ことわり》も捻《ね》じ曲げてしまう程の力に手を出したルーゲが辿る末路は、最初から決まっていたのかもしれない。

「竜族至上主義を掲げてたこの男が、まさか竜でなくなるなんてね。死んだ方がましだったんじゃないかしら。この先の処罰はあんたに任せるわよ」

ゆっくりとロザリアの瞳が穏やかな色に変わっていく。多少は気持ちが晴れたのか、その表情も先程までよりは落ち着いていた。

「くくっ、あははは！　最高だね、魔女って。手に入れられなかった事が本当に悔しいよ」

不意にキリルの声が響いた。未だ血の気は失《う》せているが、拘束されているにも拘わらずその顔は愉悦に満ちていた。

「さて竜王様、俺達の事はどう裁く？　一族郎党何もかも皆殺し？」

「お前達には裁きの場に立ってもらう。処刑もやむなしかもしれんが、まず鬼蛇族の長《おさ》と――」

「ふふ、そんな事させてあげない」

リベルトの言葉を遮ったキリルの口端から一筋の血が流れた。それを合図としたかのように、他の鬼蛇族も口から血を流して前のめりに倒れていく。

「おい！」

「この身を、我らが神に捧げる……。君に殺されてなんて、あげない……」

確実に死が近付いていく中で、キリルは楽しげに笑っていた。歪んだ口端から更に血が溢れていく。その黒い瞳には相変わらず狂気が宿り、死への恐怖は微塵《みじん》も見えない。

「あーあ……オリヴィアちゃん、欲しかったんだけどな……」

「ふざけないで。あんたになんて絶対に渡さないわよ」

「ははっ、いいね、ロザリアちゃん。君の……そういう勝ち気なところも可愛かったんだけど」

その瞬間、前触れもなくキリルの体が黒い炎に包まれた。キリルだけではなく、他の兵士達も炎に焼かれている。キリルの笑い声が更に大きくなる。

その炎に顔が見えた。口が裂けているかのように大きく笑った炎は、愉悦の笑い声を響かせて鬼蛇族の体を貪っていく。

「鬼蛇族の信仰する神か……！」

そう気付いたリベルトが水魔法を展開する。光を含んだ飛沫がキリル達に降り注ぐけれど火の勢いはおさまらない。キリル達の体はあっという間に炭と化してしまった。歪な笑い声が消えた後には、肉の焼ける臭いだけが残っていた。

「くそ……」

「リベルト様！　息のある者がおります！」

端にいた年若い兵士が、全身が爛《ただ》れた状態ながらも未だのたうち回っている。

「死なせるな！」

「はっ！」

治療の術を持つ衛兵が、鬼蛇族の兵士を取り囲んでいる。淡い治癒の光が溢れ、暴れる兵士が少しずつおとなしくなっていった。

「……俺は何もできなかった」

炭化したキリルだった残骸を見ながら、リベルトが小さく呟いた。後悔にまみれた声は暗く、重い。

「そうね、狸親父《たぬきおやじ》に翻弄されて、鬼蛇族にいいようにやられて情けなかったわね」

「手厳しいな」

「でもあんたは竜族の為に、オリヴィアの為に死のうとした。オリヴィアを助けてくれた。あんたを認めたわけじゃないけど、何も出来なかったわけじゃないわ。甘いだとか何だとか狸爺は言っていたけど、そんなあんただから竜王なんじゃないの」

「……あり――」

「お礼なんてやめてよね、気持ち悪い。もう一度言うけど、あんたを認めたわけじゃないんだからね」

ふん、と鼻息も荒く、盛大に舌を出したロザリアはオリヴィアの休む小部屋へと向かっていった。

その背を見送るリベルトは苦笑いで肩を竦めた。

「……出来なかった事よりも、出来る事を考えるべきか」

小さく呟いたリベルトは、治療を受けている兵士の元へと歩みを進めた。焼け爛れていた皮膚も気管も再生されたのか、譫言《うわごと》を繰り返している。その声を聞き取ろうと、傍らに膝をついたリベルトは耳を澄ませた。

「こ、怖い……死にたく、ない……」

リベルトの眉間に皺が寄った。怒りの気配に、治療にあたっていた衛兵達が一瞬怯《ひる》む程だった。勢いよく右手を振りかぶり、兵士の額を平手でばちんと強く叩く。そこに怪我人《けがにん》への配慮は欠片も無かった。

「当たり前だろ、甘えるな。死ぬのも、死なれるのも怖いに決まってるだろうが。……治ったら魔封処理をして牢《ろう》に入れておけ。それから防衛砦《とりで》のディーも呼び戻してくれ」

「かしこまりました」

衛兵達に指示を出したリベルトは、玉座に向かい、そこに座った。いつしかこの座り心地にも慣れてしまっていたらしい。しかしそこから見下ろす景色が、今までとは異なっているようにも見えて、リベルトはまた溜息をついた。

「やる事が山積みだが、まずは……」

リベルトの視線がオリヴィアの休む小部屋に向かった。思い出すのは鮮血を散らしてくずおれる肢体。その光景を掻《か》き消すようにリベルトは頭を振って背凭れに深く体を預けた。

第四章　未来は手を取り合った先に

暖かな、優しい匂いが春を思い出させてくれる。

そよぐのは柔らかな風。木々を揺らして、波音のように耳に響いた。

細枝から風に流された蜘蛛《くも》の糸が一本、陽光できらきらと光っている。木漏れ日が揺れ動く枝葉に移ろって、色彩豊かな花々が遠くの丘まで咲き誇っていた。

美しいものだけを集めたような、優しい場所。真綿に包まれるように、優しい場所。

ここには傷付けるものなんて欠片《かけら》もない。傷付く弱い心もない。

そんな場所に一人立っていたオリヴィアの髪が、風に流される。片手でそれを押さえたオリヴィアは、周囲に誰もいない事に気が付いた。綺麗《きれい》すぎるこの風景が、どことなく心細さを呼び込んでくる。

オリヴィアは自分で自分を抱くように両腕を回した。暖かかった風が少し冷たく変わっていった。

目の前に、幼い黒竜が現れた。

大切そうに両の掌《てのひら》に抱えられているのは、幼い頃の自分だ。

鱗《うろこ》のひとつまで光を帯びた美しい黒竜は、金色の瞳にオリヴィアを捉えた。どこまでも深く、どこまでも澄んだその瞳に宿るのは意思の強さ。思えば自分は最初から、この瞳に惹《ひ》かれていたのだ。傷付き、濁っていたとしても、宿る光は変わらない。

この竜を助けたいと思った。

声が無くなったと聞いた時、悲しみよりも、竜が生きている事に喜びを覚えた。どうしてそこまで黒竜に固執するか、家族には分かって貰《もら》えなかったけれど。

助けたいと願った、それが叶《かな》った。それならもう、そこには喜び以外にないじゃないか。今ならそう、はっきりと言えるのに。

抱えられている自分は消えて、黒竜がリベルトの姿になる。

いつも手荒に乱している黒い髪に触れたいと思った。その美しい金の瞳にわたしだけを映してほしいと思った。わたしの名前を呼ぶ低い声に胸の奥が苦しくなった。抱き締められると心臓が騒がしくて、少し怖いのに離さないでほしいと願った。

いつから、だとか。どこが、だとか。

そんなのはもうどうでもよかった。

「わたしはリベルトが好き」

呟《つぶや》いた声は自分でも驚くくらいに甘くて、恋慕に染まっていた。

美しかった景色がガラスのように割れていく。砕けた破片が天空へと吸い込まれていく。

後に残されたオリヴィアは、暗闇の中でただひとり。それでも何も怖くなかった。

美しくなくてもいい。

醜くても、傷付いていても、それでもいい。ここはわたしの居場所じゃない。

オリヴィアは目を閉じて、まるで自分が溶けて消えていくような、そんな感覚に身を委ねた。

目を開く。

瞬《まばた》きを繰り返すと霞《かす》んでいた視界が明瞭化する。

目を覚ましたオリヴィアが最初に見たものは、心配そうに自分の事を覗《のぞ》き込む姉の姿だった。

「オリヴィア、目が覚めたのね。……良かった」

ロザリアの瞳が涙に揺れる。ひとつの瞬きを合図として、溢《あふ》れた涙が溢《こぼ》れ落ち、シーツを濡《ぬ》らしていった。

そんな姉の姿に、自分の状況を思い返す。ゆっくりと上体を起こして胸元を見るも、そこにあるべき傷は無く、着替えさせてくれたのか服に破れも血痕も無かった。

「無茶するんだから、もう。あんたがいなくなったら、あたしは……」

「ごめんなさい」

響いた声に、オリヴィアとロザリアは顔を見合わせた。

二人とも驚きに目を丸くして、お互いの顔をじっと見ている。

「……オリヴィア？」

「……姉さん？」

「声が……」

「……出てる」

確かめるようにゆっくりと、オリヴィアが言葉を紡いだ。思うままに唇の震えるままに、言葉が声となって発せられる。

ロザリアは顔をくしゃりと歪《ゆが》ませると、先程よりも大粒の涙を溢れさせてオリヴィアに抱きついた。ベッドに片手をついて、その衝撃を受け止めたオリヴィアは、両腕をロザリアの背に回して抱き締めた。そしていつしかオリヴィアの瞳にも涙が浮かんでいた。

「声が、戻ったのね……！」

「心配かけてごめんなさい、お姉ちゃん」

「あんたって子は……！　もう、あたしを泣かせてどうするつもりよ！」

約束を果たしたオリヴィアに対して、ロザリアが更にぎゅうぎゅうと抱きついてくる。その温《ぬく》もりが心地よくて、愛《いと》しくて、オリヴィアは嬉《うれ》しそうに笑うばかりだった。


「あんたの声が戻った要因だけど……ひとつ、思い当たる事があるのよね」

落ち着きを取り戻したロザリアは、盛大に鼻をかんでからベッド横に椅子を置いてそこに腰を下ろした。未《いま》だ目元が赤く、多少の腫れぼったさが残っている。

「思い当たる事？」

姉の言葉を繰り返したオリヴィアは、未だに自分の声に慣れていないのか何度も喉を擦《こす》っている。なんだか擽《くすぐ》ったくて、恥ずかしいようなそんな不思議な感覚だった。

「あんたが自分を剣で刺した後。リベルトがあんたの体に治癒魔法をかけたんだけど……あれはあたしの知ってる治癒魔法なんてものじゃなかった。自分の魔力、もしかしたら生命力まで叩《たた》き込むような、そんな荒々しくて激しい魔法」

オリヴィアは喉を擦っていた手を、無意識に胸元に滑らせた。

「あんたは昔、魔力の全てを使ってあの男を助けたでしょ。今回、同じようにしてあいつがあんたに魔力を送り込んだ……それがひとつの引き金になって、声が戻ったのかもしれない」

「リベルトは無事なの？」

自分を助ける為《ため》に、リベルトが何かを失っていないだろうか。オリヴィアは不安に襲われて、落とした両手で上掛けをぎゅっと握りしめた。

「無事よ。一度は片手が千切れてたけどそれも再生したし。……あんたのおかげでみんな助かったのよ。はらはらしたからもう二度とやらないでほしいし、させないけど」

「もうしないわ。怖かったもの」

「そうしてちょうだい。……あたしはやっぱりあんたが一番大事だから、あんたが傷付くのは嫌なのよ」

「分かってる。心配させてごめんね、姉さん」

「もう一回、お姉ちゃんて呼んでくれたら許してあげる」

「……お姉ちゃん、ありがとう」

改めて口にするのは気恥ずかしいものがあった。それを誤魔化し、笑み混じりに紡いだ言葉にロザリアは満足そうに大きく頷《うなず》いた。

「あの後のことは……あいつから聞いたらいいわ。あんたが目を覚ますのをずっと待って、いまも廊下をうろうろしている情けない男にね」

「廊下にいるの？」

「気配を隠しているつもりなんだろうけど、あたしにはお見通しよ。オリヴィア、変な事をされる前にぶん殴るのよ」

「もう、大丈夫よ」

相変わらずの姉の調子にオリヴィアは苦笑いをするしかなかった。

ロザリアはオリヴィアの頭をぽんとひと撫《な》でし、それから部屋を出ていった。

静かになった部屋に、廊下の喧騒《けんそう》が聞こえる。姉の声と、リベルトの声。話の内容までは聞こえないのに、なんとなく何を言っているかは想像がついて、オリヴィアは肩を揺らした。

喧騒が遠ざかったかと思えば、ノックが響く。応えを待たずに扉を開けたのはリベルトで、その顔には疲労が色濃く表れていた。

それを見たオリヴィアは、困ったようにただ笑った。

入室したリベルトは、真っ直ぐにベッドに向かってきた。先程までロザリアが座っていた椅子の横に立ったまま、言葉を探すように視線を足元に彷徨わせている。

痺《しび》れを切らしたオリヴィアが話しかけようとした瞬間、オリヴィアの体は身を屈《かが》めたリベルトの両腕に包み込まれていた。

「……無茶するな、馬鹿が」

掠《かす》れた声が静かな室内に落ちる。どれだけ心配をさせていたのか、不安を煽《あお》っていたのかが伝わるようで、オリヴィアはただ小さく頷いた。両腕を背中に回して、自分からも体を寄せると、リベルトの力が更に強まって。それだけでオリヴィアの胸は締め付けられた。

「俺はあんなものじゃ死なない。俺を刺せば良かったんだ、馬鹿野郎」

悪態を口にしている筈《はず》なのに、隠しきれない悲しみがその声には宿っている。それに気付かない程、オリヴィアは鈍くも在れなかった。

こうして抱き締められていては、いつものように唇を読んでもらえない。リベルトもそれを分かっているのだろう。答えを必要としていないのかもしれない、そうオリヴィアは思ったけれど、口を開かずにはいられなかった。

「……ごめんなさい。死にたかったわけでもないし、死ぬのが怖くなかったわけでもないのよ。ただ、あなたを刺すなんて、わたしには出来なかった」

オリヴィアの柔らかな声で紡がれる言葉達。

それを耳にしたリベルトは弾《はじ》かれたように体を離し、両手でオリヴィアの細い肩をしっかりと掴《つか》んだ。

「おま、え……声が……？」

「戻ったの、さっき。姉さんが言うには、あなたが治癒魔法を通じて魔力を流し込んだのが一因かもしれないって。生命力さえ叩き込むような荒々しい魔法だったって姉さんは言っていたけれど。助けてくれてありがとう、リベルト」

「待ってくれ、ちょっと……色々追い付かない」

リベルトの顔には戸惑いが浮かんでいる。混乱してる胸の内を映すように忙《せわ》しなく瞬きを繰り返すリベルトは、ふぅと大きな溜息《ためいき》をつくとベッドの端に腰を下ろし、背を丸めてオリヴィアの肩に額を預けた。

「あー……良かったな、戻って」

まだ触れあえるような距離のまま、リベルトが視線を上げる。金の瞳が優しく細められて、穏やかな笑みを浮かべている彼の姿に、オリヴィアは鼓動が跳ねる事を自覚するばかり。ただ、頷くしか出来なかった。

少し落ち着いたらしいリベルトがヘッドボードにクッションを幾つも重ねて、上体を起こすオリヴィアが体を休めやすいようにしてくれる。肩にはショールを羽織らせて、余りの気遣いにオリヴィアが気恥ずかしさを感じる程だった。

サイドテーブルに用意されていたピッチャーには、輪切りレモンが浮かんだ水が用意されている。リベルトはゴブレットに水を注ぐと、それをオリヴィアに差し出してきた。受け取ったゴブレットは薄桃色に染まったガラスで作られていて、可愛《かわい》らしいイチゴのカッティングが施されている。

リベルトはもうひとつのゴブレットに水を注ぐと、それを一気に呷《あお》ってからベッドの端に腰を下ろした。ベッドの軋《きし》む音と、距離の近さに鼓動が跳ねる。それが少しでも落ち着くのを待って、オリヴィアが口を開いた。

「わたしが倒れた後、何があったの？」

「……お前の渡してくれたピアスのおかげだな。体内の毒が消えて力を奮えるようになった。手枷《てかせ》を外せたから、お前に治癒魔法を――」

「待って。姉さんが、あなたの『片手が千切れてた』って言ってたけど、手枷を外した時に？」

「ああ、なんかまぁ……ちょっとな」

「無茶をするのね」

「それはお前に言われたくない」

確かに、とオリヴィアは苦笑いだ。それを誤魔化すようにゴブレットを口に寄せる。ふわりと香るレモンに目を細めた。

リベルトはその様子に肩を揺らして、足を組んだ。

「お前の胸から魔力が光となって溢れたんだ。癒しと浄化。それで鬼蛇族は動けなくなって、俺達の傷は全部癒えて、毒も無効になった。俺の手まで再生した。……全部お前のおかげだ」

リベルトは左手を上げて、ひらひらと振って見せる。千切れたなんて思えない程に今まで通り動くし、傷痕も何もない。

「お前を助けたのはロザリアと、カミラとイリスだ。カミラ達も心配してたから、あとで元気な顔を見せてやってくれ」

「そうする。イリスさんはわたしを隠してくれて、わたしを庇《かば》って……」

「イリスがそうしたかったからだろ。気に病むなとは言わないが、謝ったりはするなよ」

「……そうね」

レモン水で喉を潤したオリヴィアは眉を下げて頷いた。ゴブレットをサイドテーブルに戻そうとすると、リベルトがそれを受け取ってテーブルにそっと置いてくれた。

「鬼蛇族は全員拘束された。ルーゲもだ。……お前は最初から、ルーゲが俺に悪意を持っているのが見えていたんだな。お前はそれを気にして、この城に来てくれたって聞いた」

「何事も無ければいいと思ってた。仕事が終わってお城を離れる時には、ルーゲの悪意について伝えていくつもりだったんだけど、こんな事になるなんて……」

「いや、俺が気を配っていれば済むことだった。それにお前が、悪意が見えると言った時にちゃんと話を聞くべきだったんだ。悪かった」

「謝らないで。わたしも……かっとなってしまったから。それで、鬼蛇族とルーゲはどうなったの？」

オリヴィアの問いに、リベルトは視線を窓に逃がした。

夕日が室内を朱金に燃やす。茜色《あかねいろ》の光がレースカーテン越しに差し込んで、オリヴィアの頬を美しく照らしていた。

「……鬼蛇族は一人を除いて全員死んだ。自害するのを止められなかった」

「……そう」

オリヴィアの脳裏に、キリルの人懐こい笑みが浮かんだ。そして凄《すさ》まじいほどの悪意の靄《もや》も。スミレ色に、心の中でさよならを告げた。

生まれ変わったら、あれだけの悪意を持って生きることになりませんようにと願いを込めて。

「ルーゲは魔女の裁きを受けて竜の力を失った。この後は死ぬまで幽閉されるか、毒杯を呷る事になるだろうな」

「あの人はどうしてリベルトを……」

憎んでいたのか。

言葉の続きを読み取ったリベルトは、深く椅子に凭《もた》れかかった。片手で黒髪を手荒に乱すと、自嘲に口端が歪んだ。

「あいつは王になりたかったんだと。だが竜王になれる力の強さはなかった。だから竜王さえも掌握するだけの力が欲しかったんだ。その為に幼い俺を教育していたらしいが……残念ながら俺は、あいつの望む王にはならなかった」

「ひどい事を考えるのね」

「お前達を巻き込んだのが悪手だったな」

「魔女を利用しようとするからいけないのよ」

オリヴィアは肩を竦《すく》めて見せた。その様子にリベルトが笑い、つられるようにしてオリヴィアも笑みを溢した。

八年ぶりの笑い声。軽やかなその声に、リベルトの呼吸が乱れた事をオリヴィアは知らない。

紫紺と茜が混ざる夕間暮れ。室内を染めていた金色は波のように引いて、夜の帳《とばり》を連れてくる。

薄暗くなった部屋の明かりをリベルトが点《つ》けると、その眩《まぶ》しさにオリヴィアは瞬きを繰り返した。

「八年前の事なんだが」

耳に届いた声に、ショールを羽織り直したオリヴィアがリベルトに視線を向ける。もう隠すつもりはなかった。そのつもりで、死を覚悟したあの時に二度目だと告げたのだから。

「俺を治した事で、お前は声を失ったと聞いた」

「そうね。喉が嗄《か》れて魔力が尽きるまで歌ったのが、原因みたい」

「……無茶をするのは八年前から変わらなかったんだな」

「無茶かしら」

「無茶だろ」

「助けたいと願っただけよ。あの時も、今回も」

その声に、言葉にそれ以上の意味などなかった。

ただ真っ直ぐな願い。それを読み取ったリベルトは、胸の奥が軋むような感覚に襲われた。純粋で無垢《むく》で、ともすれば幼子のような、自分勝手にさえなりかねない願い。そこにはやはり魔女の本質が垣間見《かいまみ》えるようで、リベルトは低く笑った。

「……その真っ直ぐさが、お前の魔力の根源なのかもしれないな。お前は俺を責めないのか？　俺を助けたせいで、魔法が使えなくなったと……」

「どうして責めるの？　助けたいと願って、それが叶った。それ以上に何があるの？」

その言葉に嘘《うそ》も偽りもなかった。偽善でも何でもなく、ただ自分の信念のままに。そんなオリヴィアの芯の強さを目の当たりにして、リベルトは参ったとばかりに両手を上げた。

「お前には敵わないな」

「何よそれ」

「ありがとうって、ことだよ」

「絶対に違う意味だと思うけれど。まぁいいわ、どういたしまして」

わざとらしく肩を竦めたオリヴィアは、可笑《おか》しそうに笑った。春花が綻ぶような柔らかな笑みで。

その笑みに、リベルトは自分の中で熱が渦巻くのを自覚していた。それが何なのか、もう既にリベルトは知っている。

それを顔に出さないまま、リベルトは足を組み替えて、茶化すような声で言葉を紡いだ。

「八年前に助けたのは自分だって、何で言わなかったんだよ」

「だって、『助けてくれた女の子を妃《きさき》にする』っていう事で姉に話がいったでしょう。そこで実はわたしなんですって言ったら、わたしがお妃になりたいって言ってるのと一緒じゃない」

「なんだよ、俺の妃になりたくないのか」

「そういう意味じゃなくて。あなただっていきなりそんな事を言われたらちょっと怪しく思うでしょ」

「さぁ、どうだかな」

「絶対思うわよ。怪しいもの」

感情の乗った声に二人で笑った。

オリヴィアは、すっかりと声が馴染《なじ》んでいる事を感じていた。先程まで慣れなかったはずなのに、八年間の空白がどこかに吹き飛んでしまったようだ。

リベルトは一呼吸置いてから、ゆっくりと言葉を紡ぎだした。自分の声の硬さに気付いて、空咳《からせき》をひとつ落とした。

「最初に話がいった時に、ロザリアが俺の妃になるって言ってたら……お前はどうしてた？」

時間が止まったようだった。

オリヴィアの碧の視線と、リベルトの金の視線が重なり合う。視線に迷い込む感覚に、自分の呼吸が大きく聞こえた。

「……祝福していた、かも……」

その言葉を耳にしても、リベルトは落胆しなかった。迷うような声色と、碧色に落ちた翳《かげ》りに目敏《めざと》くも気付いていたからだった。

「それは、最初の話だろ。じゃあいまは？」

「いま……？」

「いま、俺が……『助けた女の子を妃に迎える』と言ったら」

リベルトの紡ぎ出す言葉を、オリヴィアは心の中で反芻《はんすう》していた。

それは一体どういう意味なのだろう。助けたのが自分だと知って、尚《なお》もそういう事を言う、その意味は……。

そこまで考えて、オリヴィアの胸がずきんと疼《うず》いた。甘い疼きを誤魔化すように視線を手元に逃がしたオリヴィアは些《いささ》か早口に言葉を返した。

「命を助けられた事に恩義を感じているのなら、もう気にしなくていいのよ。わたしが、したいようにしただけで……別に感謝してほしくて助けたわけじゃない。あの時告げたのだって、最期ならちゃんと伝えようと思って、その、妃にしてって意味で言ったわけじゃなくて……」

そういえばキリルは『オリヴィアちゃんは竜王様が好き』と言っていなかったか。あの人はなんていう爆弾を落としていくのだろうと、初めてオリヴィアはキリルを恨んだ。

オリヴィアは上掛けの布地を握ったり離したりを繰り返している。動揺の映るその仕草にリベルトは喉奥で笑った。どこまでもこの魔女は可愛らしい。そんな事を思うリベルトはオリヴィアの手をそっと握った。優しくも、決して離さないとばかりに強く。

「わかってる。だが俺は今回、色々無くしてしまったもんでね、これ以上失いたくないんだ」

「あの、ええと……」

手を握るのとは逆の指先で、リベルトはオリヴィアの顎に触れた。顔を自分に向けさせて、背ける事の出来ないように固定する。碧の瞳が羞恥と戸惑いに揺れていた。

「お前の歌に支えられてた。それは紛れもない事実だが、それとこれとは別の話だと考えてくれ。オリヴィア、お前と過ごす夜の時間が、どれほど俺にとって幸せな時間だったか。声がなくとも感情豊かなおしゃべりだとか、穏やかなのに辛辣なところだとか、寄り添ってくれる温もりに俺がどれだけ救われていたか――」

「ま、待って。ちょっと待って」

「なんだよ、口説いてる最中なんだから口挟むなよ」

「口説、っ……！　待って、本当に色々と待って。止まって」

余りにも真っ直ぐな言葉に、オリヴィアはもうどうにかなってしまいそうだった。慌てたように目を伏せて、待ってほしいと懇願するもリベルトの口が止まる事はない。

よく姉が『ああ言えばこう言う男』だと言っていたけれど、今なら全面的に同意できるとオリヴィアは思った。

オリヴィアの様子にリベルトは肩を揺らすばかり。あまりにも優しいその笑い声に、伏せていた視線を向ける。金の瞳が色濃く、まるで熱に浮かされているようだ。

リベルトは細い顎に触れていた手を、滑らかな頬に滑らせた。

「色々挙げたらきりもないが、こんなの全部お前に惚《ほ》れてるからだろ。お前の事が好きだから、お前の全てが特別に感じるんだ」

甘い声。

その声が、眼差《まなざ》しが、温もりが。全てがその睦言《むつごと》が本心であると示している。そしてその声は甘やかなのに、逃さないとばかりに獰猛《どうもう》だった。

「俺を好きだと言えよ、オリヴィア」

それに抗《あらが》うことが出来るのか。

求められている事に喜びさえ感じてしまう。甘言が毒のように体を巡り、心が震える。

「……すき」

オリヴィアは何かを考えるよりも、口が動いていた。

気の利いた言葉でもない、ただ感情のままに漏れでたひとつの言葉。

顔が燃えるように熱い。実際に燃え上がっているんじゃないかと思えるくらいに、ひりひりする。

恥ずかしさに顔を両手で覆い隠すと、その手は簡単にリベルトによって剥がされてしまう。泣きたくなるくらいに恥ずかしいのに、リベルトが余りにも嬉しそうに笑うものだから、オリヴィアもつられるように笑ってしまった。

終章

季節が移ろい、気付けば夏を迎えていた。

今年は夏が早い気がする。そんな事を考えながら、オリヴィアは留守の間にすっかり伸びてしまった畑のハーブを摘んでいた。

オリヴィアが着ているクリーム色のワンピースも夏用のものだ。ベルのように広がった袖が気に入っているのだけど、今は薄いカーディガンを羽織っていた。夏の日差しで肌が焼けてしまわないようにする為《ため》だった。

虫が賑《にぎ》わい、鳥が遊ぶ。森の木々は枝葉を風に揺らしている。

降り注ぐ日差しは柔らかさなどとうに消え、痛みを感じるほどに眩《まばゆ》い。浮かぶ汗を手の甲で拭ったオリヴィアは立ち上がり、夏空を見上げた。どこまでも深い青空に、ぽっかりと白い綿雲が浮かんでいる。

「オリヴィア、そろそろ中に入りましょ。日焼けしちゃうわ」

「そうね、お茶にしましょうか」

姉の呼び声に答えて、オリヴィアはハーブの入った籠を持って家に入る。

室内は姉の魔法によって、涼しさが保たれていた。浮かんでいた汗がすうっと引いていく。オリヴィアはキッチンに向かうと、籠を調理台に置いた。ミントの清涼な香りが鼻を擽《くすぐ》っていく。

「何かお茶菓子を持ってきてくれる？」

「分かった」

リビングから掛けられた声に、返事をする。

声が出なかった時には、出来なかったこんなやりとり。そう思うと何げないこんな一時でさえ愛《いと》しくて、オリヴィアの表情は綻ぶばかりだ。

リビングでは、すでにロザリアがお茶の準備をしていた。

ロザリアが着る濃紺のロングスカートはふんわりと広がっている。袖のない白いブラウスの襟元には銀糸で薔薇《ばら》が刺繍《ししゅう》されていた。

ガラスポットに出来上がった紅茶は綺麗《きれい》な琥珀色《こはくいろ》をしている。まだ熱いその紅茶を、ロザリアは慣れた手付きでグラスに注いだ。グラスには口いっぱいまで氷が満たされていて、紅茶を氷にあてるように注ぐと澄んだ音で氷が歌った。

オリヴィアはテーブルの上に小さなカップケーキを並べた。生クリームとイチゴのケーキ、それからチョコレートのケーキ。二種類四つのケーキは、町の人が依頼のお礼にと持ってきてくれたものだ。

「美味しそう。早速いただきましょうか」

「ええ」

オリヴィアは両手にグラスを持つと、そっと口をつけた。仄《ほの》かに香る林檎《りんご》の香り。一口飲むと爽やかな風味と心地よい渋味が口いっぱいに広がって、オリヴィアは目を細めた。

「美味しい。これ、イリスさんが持たせてくれたフレーバーティー？」

「そうよ。明日はイチゴのフレーバーを試してみましょうか」

ケーキをフォークで掬《すく》いながらの姉の言葉に、オリヴィアは嬉《うれ》しそうに頷《うなず》いた。

王城を離れて、もうすぐ一週間になる。

例の一件から次の日、まだ城内は多少の混乱を残す中、オリヴィアとロザリアは森の中のこの家へと帰ってきていたのだ。

実務処理で城を離れる事が多くなるであろうリベルトの気遣いでもあり、魔女の仕事が済んだ以上はオリヴィア達としても王城に居る必要がないと思っていた。

家まではイリスとカミラが竜の姿になって送ってくれて、その時にイリスから渡されたのがこのフレーバーティーだ。カミラからは蔦《つた》の装飾が優美な揃《そろ》いのグラスを貰《もら》って、ありがたく活用している。

「……あんたはよかったの？　あのまま、城にいてもよかったのよ」

「そう言わないで。帰ってきてよかったでしょ、お仕事がたくさん溜《た》まっていたもの」

留守の間は、急ぎではない依頼なら帰宅してから受けるとしていた。依頼書をポストに入れておいてほしいと。

帰宅してみればポストはもうぎゅうぎゅうになっていて、思わず姉妹で顔を見合わせて笑ってしまった。

「そうだけど。……だってあんた、あの男が好きでしょ。癪《しゃく》だけど。あの男にあんたをかっ攫《さら》われるなんて心の底から癪だし腹立つけど、好きでしょ」

相変わらずの姉の様子に苦笑いしか出なかった。

イチゴのカップケーキをぺろりと食べ終わったロザリアが、続いてチョコレートのケーキへと手を伸ばす。

飾られたチョコレートの星を口に運んで、満足そうに頷きながらロザリアはオリヴィアを真っ直ぐに見つめた。

「そうね……好きよ、リベルトの事が。でも、いまはそれだけでいいの。わたしが好きだと自覚して、彼もわたしを好きだと言ってくれる。いまはそれだけで幸せなのよ」

「まさかとは思うけど、この家にあたしを一人にしたくないだとか、そんな事思っていないわよね？」

ロザリアの指摘に図星を指されたオリヴィアは、ケーキを食べる手を止めてしまった。そんな妹の様子に全てを察したロザリアは、わざとらしいほど盛大に溜息《ためいき》をついて見せた。

「あのねぇ、そんな事考えなくてもいいのよ」

「だって……姉さん、一人だとご飯も食べないで魔導具作りばっかりしちゃうじゃない」

「大丈夫よ、ちゃんとするわ」

「お野菜だって食べなくなるだろうし、それにお仕事だって一人じゃ大変よ」

「それなりにやるから心配いらないって」

「でも……」

フォークを置いたオリヴィアは不安げに碧の瞳を彷徨わせた。

「……わたしが寂しい。だめね、まだ姉離れが出来ていないみたい」

紡ぎ落とされた言葉に、ロザリアは目を瞬いた。すぐに表情を和らげると席を立ち、オリヴィアに歩み寄ってその肩を抱いた。高い場所で結ばれたピンクゴールドの髪に頬を寄せる。

「姉離れはしなくてもいいんだけど、大丈夫よ。離れてたってあたし達は何も変わらない。離れるっていってもそんなに遠くないじゃない。いつだって会いに行くし、いつだって帰ってきていいのよ」

「……お姉ちゃん、わたし少し怖いの。彼を好きになって自分が変わっていくのが怖い。大事なものが変わっていきそうで怖い」

不安を吐露したオリヴィアは、両手を姉の腰に回して抱きついた。

恐ろしかったのだ。大事だったものが塗り替えられていく感覚。そんな自分がひどく薄情に思えてならなかった。恋に溺れて醜悪になってしまうのが恐ろしくて堪《たま》らなかった。

そんなオリヴィアをきつく抱き締めたロザリアは、宥《なだ》めるように頭を撫《な》でた。幼い時、泣いてしまった妹を宥めた事を愛しく思い出しながら。

「馬鹿ね、大事なものが変わるわけじゃないのよ。大事なものが増えていくのは素敵なことだもの。怖がることなんてないわ。ただ形が変わっていくだけ」

姉の言葉にオリヴィアはゆっくりと顔を上げた。眉を下げ、目の端を滲《にじ》ませた妹の様子が、ロザリアには幼い姿に重なって見えた。

「それにあたしだっていつかは、好きな人と一緒になるんだもの。あんたの方が先だったってだけよ」

茶化すように笑った姉につられるように、オリヴィアも笑った。

「大好きよ、姉さん」

「あたしも大好きよ。お城に行っても、暇な時は手伝いに来てね」

「もちろんよ」

二人で笑い、一度ぎゅっと抱き締め合ってから、また笑った。

グラスの氷が溶けて小さく音が鳴る。

「さて、お茶の準備をもう一度しましょうか。仕方がないからもてなしてあげるわ」

「どうせなら庭でお茶にする？　パラソルを立てるわ。五人でテーブルを囲むと、さすがにちょっと狭いかもしれない」

「そうしましょうか」

離れた二人が窓から空を見上げると、三頭の竜が森に降り立とうとしているところだった。その先頭を切るのは黒竜だ。

オリヴィアは気持ちが浮き立つのを感じながら、姉の後を追い掛けてキッチンへと向かった。


大きめのテーブルと椅子を五脚。

オリヴィアが中央にパラソルを立てると、ロザリアが魔法を展開させる。風と氷をうまく組み合わせたその魔法のおかげで、パラソルの下は涼やかな風が優しく吹いている。

太陽は相変わらず照っているのに、このテーブルの周りだけは別空間のような涼しさだった。

トレイに載せたガラスポットはアイスティーと、カットした桃とミントで満たされている。オリヴィアがガラスポットを軽く揺らすと、ふわりとミントの清涼な香りが鼻を擽った。遅れるように桃の甘やかさが広がって、オリヴィアは思わず表情を綻ばせた。

トレイに一緒に載っているのは、持ち手に蝶《ちょう》が羽を休ませているガラス製のティーカップ。可愛《かわい》らしい蝶を指先でつついてから、オリヴィアは姉が家から運んできたお茶菓子のトレイを受け取った。ロザリアが選んだお茶菓子は桃のロールケーキだった。既に綺麗に切り分けられているそれをテーブルの上に並べて、準備は完了。

オリヴィアとロザリアは共に満足そうに頷いて、お互いの様子にくすくすと肩を揺らして笑った。

森で鳥が鳴いている。

何かを警戒するわけではなく、寧《むし》ろ歓迎しているようなそんな朗らかな声だった。

その声に送られるようにして、森から現れたのはリベルトで、その後ろには補佐官のディーターと護衛騎士のパトリックが控えている。リベルトはオリヴィアを見ると嬉しそうに目を細めた。

「よう、元気だったか？」

「おかげさまで。あなたも元気そうね」

「それなりにな」

リベルトは早足でオリヴィアとの距離を詰めると、オリヴィアの腰を抱いて髪に唇を寄せる。オリヴィアは羞恥に顔を染めながら、リベルトの胸に両手をやって押し返そうとしていた。

「そこの竜王も早く席に着きなさいよ。あたしのオリヴィアが可愛くて仕方ないのは分かるけど」

「お前も相変わらず元気そうだな」

ロザリアの言葉に肩を竦《すく》めたリベルトは、オリヴィアの腰に手を回したままテーブルへと近付く。椅子を引いてオリヴィアを座らせてから、その隣に腰を下ろした。

ディーターとパトリックは既に席に着いている。その様子に、今日は『王と臣下』としてここに来たのではなく、『幼馴染《おさななじ》み』の間柄として過ごしているのだとオリヴィアは思った。

ロザリアがティーカップにアイスティーを注いでくれる。

立ち上る芳《かぐわ》しさに皆一様に表情を綻ばせていて、それを見たオリヴィアとロザリアは嬉しそうに笑った。

「おもてなしをありがとうございます。これは私共からです。テーブルの端にでも」

「ありがとう、ディーターさん。早速いただくわね」

ディーターから手土産の箱を受け取ったロザリアは、断りをいれてからそれを開いた。中には生クリームと果物が綺麗に飾られたタルトが入っていて、ロザリアは嬉しそうにそれを切り分けている。

「む、この紅茶はとても美味いな。しかしもう少し甘味を加えても？」

「それならこのシロップをどうぞ」

陶磁器で出来た小さなミルクピッチャーにはシロップが用意されている。ロザリアはそれをパトリックに差し出した。パトリックは味を確かめながら少しずつシロップを足していき、結局殆《ほとん》どのシロップをいれてしまった。

その様子にロザリアが可笑《おか》しそうに笑うと、パトリックは気恥ずかしそうに緑の瞳を細めた。

「相変わらずの甘党ね」

「こんな厳《いか》つい顔に似合わないよね」

「それは自覚しているが、甘いものはいいぞ」

ディーターの軽口も幼馴染みの気安さだ。笑い声の広がる朗らかな雰囲気に、オリヴィアは口元を綻ばせた。

「嬉しそうだな？」

「そうね、嬉しい……楽しい、かしら。こうして賑やかに過ごせるのがとても楽しいの」

テーブルの下でリベルトはオリヴィアの手をしっかりと握っている。見えないところだから、とオリヴィアもそれを拒むことはしなかった。

何よりもこの温《ぬく》もりを自分も欲していたのだと、思い知らされてしまったのだ。久しぶりにリベルトに会って鼓動が高鳴った。触れられると心が震えた。それでもそれを隠すだけの自制心がまだ仕事をしてくれたようで、オリヴィアは内心で安堵《あんど》していた。

「鬼蛇族との件は落ち着いたの？」

ロールケーキを大きくフォークに載せたロザリアが、それを一口で食べながら問いかける。

「ああ。元々、鬼蛇族は穏健派と過激派で対立していたらしい。穏健派が力を増してきたのに焦った過激派が起こした事件って事で、過激派の殆どが粛清されたそうだ」

「過激派の長《おさ》は証拠がないと逃げようとしましたが、唯一生き残ったあの少年兵が洗いざらい証言してくれたおかげで、認めざるを得なかったんです。穏健派から少年兵に恩赦があったのも大きいかもしれませんけどね」

リベルトの言葉をディーターが繋《つな》げる。

オリヴィアはカップを片手に持って、口元に寄せた。未《いま》だリベルトが手を離してくれない為だ。口元のカップから立ち上る桃香に誘われて、一口味わった。

「族長は娘に代を譲るらしい。娘も穏健派だから、今回のような事は起きないだろう。起こさせないとの言質もあるが、まぁ……そんなものが無くても、起こさせない」

「あの、神様は？　鬼蛇族は生贄《いけにえ》を神様に捧《ささ》げて、力を得ていたんでしょう？」

オリヴィアの問いに、リベルトが小さく頷いた。

「鬼蛇族は信仰していた神を封印する事に決めたそうだ。身を守る以上の力は身を滅ぼすと、話し合ったらしい。神を封印してその力を削《そ》いでいくのは、途方もない時間がかかるだろうが……その封印が破られる事のないように代々守っていくらしい。もしそれが破られて、また神を信仰する為に贄を必要とするのなら、竜族の全てで鬼蛇族を滅ぼすと伝えてある」

絶対的な強者である竜族。

その頂点に立つ竜王がそのつもりなら、鬼蛇族は滅びの道を辿《たど》るだろう。それを分かっているうちは、きっと大丈夫。オリヴィアはそう思って、安堵の息をついた。

気持ちを切り替えるように、フォークを手にする。リベルト達が持ってきてくれたフルーツタルトを一口食べると、ほどよい甘みと果物の瑞々《みずみず》しさが口の中いっぱいに広がった。美味しいと呟《つぶや》いて、今度は生クリームを多めにフォークに掬う。

（わたしがフルーツタルトを好きなこと、覚えていてくれたのかしら）

ふと見れば、ロザリアとパトリックも甘さを味わうようにフォークを動かしている。その表情は二人とも穏やかで、なんだか似ているような気さえして、オリヴィアは笑ってしまった。

いつもはそよいでいる木々が、ぴたりと静止していた。風はなく、照りつけるような日差しが降り注いでいる。

パラソルの下にいると涼しいけれど、陽《ひ》が翳《かげ》るまではここから出ない方がいいかもしれない。そんな事を思いながら、オリヴィアは冷たい紅茶を一口飲んだ。心地の好《よ》い冷たさが喉を潤してくれる。

「そういえば、ルーゲはどうなったの？」

オリヴィアと同じようにお茶を楽しみながら、ロザリアが口を開いた。肩にかかる波打つ髪を背に払うと、また一口お茶を飲む。

「領地で幽閉されてるが……近々病死するだろうな」

リベルトが苦々しげに眉を寄せた。その様子に、思わずオリヴィアは繋いでいた手に力を込める。それに気付いたリベルトは表情を和らげると、応えるように繋ぐ手を軽く揺らした。

「ルーゲ殿の弟君が現在は名代《みょうだい》をされています。ルーゲ殿はご存じの通り、もう竜ではないので。そのまま弟君が襲名されるでしょうし、それをもってして誠意とするでしょうね」

淡々とした様子で言葉を紡ぐのはディーターだ。彼は甘いものを好まないのか、お茶菓子をパトリックの方へ寄せている。パトリックも何を言うでもなく、それを食べ始めていた。

病死をもって誠意とするという事は、竜王に弓引いたのはルーゲで、家は何も関係がない、そしてこれからも忠誠を誓うという事を示したいのか。病死というのも建前で、毒杯を呷《あお》る事になるのだろう。

なんとも回りくどいやり方に、オリヴィアは小さく溜息をついた。

「貴族って難しいのね」

「オリヴィアさんもそうは言っていられませんよ。なんせこれから――」

「オリヴィア、森に行かないか。久しぶりに動物達に会いたい」

ディーターの言葉を遮ったのはリベルトだった。その不自然を感じ取ったオリヴィアは不思議そうに目を瞬くも、遮られたディーターは気にしていない様子なので頷いた。

「きっと動物達もあなたに会いたいと思うわ」

「オリヴィア、変な事をされたら遠慮しないでぶん殴るのよ。甘い顔を見せちゃだめなんだからね。ああ、違う。されてからじゃ遅いんだから、される前にぶん殴りなさい」

「お前は本当に俺を何だと思ってんだ」

相変わらずのやり取りにオリヴィアが苦笑いをするのもいつもの事。すっかり慣れたこのやりとりさえも愛しくて、オリヴィアは肩を揺らした。

「オリヴィア、日傘を持っていきなさい」

いつの間に用意してくれていたのか、ロザリアが黒い日傘を差し出してくれた。白いレースに縁取られたそれを受け取って広げると、涼やかな風がオリヴィアの頬を擽った。パラソルの下と同じ魔法が展開しているようだ。

よく見ると持ち手のところに魔石が嵌《は》め込まれていて、骨組のところには魔導回路が組み込まれている。ロザリアが作った魔導具らしい。

「ありがとう、姉さん」

これなら日焼けの心配も、暑さで倒れる心配もしないで済みそうだ。

オリヴィアから日傘を取ったリベルトが、右手でオリヴィアの上にさしてくれる。左手はオリヴィアの右手をしっかりと捕まえていて、指先を絡めては確かめるようにぎゅっと力を込めた。

「じゃあ行ってきます」

「行ってらっしゃい」

見送るロザリア達に手を振って、オリヴィアとリベルトは森へと続く道を歩んでいった。寄り添い、楽しげに言葉を交わしながら。


二人を見送ったロザリアは、ふぅと息をついてから椅子に座り直した。ロザリアだけでなく、ディーターもパトリックもその口元を笑み綻ばせている。

「あれだと歩きにくいだろうに、我らが竜王もすっかりオリヴィアさんに骨抜きだね」

「仲睦《むつ》まじいのは良いことだ。リベルトは『歌の少女』にずっと恋い焦がれていたのかもしれんな」

「あら、それは幼い時のオリヴィアでしょ。その時のオリヴィアも勿論《もちろん》可愛かったけど、リベルトを骨抜きにしているのはいまのオリヴィアよ」

「違いない」

三人、顔を見合わせて笑った。

ロザリアはディーターとパトリックのカップに、魔法で生み出した氷を入れてから新しくアイスティーを注いだ。カランと澄んだ音がパラソルの下に響く。

「……オリヴィアさんには、正妃として城に来てもらう事になるんだ」

「そうでしょうね。でも正妃にはお貴族様の令嬢が決まっていたんじゃなかった？」

「それはルーゲ殿があげていた候補にすぎないよ。打診されていた家はもうその気だったかもしれないけれど、今回の件で全ては白紙だ。思うところがあったとしても、竜王がオリヴィアさんを妃《きさき》に願っているんだ。反対出来る者など誰もいないよ」

カップを口元に寄せ、喉を潤したディーターが低く笑う。それを聞いてもロザリアの表情は晴れなかった。

「あの城にはオリヴィアに悪意を持つ人が多すぎるわ。侍女なんて信用できる人の方が少ないくらいよ」

「それもルーゲ殿の印象操作だ。真実を知った侍女をはじめとする城の者達はオリヴィア嬢に謝罪をしたいと申し出ている。実際に対面しても尚《なお》、まだ悪意を向けるようなら城仕えは解雇だな」

「リックの言う通りだね。正妃に悪意を持つ者を城においてはおけない」

「リベルトも、あんた達もオリヴィアを悪いようにはしないと思うけど……心配しちゃうのも仕方ないのよ」

「ロザリアさんの気持ちも分かるよ、大丈夫。あの事件で僕達竜族は、君達に救われたんだ。信奉する事はあっても、害をなすことはないと誓うよ」

「それはそれで微妙なんだけど」

ロザリアはアイスティーを飲むことで苦笑いを隠すしかなかった。

木々が葉を揺らす、囁《ささや》きのような響きが聞こえてくる。少し風も出てきたようだ。

「ロザリア嬢はこれからどうするんだ？」

お茶菓子を綺麗に食べ終えて、フォークを置きながらパトリックが問いかける。その問いにロザリアは目を瞬くと、背凭《せもた》れに体を預け直した。

「あたし？　なにも変わらないわ。この家で魔女の仕事をこなしたり、魔導具作りを楽しんだりするでしょうね」

「寂しくはないのか？」

パトリックの真っ直ぐな問いに、ディーターまでも苦笑いだ。率直な言葉に、それ以上の響きはない。それがなんだか好ましくて、ロザリアは肩を揺らした。

「寂しくないとは言わないけれど、妹が幸せになるんだもの。嬉しい気持ちの方が勝るわね」

「そうか。……拠点をこの家から城に移すのは――」

「それは出来ないの」

パトリックの言葉は、ロザリアの声に遮られた。

きっぱりとした拒否の言葉にパトリックは、視線を彷徨わせている。言葉を探しているような仕草にロザリアは目を細めた。

「……うちは魔女であるオリヴィアさんをお嫁に迎えるからね。ロザリアさんも城に来れば、魔女の力を強く取り込んだと取られかねないんだよ」

「そういう事。特にあたしは家督を継いでいるから。バルディ家が竜族に荷担して、竜族の為に力を奮うと思われたら色々と厄介なのよね」

「そうか、浅慮だった。すまない」

「いいのよ、心配してくれたんでしょ」

テーブルに両手をついて頭を下げたパトリックに、ロザリアは気にしていないとばかりに片手をひらつかせる。

顔を上げたパトリックは真っ直ぐにロザリアを見つめていて、ロザリアは不思議そうにそれを受け止めた。

「俺がここに手伝いに来るのは、構わないだろうか」

「……はい？」

唐突な言葉にロザリアの思考が止まった。

それなりに頭が回ると思っていたロザリアだが、パトリックの言葉はロザリアにとって意味が分からなかった。

言っている事はわかる。言葉としても理解が出来る。だが意味が分からない。

ロザリアの動揺をよそに、パトリックは言葉を紡いでいく。

「一人だと何かと困る事もあるだろう。重たいものを運ぶなり、森に採取に出るならそれにも付き合う。こう見えても手先はそれなりに器用なんだ。町に出るなら護衛として使ってくれていい」

些《いささ》か早口なパトリックは、テーブルの上で両手を組んでは解く事を繰り返している。

重いものを運ぶのは魔法でも出来るし、採取も一人で問題ない。護衛などなくても魔女である自分に絡んでくる者などいない。

ロザリアはそう思っていたのだが、パトリックの耳が仄かに色付いている事に気がつくと何も言えなくなってしまった。

「……好きにしたら」

それだけを口にするのがロザリアには精一杯だった。

そんなロザリアの頬が薄く薔薇色に染まっている事に、ディーターは気付いていた。

ロザリアとパトリックの何とももどかしい距離感に、ディーターは頬が緩む事を隠そうともせずに、わざとらしくお茶を啜《すす》るばかりだった。


森に向かう途中、オリヴィアはリベルトから日傘を受け取った。左手で傘を持ち、右手はリベルトと繋がれている。リベルトが歩き辛《づら》そうにしているというのを理由にしたのだが、本当のところは違った。

オリヴィアはリベルトとの距離をもっと近いものにしたかった。有り体に言ってしまえば寄り添っていたかったのである。

そこまではっきりと言葉にはしなかったのだが、リベルトには全てばれてしまっているのかもしれないと、オリヴィアは思った。寄り添う彼の顔がにやにやと緩んでいるからだ。

「……にやにやしてる」

「俺の魔女はやっぱり可愛いと思って」

ばれているのなら、もう下手に誤魔化すのは愚策だ。オリヴィアはそう割りきると繋ぐ手に力を込め、リベルトの腕に頭を擦り寄せた。

優しい風が足元を吹き抜けていく。

揺れる木々の緑葉が日差しを遮るカーテンになってくれているお陰で、思っていたよりも森の中は暑くなかった。

二人が森に入ると、顔馴染《かおなじ》みのキツネとウサギ、リスが駆け寄り足元を飛び跳ねる。リスは慣れた様子でオリヴィアの背中を駆け登ると、肩にちょこんと座って澄まし顔をした。

少し歩けば森の奥。

木々が折れて、開けた場所にオリヴィア達は辿り着いた。子どもの足だともっと遠くまで来たような気もしていたが、大人になってみると案外遠い場所では無かった――傷ついたリベルトが墜ちた場所だ。

そこには既に、森の動物達が綺麗に並んで二人の事を待っていた。

「久しぶりだな。お前達も薄情だぜ、オリヴィアの事を知っていながら黙り込むんだから」

リベルトがわざとらしく天を仰いで見せると、笑うように動物達が鳴いた。その様子がおかしくて、オリヴィアも肩を揺らしてしまう。

「わたしと先に約束をしていたんだもの、仕方ないわ」

「助けたのがオリヴィアだと言わないようにか？」

「そうよ、この子達はちゃんとそれを分かってくれたの」

オリヴィアが言葉を紡ぐと、動物達の鳴き声が一際大きくなる。声を取り戻した事を、動物達も喜んでいるようだった。

熊が四つ足でゆっくりとオリヴィアに向かって歩いてくる。その瞳は穏やかで、オリヴィアは恐怖を感じる事は無かった。この森の動物達がオリヴィアに危害を加える事はないと分かっているからだ。

熊がオリヴィアの腹部に頭を擦り寄せる。開いたままの日傘を地に置いて、オリヴィアは熊の頭を両手でそっと撫でた。ごわごわとした固い毛並みを指で掻《か》いてやると、熊は機嫌良さげに喉を鳴らす。

そして、ひとつ吠《ほ》えた。それを合図としたかのように動物達も一斉に吠える、鳴く。一通り鳴いて満足したのか、動物達は何度も振り返りながら森の奥へと去っていってしまった。

「……喜んでたのか？」

「たぶん。……わたしの声が戻った事と、あなたと一緒にいる事を喜んでくれていたんだと思う」

「賑やかだったな。あの熊は森の主なのか？」

「そうよ。もうずっと長いこと、この森を治めてる」

動物達の気配が消えるまで、森の奥へ目を向けていたオリヴィアがリベルトに視線を向ける。彼は既にオリヴィアへと顔を向けていて、重なった視線はひどく甘やかだった。

「オリヴィア、話があるんだ」

「……なぁに？」

視線だけではない。声色もとびきり甘くて、それだけでオリヴィアは眩暈《めまい》がしてしまいそうだった。息が上手に吸えないくらい、胸が騒いで少し苦しい。

「俺の妃になってくれ」

金の瞳が色濃くなる。そこに潜む熱や欲に気付かない振りなど、オリヴィアには出来なかった。

「俺の全てをお前にやる。魂だってお前のものだ。だから……お前の心を俺にくれ」

繋いでいた手を解いたリベルトはオリヴィアの腰を片手で抱く。逆の手をオリヴィアの白くまろい頬に添えると親指で撫でた。

触れられる場所が熱を持っていく。震える吐息が漏れると、それさえ逃さないとばかりにリベルトが唇を親指で擽った。

「……わたしの事を信じてくれる？」

紡ぎ出された声は、オリヴィア自身が今まで聞いたことがない程に熱を帯びていた。掠《かす》れた声に、自分がどれだけリベルトを求めているのかと、嫌というくらいに思い知らされる。

「何があっても。お前が何をしようと、何を望もうと、俺はお前を信じると誓う」

「盲目ね」

「いいだろ、それくらいお前に惚《ほ》れてるんだ」

オリヴィアはリベルトの背に両腕を回した。

こんなにも求められて、否と言えるわけがない。何よりも、オリヴィア自身がリベルトを求めている。

触れたい。体も心も、なにもかも溶けてしまうくらいに。

「お前はどこにもやらないと、そう言っただろ。お前の居場所は俺の腕の中だけだ」

「あれは、そういう意味じゃなかったでしょ」

「さぁな。あの時からそう思っていたのかもしれない」

リベルトが喉奥で笑いながら、オリヴィアのこめかみに唇を寄せる。軽く吸い付くとそのまま頬を辿り、耳へと滑っていった。

かかる吐息にオリヴィアの体が震える。

リベルトはオリヴィアの耳に音を立てて口付けると、輪郭を唇でなぞっていく。頬に触れていた手で顎を上げさせ、口端に一瞬舌を這《は》わせた。

音が聞こえてしまうんじゃないかと思うくらいに、心臓が早鐘を打っている。オリヴィアは自分がまるで蝋燭《ろうそく》にでもなってしまったのかと錯覚した。触れられる場所が燃えているように熱い。少し怖いのに、全てを委ねてしまいたくて、呼吸さえもままならない。

「……好きだ、オリヴィア」

間近で見つめられて、囁かれて、もう——オリヴィアは限界だった。

勢いよくリベルトの胸に顔を埋《うず》めると、背に回していた両腕でぎゅうぎゅうに抱き締める。

「……無理、ちょっと待って。恥ずかしくて……死にそう」

　今にも泣きだしてしまいそうな程、オリヴィアの声は羞恥にまみれていた。リベルトは虚を突かれたように目を瞬くも、すぐに肩を揺らしてオリヴィアの事を両手でしっかりと抱き締めた。

　愛しくて堪らないとばかりに、ピンクゴールドの髪に頬を擦り寄せるリベルトは、機嫌良さげに表情を綻ばせている。オリヴィアはそれを拒否するでもなく、されるがままに体を預けて深呼吸を繰り返すばかりだった。

　そよ風が木々をざわめかせ、それからオリヴィアの髪を擽っていく。

　ゆっくりとオリヴィアが顔を上げた。未だ頬には朱が差しているも、碧の視線はまっすぐにリベルトに向けられている。

「あなたとお城に行くわ。わたしに何が出来るか分からないけれど、わたしはあなたと一緒に居たい。何があっても一番傍《そば》で寄り添っていたい。……わたしの全てを、あなたにあげる」

　力強い声だった。それを耳にしたリベルトが嬉しそうに破顔する。いつもよりも少し幼いその様子に、オリヴィアもつられるように笑みを零《こぼ》した。

「愛してる、オリヴィア」

　耳元で囁かれて、オリヴィアの顔がまた一気に赤くなる。リベルトはそれを面白そうに見ながら、染まった頬に口付けた。

　オリヴィアはもう咎《とが》める事さえ出来ずに、リベルトの胸に頬を擦り寄せて表情を隠す。甘えるように頬を寄せると、リベルトが低く呻《うめ》いたが、それはオリヴィアには届かない。気にした様子もなく、オリヴィアはリベルトの力強い鼓動に耳を澄ませている。

聞こえるのは風に揺れる木々のざわめき。

注ぐ日差しは色を朱金に移していく。

寄り添ったまま顔だけを上げたオリヴィアは、こちらを見つめている優しい金の眼差《まなざ》しに溺れてしまいそうだった。

「わたしも愛してるわ」

漏れ出た言葉は、飾り気もない心からのもので。

嬉しそうに笑ったリベルトがきつくオリヴィアを抱き締める。愛しい人の腕の中で、オリヴィアも幸せそうに笑った。

ここが自分の居場所だと、そう実感しながら。

幼い魔女と幼い黒竜が楽しそうに笑った気がして、オリヴィアは目を細めた。

すべてはここから始まって、またここから繋がっていくのだ。

愛しい人と共に在る未来へ。止まっていた時間が、動きだすのを二人は確かに感じていた。

番外編

恋人と特別な時間を

瑞々《みずみず》しい光が降り注ぐ、ある夏の日だった。

そよぐ木々が葉擦れの音を奏でる中で、オリヴィアは日傘を差しながら家の前で立っている。そわそわと落ち着きなく空を見上げる様子に、同じように日傘を差しているロザリアは呆《あき》れたように笑った。

「楽しみなのは分かるけど、少し落ち着きなさいな」

「うん……ねぇ姉さん、おかしなところない？」

オリヴィアは不安そうに自分の姿を見下ろすと、ワンピースの襟元を直しながら問いかける。くすくすと笑い声を漏らしたロザリアはオリヴィアに歩み寄り、前髪を整えながら頷《うなず》いた。

「今日もとっても可愛《かわい》いわよ」

「ありがとう」

姉の贔屓目《ひいきめ》と分かっているけれど、そう言って貰《もら》えるだけで自信がつく。そんな事を思いながらオリヴィアは安心したように笑みを零《こぼ》した。

オリヴィアが深呼吸をして、心を落ち着かせようとしたその時だった、膨大な魔力が近付いてくるのが分かる。見上げると空には、黒竜と緑竜がこちらに向かって飛んできているのが見えた。

今までは竜が近付くと森が騒いでいた。驚きに飛び立つ鳥達もいた。それが何だか申し訳なく思ったオリヴィアが、リベルト達がやってくる時には動物に伝えておく事にした。

　それが功を奏してか、鳥が飛び立つ事もなくてほっと胸を撫《な》でおろす。

　バルディ家の前には、整地された場所が作られている。竜が降り立つのに充分な広さを作るには中々苦労したけれど、これからも竜の行き来が増える事を考えて姉と一緒に頑張った。随分と木を切り倒したから、上空から見ると森にぽっかりと穴が開いている。それはロザリアの魔法で森があるように見せているから、安全面でも問題はなかった。

　家の前の広場に竜が降り立って、すぐにその体が光に包まれる。収束した光が消えた瞬間、そこに立っていたのは美貌の竜王とその護衛騎士だった。

「オリヴィア」

「迎えに来てくれてありがとう。パトリックさんもお疲れ様です」

　今日はオリヴィアが竜王国へ登城する日だった。結婚の準備などが主だった用事ではあるのだが、リベルトとデートをするという日でもある。オリヴィアが自分の装いを気にしていたのも、それが理由だった。

　もう歌えるようになったオリヴィアは、魔法の鳥に乗る事も出来るのだけど、心配性のリベルトはこうして迎えに来てくれる。

「今日も可愛いな。もう準備はいいのか？」

「ええ、大丈夫」

「じゃあロザリア、夜までにはオリヴィアを送り届けるから安心してくれ。それまでリックをここに置いてやってくれるか」

オリヴィアの手を取ったリベルトは、その手を自分の口元に寄せて軽く食《は》みながらそんな事を口にする。声を掛けられたロザリアは驚きに目を丸くした。

「は？　パトリックさんはあんたの護衛でしょ」

「自分は今日、非番なんだ。何か手伝いをさせてもらえないだろうか」

確かにパトリックはいつもの鎧《よろい》姿ではなく、腕まくりをしたシャツにズボン姿とラフな装いをしている。

「本当にパトリックさんも物好きね」

呆れたような溜息《ためいき》をつくけれど、ロザリアの表情は柔らかい。パトリックが非番の時にこの家を訪れるのも初めてではないからだ。なんだかんだ言いながらも、ロザリアはパトリックの事を受け入れていると、オリヴィアは分かっていた。

「じゃあ行ってくるわね」

「ええ、気を付けて。オリヴィアの事、よろしくね」

「任せてくれ」

ロザリアの言葉に頷いたリベルトの金の瞳が色を濃くしていく。光の奔流が足元からその姿を飲み込んだ瞬間、ぱっと弾《はじ》ける。その後には巨大な黒竜が現れていた。黒い鱗《うろこ》が光を帯びて輝いているのを見るのが、オリヴィアは大好きだった。

伏せるように身を屈《かが》めた黒竜が金の瞳を細めている。乗るように促されていると気付いたオリヴィアは日傘を畳み、口を開いて——歌った。

魔力を乗せた短い旋律が風を生み、オリヴィアの体を包み込む。オリヴィアがトン、と地を蹴ると、ふわりと体が浮かび上がった。そのままリベルトの背に座ったオリヴィアは、自分の周りに薄い風の壁を張る。

大きな翼を使って浮かび上がったリベルトは、ゆっくりと旋回して空へと昇っていく。あっという間に地上は遠く離れてしまうけれど、オリヴィアの心に恐れはなかった。

ふと家に目を向けると、ロザリアとパトリックが見える。二人の距離が近付いているのは気のせいではないように思えて、オリヴィアの口元が綻んだ。

先程よりも近くなった空には、昼間にも拘わらずうっすらと細い月が覗《のぞ》いていた。


リベルトの背に乗って竜王国まで向かうと、あっという間に着いてしまう。

見慣れた広い中庭に黒竜が降り立つと、オリヴィアが歌を口にするよりも早く、柔らかな風が体を包み込んだ。これはリベルトの風魔法だ。

それに気付いたオリヴィアは抵抗するでもなく、身を委ねる。宝物を扱うかのように優しく下ろされたオリヴィアの隣で、また光が収束した。

「オリヴィア様、お待ちしておりました」

オリヴィアを待っていてくれたのは、侍女長のカミラと侍女のイリスだった。二人とも膝をつきながら、嬉《うれ》しそうに笑みを浮かべている。

「こんにちは、カミラさん、イリスさん」

「ドレスの仮縫いが終わっておりますので……オリヴィア様から離れてくださいますよう、お願い致します。リベルト様」

カミラの声が低くなる。人の姿に戻ったリベルトがオリヴィアの腰を抱き、その髪に頬を寄せるように寄り添っていたからだった。

今日は結婚の準備を進める為に来たのだから、こうしてリベルトがくっついていたら中々進まない。それを分かっているオリヴィアは、腰に回ったリベルトの腕からそっと逃れた。

「また後でね」

「……おう」

「昼食までには終わる予定ですので、リベルト様はどうぞ執務にお戻りください」

「そういう事だから、ほら行くよ！」

カミラの声に合わせるように、明るい声が響く。驚いたオリヴィアが振り返ると、ディーターが中庭へと入ってきたところだった。

「オリヴィアさんに会えるものだから、リベルトは朝からそわそわしていましたよ」

「おい」

「本当の事だろう」

ディーターはリベルトの腕を掴《つか》むと、有無を言わせずに引っ張っていってしまう。嵐のような勢いに唖然《あぜん》としながらオリヴィアがそれを見送っていると、イリスがひとつ大きく手を叩《たた》いた。

「さぁ、オリヴィア様。わたくし達も参りましょう」

「ええ。宜《よろ》しくお願いします」

オリヴィアにもリベルトにも、それぞれやるべき事がある。オリヴィアはドレスを合わせるのを楽しみにしていたのだ。弾む心に表情が笑み綻ぶ事を自覚しながらオリヴィアは大きく頷いた。


用意されている部屋に向かうまでの間、侍女や使用人達にもすれ違う。

あの事件の時とは打って変わって、侍女達はにこやかにオリヴィアの事を出迎えてくれた。あの後に侍女達からは丁寧な謝罪を受けた。上位の竜であるルーゲに扇動されていた事もあるし、キリルに暗示をかけられているような形跡も見つかった彼女達からの謝罪を受け入れないという選択肢はなかった。

謝罪する事を拒み、オリヴィアに対して侮蔑するような事を口にした数人の侍女は解雇されたらしいというのは、どこから聞いてきたのかロザリアが教えてくれた。

いまここにいる者達の体から靄《もや》が立ち上る事もない。

オリヴィアはそれにほっとしながらも、美しい城に視線を巡らせた。あの時は靄に包まれて酷《ひど》かったけれど、今はまったく違う。明るくて、清々《すがすが》しい、気持ちのいい場所へと変わっていた。

カミラ達に先導されてやってきた部屋は、オリヴィアの私室だった。婚姻はまだ先だが、城には既にオリヴィアの部屋が用意されている。

二間続きの広い部屋、居間スペースの中央にはトルソーに掛けられた美しい白のウェディングドレスがあった。

オフショルダーの肩や胸元は総レースで仕上げてあり、前面のデザインはスカートの裾近くにレースがあるシンプルなものだった。

しかしバックスタイルはドレープをたっぷりと重ねた華美なもの。ドレープの間からは美しいレースのロングトレーンが伸び、腰には大きなリボンが飾られている。

「いかがでしょうか」

「すごく……綺麗《きれい》。こんなに素敵なドレスをありがとうございます」

カミラへの返事は、感嘆の息が言葉に混ざった。

こんなにも綺麗なドレスを見たのは初めてで、それが自分の為だという事に喜びを感じてしまう。

(これを着て、リベルトと結婚をするのね。ドキドキするけれど、彼とこれからの未来を一緒に歩んでいける事が嬉しい。リベルトは……わたしがこれを着たら喜んでくれるかしら)

リベルトの事を考えると、胸の奥がぎゅっと切なくなる。

高鳴る胸に手を当てながら、深く息をつくとカミラがにこやかに声を掛けてきた。

「さぁ試着をお願いします。直しが必要でしたらすぐに手配をしませんと」

そうだ、時間はたっぷりあるわけではないのだから。そう思って頷いたオリヴィアは、カミラとイリスに手伝って貰ってドレスに着替えた。いつもと同じく一つに結んでいた髪も、ドレスに合うように高く結い上げて貰う。

肘までのレースで出来た手袋を着け、仮のものではあるがとイヤリングとネックレス、それからティアラも身に着ける。

その全てが高価なものだと分かっているオリヴィアは、緊張に動く事さえ出来ないでいた。

「とてもよくお似合いですよ」

「お式の後にある民衆へのお披露目では赤いマントを羽織ります。そちらの出来上がりはもう少しお待ちください」

「披露宴のドレスはもう少し軽いものに致しますが、いくつか準備してございますのでオリヴィア様のお好きなものをお選びくださいね」

イリスとカミラが楽しそうに、明るい声音で言葉を繋《つな》ぐ。その様子に体を強張《こわば》らせていたオリヴィアからも笑みが零れた。

この人達は、自分とリベルトが結婚する事を楽しみにしてくれている。それが伝わってきてオリヴィアの気持ちも弾んでいく。

「カミラさん、イリスさん。ありがとう」

気持ちのままに紡いだ言葉に、二人が目を瞬いたのも一瞬で、すぐにその表情が笑み綻ぶ。穏やかな雰囲気が部屋の中に満ちていた。

盛装を解いて、白いドレスが片付けられる。オリヴィアには分からなかったような直す箇所があるらしく、職人に渡されるらしい。

いつもの服に着替えてソファーに座ったオリヴィアに、イリスがお茶を用意してくれた。背の高いグラスには細やかなカッティングが施されているのが美しい。氷と共に注がれたアイスティーの上には薄切りのレモンとミントが飾られていた。

オリヴィアがグラスを口に寄せると、ふわりと爽やかな香りがする。それを大きく吸い込んでから、一口飲んだ。ミントとレモンが相俟《あいま》ってすっきりとした飲み口で、固くなっていた体から力が抜けていくようだった。

「ふふ、疲れましたか？」

オリヴィアがソファーの背凭《せもた》れに体を預けたのを見て、イリスがくすくすと笑みを零す。その手に持っていたお皿をテーブルの上に置いて、どうぞとオリヴィアへ声を掛けた。

お皿に並べられているのは、花の形を模した色鮮やかなチョコレート、それから貝殻の形が可愛らしいマドレーヌだった。

「お茶をしながらで構いませんので、お披露目会用のドレスを選びましょう」

オリヴィアがマドレーヌを一つ取って口に運ぶと、テーブルの半分にドレスのデザイン画が広げられる。様々な色がまるで踊っているかのよう。テーブルが一気に華やいで、オリヴィアは綺麗と言葉を漏らしていた。

「リベルト様はオリヴィア様のドレスに合わせて衣装をお仕立てなさるそうですから、オリヴィア様のお好きなものを選びましょう」

カミラがそう言いながら、デザイン別に分けてくれる。どのドレスも素敵に見えて、オリヴィアは悩ましげな声を漏らした。

「どれも素敵で……こんなにあると迷ってしまうわ」

好きなものをと言われても、今までこんなドレスを選んだことのないオリヴィアには中々難しいものだった。あまり派手ではない方が好みだけど、それだと華やかさに欠けてしまうだろうか。

そんなオリヴィアの様子に、イリスがデザイン画を指差しながら説明をしてくれる。

「今の流行りですと、この腰回りにボリュームを持たせるものですね。ドレープを寄せたり花のベルトを巻くのもおすすめです。ですがオリヴィア様にはこういった細身のドレスもお似合いになるかと思います。膝のところで一度くびれて、また広がるスカートが美しいと評判なんですよ」

確かにその細身のドレスは、凛《りん》とした美しさが素敵だとオリヴィアも思っていたものだ。

「リベルトはどんなものが好きかしら」

「リベルト様なら、どのドレスでもオリヴィア様によく似合っていると仰《おつしや》いますよ」

「ええ、それは間違いないですね」

ぽつりと漏らした呟《つぶや》きに、カミラとイリスの言葉が重なるように紡がれる。それが何だか可笑《おか》しくて、オリヴィアは口に手をあててくすくすと笑みを零していた。

「ありがとう。それなら心置きなく、わたしの好きなものを選ばせて貰うわ。この細身のドレスがとても綺麗だと思ったの」

「ではこの細身のスタイルで、いくつかデザインを起こして貰いましょう。ふふ、やる事が沢山で楽しくなってしまいますね。合わせて装飾品も選ばなければなりませんし、髪型も決めませんと」

デザイン画を纏《まと》めながら、カミラが楽しそうに笑う。

忙しい事を好むようなその様子にオリヴィアは目を瞬いてしまった。でも自分も調薬や採取など、好きな事には時間を気にせず没頭してしまうから、カミラにとっては仕事がそうなのかもしれない。

アイスティーを一口飲んだオリヴィアは、今度はチョコレートに手を伸ばす。薔薇《ばら》を模したピンク色のチョコレートには銀の粉がふりかけられていてキラキラと輝いている。

「そうだ、イリスさん。先日に貸して貰った竜族の本、とても興味深かったわ」

「お役に立ちましたか？」

「ええ。恥ずかしながら竜族の生態については知らない事ばかりだったから、勉強になったわ。赤ちゃんが泣いた拍子に火を噴いてしまうなんて、可愛らしく思うけれど実際は大変そうね」

「泣いた赤ちゃんに近付く時には、自分に耐火の魔法を付与しないと焦げてしまう事もあるんですよ。まだ魔力をコントロールできないので仕方のない事なんですけれど」

人であるわたしが竜に嫁ぐにあたって、分からない事が多々あるだろうと、イリスが竜族の生態についてまとめられた本を貸してくれたのは前回の登城時のこと。

人と似通っているところ、全く違うところが多々あってとても興味深いものだった。

先程の赤ちゃんの話もそうだ。人の赤ちゃんは魔力を持っていても、泣いた拍子に魔法を発動する事は滅多にない。まだ魔法というものを認識していないからだ。

それから竜族の赤ちゃんは人の姿で生まれてくるという事も初めて知った。

卵？　半竜？　色々な事を考えてしまっていたのだけど、それは黙っておこうとオリヴィアは思っている。

「お二人の赤ちゃんが生まれるのも楽しみですね」

　にこにこと笑うカミラの言葉に、オリヴィアの顔が赤く染まった。いつかはそういう日も来るのだろうけれど、なんだかまだ恥ずかしい。

「こ、子どもといえば……わたしとリベルトは種族の違いがあるけれど、生まれた子は竜族となるのね」

　恥ずかしさを誤魔化すようにオリヴィアは空咳《からせき》を繰り返す。手にしたグラスの中で氷がカランと澄んだ音を響かせた。

「はい。どの種族と番《つが》っても、生まれてくるのは竜族となります。もちろんお相手の種族の特色も強く引き継いできますので、どんな能力を持っているかは両親によって変わりますね。数代前の種族の特色が急に現れたりする事もあるようですよ」

「そうなのね。なんだかそれも不思議で興味深いわ」

　知らない事を知っていくのは、とても楽しい。竜族の事は本で学んでいるけれど、こうして話を聞くと理解度が更に深まっていく。

　それに本だけでは分からない事もある。最近のリベルトの事で気になっている事があったオリヴィアは、それを二人に聞いてみる事にした。

「あのね、最近リベルトが、指とかを甘噛《あまが》みをしてくるんだけど……あれはどういう意味なのかしら。

本で調べたけれど、載っていなかったの」

　オリヴィアの言葉に、カミラとイリスが顔を見合わせる。その様子に首を傾《かし》げながら、オリヴィアはグラスをテーブルに戻した。その手でお皿の上からチョコレートをひとつ摘《つ》まむ。

　向日葵《ひまわり》の形をした黄色いチョコレート。食べてしまうのがもったいないと思う程に作り込まれている。

「オリヴィア様……竜族が番う相手にする甘噛みは、求愛行動です」

　笑み交じりにカミラがオリヴィアの問いに答えを告げる。その内容に驚いたオリヴィアは、手にしていたチョコレートを膝の上に落としてしまった。

「き、求愛……？」

「はい。番うお相手が愛《いと》しくて仕方ないと、無意識に行ってしまう行動です」

　イリスもにこやかに言葉を紡ぐが、オリヴィアの顔は一気に赤く染まっていく。

　嫌なわけじゃない。やめてほしいわけでもない。でも……何だか恥ずかしいのと、嬉しい気持ちとでオリヴィアの心はざわめいていた。

「うふふ、リベルト様はオリヴィア様の事が大事でたまらないのですね」

　イリスが楽しそうに笑うが、オリヴィアはどうしていいのか分からなかった。

　膝に落ちたチョコレートを指に拾ったオリヴィアは、それをひょいと口に入れて羞恥を誤魔化そうとした。甘いはずのチョコレートの味もよく分からない。

「そういえばオリヴィア様のご両親様もお戻りになられたと伺いましたが」

そんなオリヴィアを見かねてか、カミラが話題を変えてくれた。内心でほっとしたオリヴィアは、それに飛びつくよう大きく頷いて見せた。

「ええ。元々はわたしの声を戻す方法を探して旅をしていたの。声が戻った事を伝えたら、大急ぎで帰ってきてくれたのよ。家に飛び込んできた二人は喜んだり泣いたり大忙しだったわ」

「では今はご家族で過ごされているのですね」

「それがね、また旅に出てしまったの」

オリヴィアが答えると、イリスは驚いたように目を丸くした。その様子にくすくすと笑みを漏らしながら、オリヴィアは自分の喉をそっと撫でた。

「世界はまだ知らない事で溢《あふ》れているからって、世界を巡る旅を続けるんですって。近い内に竜王国にも来るって言っていたし、結婚式にも出席するそうよ」

「それはようございました。この国においで下さった際には、ゆっくりして頂けるといいのですが」

「二人とも活動的な人だから、皆が疲れちゃうかもしれないわね」

可笑しそうに笑いながら、またオリヴィアはアイスティーのグラスを手にした。それを飲もうとした瞬間――複数の足音が近付いてくるのが聞こえた。

カミラが扉へ向かい、イリスはオリヴィアを庇《かば》うようにソファーの側《そば》に立つ。

その様子から、この一団は招かれざる客達なのだという事がオリヴィアにも分かった。約束をするだけ親しい人も竜王国の中にいないのだから、それも当然なのかもしれないけれど。

丁寧なノックが響く。カミラがそれに応えて、扉越しに何らかのやり取りがあったようだ。

カミラがオリヴィアの元にやってくるのと入れ替わるように、イリスが扉の前に立つ。

「オリヴィア様、ブルマイスター家のジェシカ様がおいでになっています。オリヴィア様にお会いしたいとの事ですが……」

ブルマイスター家。聞き覚えのある家名にオリヴィアは首を傾げた。記憶の海を揺蕩《たゆた》うと思い当たるのは、前にこの城に滞在していた時に兵士達の会話を聞いてしまった事。

「……リベルトの正妃候補だった方ね？」

オリヴィアがそう口にすると、カミラは驚いたように目を丸くした。

「前に聞いてしまったの。お通ししてくれる？」

そのご令嬢は自分が王妃になると思っていたのではないだろうか。それを竜族ではない自分に取られて、怒っているのだろうか。

オリヴィアはそう思って、小さく息をついた。もしそうだとしても、リベルトの妻という場所を譲るつもりはない。遅かれ早かれ、会わなくてはならない人だ。

「御身を危険な目に遭わせる事はございません。もしジェシカ様がオリヴィア様の気分を害するような事があれば、その時点で退室願いましょう」

カミラは厳しい顔をしている。そのカミラの様子からも、友好的な顔合わせにはならないのだろう。

イリスがゆっくりと扉を開ける。

中に入ってきたのは、とても美しい女性だった。オリヴィアが思わず見とれるくらいに綺麗で、華がある人。

緩く巻かれた金髪には赤いカチューシャが飾られている。カチューシャを彩る宝石が光を映して煌《きら》めいていた。長い睫毛《まつげ》に縁取られる瞳は濃い赤色。瞳の色に合わせたドレスも赤色で、腰には大きなリボンが飾られている。いまの流行りだというスタイルだろう。

「はじめまして、魔女様。わたくしはブルマイスター家が長子、ジェシカでございます。どうぞお見知りおきを」

「はじめまして、ジェシカさん。わたしはオリヴィア・バルディです」

オリヴィアはソファーに座ったままで挨拶をした。オリヴィアは魔女だ。誰にも跪《ひざまず》く事はない。

だがオリヴィアの様子に嫌悪感を表したのは、ジェシカの後ろに控える二人の侍女だった。眉を寄せて、オリヴィアを睨《にら》むその姿からは悪意の靄が滲《にじ》み出ている。

（何だかこれも懐かしく思ってしまうわ。でも……ジェシカさんはわたしに悪意を持っていない？）

開いた扇を口元に寄せたジェシカの瞳は冷え冷えとしている。友好的な気配は欠片《かけら》もないけれど、悪意が立ち上っているのは見えない。彼女が何を思っているのか読めないのは少し不気味だと思った。

「よかったらお掛けください。今日はどんなご用事でしょうか」

向かいのソファーを勧めながら、オリヴィアは穏やかに問いかける。含みを持たせるような言い回しは自分に向いていない。

ジェシカは一瞬だけその目元を綻ばせ、オリヴィアの勧めるままにソファーへと腰を下ろした。その所作一つ一つが美しい。

「陛下の妻となられる方を拝見しに参りましたの。陛下だけではなく、この城を救った魔女様の功績は聞いておりますけれど、竜族は弱者には従いません。それはご存知？」

「ええ、聞いています。つまりあなたは、わたしを見定めにいらしたんですね？」

「そういう事になりましょう。元々はわたくしに王妃の打診がきていたんですもの。魔女様は第二妃……いえ、それはあなた様の姉君でしたわね。一体どうして名前もあがっていなかった魔女様が躍り出てきたのか、不思議に思っていましたのよ」

　扇をゆっくり閉じたジェシカが紅の引かれた唇でにっこりと笑う。ジェシカの連れている侍女達もくすくすと笑みを漏らしていた。

　後ろに控えているカミラとイリスから怒りの気配を感じながら、オリヴィアは苦笑いを零した。

（ジェシカさんだけじゃない。これからだって、こうやってわたしを侮る人達はやってくるだろう。人族という矮小《わいしょう》な存在に竜王の妃《きさき》が務まるのかと。だからわたしは——自分の力で、彼の隣を守らなくてはならない）

　深く息を吐いてから、またゆっくりと息を吸い込む。それから真っ直ぐにジェシカを見据えた。

「まず……わたしがリベルトの妻になる事についてですが、わたしが彼を想い、彼もわたしを妻にと願ってくれたからです。彼の一番傍に居たいと、わたしもそう思ったから。姉やジェシカさんに打診された縁談のお話については……臣下の方が進めたお話だと聞いています」

　公爵位のブルマイスター家なら、ルーゲの件も知っているのだろう。

　あの事件がオリヴィアの脳裏をよぎる。竜族至上主義を掲げ、王位を狙ってこの国に混乱をもたらそうとした彼は、魔女の契約によって誇りにしていた竜の力を失ってしまった。

「そうですわね。あなた様が陛下に乞われている事も存じておりますし、魔女という存在が強大なものだという話も伺っております。ですが……結局は人で在られるでしょう？　わたくし達竜族に匹敵するだけのお力をその身に宿しているとは、どうしても思えないのです」

ジェシカは静かな声で言葉を紡ぐ。その言葉は魔女の強さというよりも、人という存在への単純な疑念のようでもあった。人族であるオリヴィアに対して、ジェシカは侮るような感情を向けてこない。それは悪意の靄が立ち上っていない事からも伝わってくる。

オリヴィアはジェシカを真っ直ぐに見つめて、ひとつ頷いた。ジェシカが納得するだけの強さをここで示す事は出来ない。でも……思いを伝える事は出来る。

（きっとジェシカさんは、わたしの話をちゃんと聞いてくれる。だからわたしも自分を取り繕う事無く、心を晒《さら》して伝えなくては）

そんな思いを胸に、オリヴィアは口を開いた。

「竜族の強さは膂力《りょりょく》や身体能力、魔力……あらゆる点に秀でているからだと思っています。確かに人族がその全てを兼ね備えているかというと難しいでしょう。でもわたしは魔女でありますから、一般的な人族よりも魔力は多く、強大な魔法を扱う事ができます。その一点特化なら竜族と渡り合えるかもしれません」

それは嘘《うそ》偽りのない、オリヴィアの思いだった。

魔女は強く、強大な力を持っている。オリヴィアは自分の力を把握している。でも……ここで示すのは、きっとそんな強さじゃない。

「わたしは特別な魔法や薬学の知識も持っています。それもひとつの強さだとは思いますが、きっとあなた達の求める強さとはその舞台自体が違うのでしょう。だから今すぐにわたしを認めてほしいとは言いません」

膝の上に揃《そろ》えた手はいつの間にか拳の形になっている。それにぎゅっと力を込めながらオリヴィアは言葉を続けた。この思いが伝わる事を願いながら。

「わたしは、わたしの出来る方法であなた達に認めて貰いたいと思っています」

「……認める事が出来なかったら？」

「認めて貰えるまで自分を磨くでしょう。リベルトの妻という場所を、誰かに渡したくはないのです。彼の隣に居るのは人族であれどわたし以外にないと、皆さんにそう認めて貰えるようにわたしのやり方で努力を重ねていきます。だから、これからのわたしを見ていてもらえませんか？」

自分は竜族ではないのだから、竜族と同じように認めて貰うのは無理な話だ。そうオリヴィアは分かっていた。それでもリベルトを諦める事など出来ないのだから、オリヴィアという自分自身を認めて貰うしかない。

ジェシカは何も言わずに、その赤い瞳でオリヴィアの事を見つめていた。まるで心の内を見透かされるような眼差《まなざ》しだが、意外と不快な気持ちにはならなかった。

「オリヴィア様は意外と負けん気が強いお方なのですね」

ぽつりとジェシカが呟いた。

それを問うよりも早く、ジェシカは優雅な手付きで扇を開いた。それで口元を隠しても、声色に笑みが乗っているのが伝わってくる。

「では、これからのオリヴィア様を拝見いたしましょう。まぁ……わたくし達が異を唱えたとしても、あなた様は時代の強者である竜王陛下が妻と選んだお方。その立場が揺らぐ事はありませんが……認められるかはまた別の話。オリヴィア様は全て理解されているようで安心しました」

ジェシカの表情や声からは、先程よりも好意のようなものが見え隠れしているような気がする。オリヴィアは内心でそれにほっとしていた。

リベルトの守る竜族と仲違《なかたが》いをする事は、出来れば避けたいと思っていたからだ。

元より、リベルトの妻になるのだから自分に出来る事は何でもしようと思っていた。魔女の力全てをこの国に奮《ふる》う事はないけれど、それでも今まで蓄えた知識はきっと力になってくれる。

「これからのオリヴィア様に期待しております」

ジェシカはパチンと扇を閉じると、それを両手に持ち直してから気品の溢れる笑みを浮かべた。

彼女の後ろに控えている侍女達からも先程のような靄が立ち上る様子はない。

全てではないだろうけれど、自分の心が伝わったのだとオリヴィアは思った。

認めて貰う為《ため》の猶予を貰った形になるのだから、それに応えなければならないと改めて強く感じる。

「では失礼致します。またお目に掛かれる事を楽しみに――」

ジェシカが言葉を紡いでいる最中、力強いノックが部屋に響いた。カミラが足早に扉に近付き、応対すると同時に来訪者によって扉が開かれる。そこに居たのはリベルトで、真っ直ぐにオリヴィアへと向かってきた。

リベルトの姿を見たジェシカ達は臣下の礼を執る。それに片手を挙げて応えたリベルトはオリヴィアの隣に腰を下ろした。

「もうドレスは決まったのか？」

「大体は。好きなデザインを伝えたから、それでまたデザイン画を用意して貰う事になったの」

「そうか、楽しみだな」

片手でオリヴィアの腰を抱き、逆の手でオリヴィアの手を握る。距離の近さに慣れてきたとはいえ、今日はジェシカも居るのだから羞恥に顔が赤くなるのをオリヴィアは感じていた。

取られた手の指先がリベルトに甘噛みされる。擽ったさに肩を揺らすも、リベルトが解放してくれる素振りはない。

「……オリヴィア様、何か困った事があれば仰ってくださいまし」

立ち上がったジェシカは苦笑いをしている。この距離に呆れてしまったのかと思ったオリヴィアは、先程カミラ達に問うた事を思い出した。

甘噛みは――求愛行動だと。顔に集う熱が増していく。気恥ずかしさに鼓動が早まるも、リベルトの腕は力強く逃げられる気配は欠片もなかった。

「では御前失礼致します」

苦笑からにこやかな笑みに表情を変えたジェシカは侍女達と共に部屋を後にする。

足音が遠ざかっていくのを聞いて、オリヴィアはふぅと深い息をついた。

「ジェシカ嬢が来ていると聞いてやってきたんだが、俺の心配は杞憂《きゆう》だったか？」

「杞憂じゃないような、杞憂なような……。でも、もう大丈夫よ」

「そのようだな。だがジェシカ嬢のように冷静な判断が出来る者ばかりとは限らないからな……何か手を打つべきか」

「いいえ。わたしがあなたの隣に相応《ふさわ》しいのだと、示していけばいいだけでしょう？」

「頼もしいな。……それでも、俺に頼ってくれ」

低く笑いながらリベルトがオリヴィアの髪に頬を寄せる。

大切にされている事を実感して、オリヴィアの胸に喜びが灯《とも》った。

（わたしが自分一人で抱え込まなくてもいいんだ。この気持ちを大切に、リベルトと一緒に乗り越えていけばいい。わたし達はそうやって、支え合っていける）

優しい手に促されるよう、リベルトの肩に頭を預けたオリヴィアは自分からもリベルトの手を握った。伝わる温《ぬく》もりに安心して、深い息が漏れた。

「ありがとう、リベルト」

感謝の言葉に、リベルトはただ笑うばかりだ。

一度離れたリベルトはイリスがテーブルに用意したアイスティーのグラスを手にした。リベルトがグラスを回すと氷が歌う。

「結婚式なんだけど、この国では金の糸をお互いの小指に結ぶんでしょう？」

イリスに貸して貰った本に、結婚式も載っていた。

式でお互いに愛を誓った後は、魔力で練った金糸をそれぞれの左小指に結ぶのだという。その糸に二人で魔力を流すと小指には【愛】の文様が現れて、それを隠すように幅広の指輪を着けるというのが一般的らしい。

現れる【愛】の文様は、その夫婦によって違うというのだから、何ともロマンチックなものだとオリヴィアは思った。

「ああ。指輪は夫になる者が選ぶのが慣習なんだが、任せてくれるか？」

「もちろん。楽しみにしていていい？」

「ずっと着けておくものだから、邪魔にならないようなものにするから安心してくれ」

きっとリベルトなら、色々と考えてくれるだろう。どんなものでもリベルトが選んでくれたものなら嬉しいけれど、でも身に着けやすいものならもっと嬉しい。

「ありがとう。その魔力で練った金糸というのは……」

「それはロザリア様にお願いしようと。僭越《せんえつ》ながら私とイリスもお手伝いをさせて頂きます」

「今日、リックが依頼の書状をロザリアに渡している。妻となる者の親族が金糸を作ると幸せになると言われているんだ」

カミラの言葉に、リベルトが説明を足してくれる。

ロザリアならきっとその依頼も快諾してくれるだろう。帰ったら自分からも姉にお願いしようと思いつつ、マドレーヌに手を伸ばした。

「皆にお祝いされて結婚をするのね」

「そうだ。幸せにとの願いを積み重ねて夫婦になるのが、竜族の婚姻だ」

願いを積み重ねる。それはなんて素敵な事なんだろう。

それを思うだけでオリヴィアの心は浮き立って、その心を映すように笑みが浮かぶ。

「楽しみだな」

「ええ、とっても」

「俺の方がお前よりも婚姻の日を待ち遠しく思ってる」

「そんな、比べる事じゃ――」

「早く触れたい」

少しざらついた低い声が耳から胸の奥に響く。

言葉を返せないでいるオリヴィアの首へと顔を寄せたリベルトは、うなじにかぷりと噛《か》みついた。

痺《しび》れるような不思議な感覚に、情けない声を出しながらオリヴィアが立ち上がって逃げだすと、その前にカミラとイリスが立ち塞がった。羞恥と混乱に涙目になっているオリヴィアはイリスの後ろに隠れさせて貰うことにした。

「リベルト様、昼食の準備が出来るまでお仕事に戻られてはいかがでしょうか」

「……また後で来る」

立ち上がったリベルトは気まずそうにぽつりと呟き、何度か振り返りながら部屋を後にした。

オリヴィアは噛みつかれたうなじに触れてみた。歯形もないし何も残っていないけれど、何だか胸の奥が疼《うず》く感覚が引いてくれない。

深呼吸を繰り返しても、まだ胸がドキドキしている。落ち着くのはまだ先の事になりそうだった。

共に昼食を食べて、オリヴィアとリベルトは城下町へと繰り出していた。

オリヴィアはいつもの格好だから問題なく街に溶け込める。竜王として顔を知られているリベルトはラフな服装に着替え、髪型を軽く変える他にも黒縁の眼鏡をかけている。

いつもと違う装いにまたオリヴィアの鼓動が跳ねるけれど、それは黙っておく事にした。

澄み渡る青空の下、街は今日も賑《にぎ》やかだ。様々な種族の人達が日々の生活を楽しんでいるようにも見える。

店の前で遊ぶ子ども達。日傘を差した祖母らしき人が椅子に腰かけ、子ども達へと優しい眼差しを送っていた。子どもの一人は背中に竜の羽が出ている。癇癪《かんしゃく》を起こしたのか、その足元から氷が蔦《つた》のように這《は》っていく。祖母は慣れているように、片手を振ってその氷を一瞬で溶かしてしまった。

魔力制御が出来ない子どもが、感情のままに魔法を使ってしまうのはよくある事らしい。周囲の誰も特に気にした様子がない。竜族の日常を垣間見《かいまみ》れた気がして、オリヴィアは少し嬉しくなった。

リベルトの腕に手を掛けたオリヴィアは、リベルトが進む方向へついていく。広場から放射状に道が広がって、その内の一本を進むらしい。

「さて、まずは魔導具店だったな？」

「覚えていてくれたのね」

前回に会った時にぽつりと零した「魔導具のお店も見てみたい」というオリヴィアの願い。些細《ささい》なその言葉を覚えていてくれたのだと、オリヴィアは嬉しそうに笑った。

「お前が行きたいと願うなら、どこへでも連れていってやりたいんだ」

「ありがとう。あなたがそう言ってくれるのも嬉しいけれど、こうして一緒に歩いているだけでも嬉しいのよ」

その言葉は嘘ではなかった。魔導具店に行けるのは心の底から嬉しいのだけど、大事なのは一緒の時間を過ごしている事。リベルトと一緒だから心も弾む。

オリヴィアの言葉に嬉しそうに笑ったリベルトは、オリヴィアの耳元に唇を寄せて「俺もそう思う」と囁《ささや》いた。その声があまりにも甘やかで熱を帯びていたものだから、オリヴィアは顔だけでなくて耳まで真っ赤に染める羽目になった。


リベルトがオリヴィアを案内したのは、魔導具店が立ち並ぶ通りだった。

ショーウィンドウには各店のおすすめらしい商品がライトアップされていたりと、眺めているだけでもオリヴィアの気持ちが高揚していく。

（あの魔導具はずっと前にチェスカ家の魔女が作った魔導具を簡略化したものだわ。こっちのお店は……デザインにこだわっているのね。細やかな装飾がとっても綺麗）

ふらふらと蝶《ちょう》が花に移るかのように、オリヴィアは各店のショーウィンドウに吸い込まれていく。

先導していたのはリベルトだったはずなのに、いつの間にかそれは逆転している。それに気付いていながらもリベルトはオリヴィアを止めるつもりはなかった。夢中になっているオリヴィアの姿があまりにも可愛らしかったからだ。

「リベルト、このお店に入ってもいい？」

「もちろん」

浮かれているような足取りが、一件の店の前でぴたりと止まった。石造りの建物は、歴史があって手入れされているのがよく分かる。

リベルトが開いた扉にはベルがついていて、カランカランと高い音を響かせた。リベルトが押さえてくれている扉から店内に入ったオリヴィアは周囲を見回して感嘆の息をついた。

姿映しの鏡、記憶を残す水盤、自動巻きのオルゴール、身を守る為の水晶は様々な色が綺麗に並べられている。その魔導具は芸術の域に達しているほどに美しかった。

「姉さんが見たらきっと喜ぶわ」

「ロザリアは魔導具を作るのが趣味なんだったな」

「ええ。わたしが持っていた魔法黒板もそうよ」

「何だか懐かしく思うな。そんなに時間が経《た》っているわけでもないのに」

「わたしもそう思う。それだけ声が馴染《なじ》んでいるのかもしれないわね」

笑み交じりにお喋《しゃべ》りをしている間に、店の奥から店主が現れる。体格のいい男性店主は「いらっしゃい」と言った後は椅子に座っている。好きに店を見せてくれるのは、オリヴィアにとっても有り難かった。

「見てきてもいい？　姉さんにお土産を買っていきたいの」

「ああ、ゆっくりしていていいぞ」

リベルトの穏やかな声に甘え、オリヴィアは棚に並ぶ魔導具ひとつひとつをゆっくり見させて貰う事にした。生活に便利な魔導具から、用途が限られるもの、娯楽品、そのどれもが丁寧に作られているのが分かる。

オリヴィアが楽しそうに魔導具を選ぶ様子を、リベルトは笑みを浮かべながら見つめていた。

彼女には笑っていてほしい。まるで春の花を思わせるような優しい笑みを失いたくないとリベルトは強く思っていた。

「随分とご執心だな」

揶揄《からか》うような店主の声に、リベルトは首を傾げた。

「そんなに熱い視線を送ったら、あの姉ちゃんが焼けちまうんじゃねぇのか。可愛くて仕方ないって顔に出てるぜ」

そんな事かとリベルトは思った。肩を竦《すく》めながら眼鏡越しに店主を睨む。

「彼女が可愛いのは間違いないが。そんな事よりあまり見ないで貰えるか。誰の目にも留まらない所に置いておきたいのを、我慢してるんだ」

冗談とも本気ともつかないリベルトの言葉に、気を悪くした様子もなく店主は豪快に笑った。

リベルトと店主のそんなやり取りも、魔導具に夢中になっているオリヴィアに届く事はなかった。

一つ一つ、食い入るように魔導具を真剣に見つめている。

姉が興味を持ちそうな魔導具はどれだろうか。インクが自動で出てくるペンは姉も作っていたけれど、改良が必要だと言っていた。他の人が作ったものを見たら、そのヒントになるかもしれない。
この姿映しの鏡もいい。これから離れて暮らす事が決まっているから、ロザリアは通信魔導具の改良にも精を出していた。もっとはっきりと姿と声を届けてくれるような魔導具を求めているのだ。

「うぅん……迷うわ」

「両方買えばいいんじゃないのか？」

「そうしたいけれど、姉さんが魔導具の改良で眠らなくなるのが予想出来てしまうもの」

「なるほどな」

いつの間にか近付いてきていたリベルトが、オリヴィアの腰に腕を回す。距離の近さはもう慣れてきたとはいえ、髪に頬を寄せられるとオリヴィアは少し警戒してしまう。またうなじに噛みつかれたら堪《たま》ったものではないからだ。

片手でうなじを守りながら、逆の手でペンを手にしてくるりと回した。

ロザリアがペンの改良に励んでいるのが、自分の為だとオリヴィアは知っていた。王妃となれば執務に関わる事も増えると、オリヴィアは既にディーターに告げられていて、少しでも役に立てばと勉強をしている。

それを見ているロザリアが、ペンが使いやすければ、オリヴィアの助けになるだろうと思ってくれているのもちゃんと分かっている。

改めてペンを見る。

ペン軸に細工があるのだろうか。それとも中の回路だろうか。開いてみないと分からないけれど、重た過ぎずにしっくりと手に馴染むのがいい。

ペンの上部に刻まれているのは竜王国特有の文様だった。細やかな細工がとても綺麗で、これが手元にあれば使っていても楽しいだろう。

うん、これにしよう。

「今日はこのペンにするわ。また連れてきてくれるでしょう？」

「ああ。いつだって、お前が望むなら」

リベルトは笑みを浮かべた唇で言葉を紡ぐと、オリヴィアの手からすっとペンを取ってしまう。止めるよりも先に店主の所に持って行かれてしまう。

さりげない優しさに、オリヴィアの胸がまた高鳴る。リベルトといるといつもこうだ。些細な事でもオリヴィアの心はかき乱されていく。

「兄ちゃん、独占欲もほどほどにしないと逃げられるぜ」

「逃げる？　俺から？　そんなの無理だろう。俺以上の男も、俺以上に彼女を愛している男も他にいない」

当然とばかりに言葉を返すリベルトの様子に、店主が呆《あっ》気《け》にとられたのも一瞬ですぐに大笑いを店内に響かせる。

やり取りが聞こえているオリヴィアは両手で顔を覆って、羞恥に耐える以外出来る事などなかった。

顔も耳も、何なら体全部が熱い。

「あっはっは！　姉ちゃんも大変な男に捕まったな」

店主は楽しそうに笑っているけれど、オリヴィアは顔を隠す手を下ろして曖昧に笑う以外に出来なかった。

思ったよりも明るい店主に見送られて店を出てからも、まだオリヴィアの顔から熱が引く事はなかった。涼やかな風が頬を撫でる。その心地よさに吐息を漏らしながら、隣を歩くリベルトへ非難めいた視線を送った。

「疲れてないか？」

オリヴィアの視線を気にした事なく優しく問いかけるリベルトに、オリヴィアは気を抜かれてしまったようだった。ふぅと息をついてから、彼の腕に手を掛けて歩きだす。

「大丈夫。買ってくれてありがとう」

「どういたしまして。次は……」

「少し歩きたいわ。街をのんびり見て回りたい」

「分かった。じゃあ広場の方に戻るか」

掛けていた手が解かれて、しっかりと手が繋がれる。絡まる指先まで熱が灯っているようだ。

来た道を戻るように歩を進める。石畳に映る二人の影は一つになっているかのように寄り添っていた。

広場で披露されていた演奏会に足を止めて聴いてみたり、流行りのカフェでお茶をしたり。リベルトと過ごす時間は楽しくて、あっという間に過ぎていく。

　陽《ひ》が傾き始めた頃に、二人は城へと戻った。もう少しで帰る時間になるけれど、その前に……とリベルトがオリヴィアを案内したのは、城の尖塔《せんとう》だった。

　高いその場所からは王都が一望できる。陽も落ち始めたからか、うだるような暑さも和らいで、風には夜の気配が混ざり始めていた。

　天空の濃紺、山端《やまはな》の金色。街並みも朱と金に色付き始めて、あまりの美しさにオリヴィアは吐息を漏らした。

「今日はとっても楽しかったわ」

「それなら良かった。俺もお前と過ごせて、嬉しかった。次はどこに行きたい？」

「そうね……お城の図書室でも、街の図書館でもいいんだけど、本が読みたいわ」

「本？　なんだ、言えば本屋にも寄ったのに」

「ありがとう。でもついさっき思った事なの」

　眼鏡を外したリベルトが、それを頭の上に載せる。金の瞳は空の色を映したみたいに輝いていた。

「どんな本が読みたいのか決まってるのか？　次までに用意しておくが」

「竜族の歴史が分かる本がいいわ。竜族の暮らしとか文化とか、そういうのを知りたいの。だから本じゃなくてもいいんだけど、そういう事を学びたいと思う」

　手摺《てすり》に両手を掛けるオリヴィアの髪を風が攫《さら》う。気持ちのいい風が二人の間を駆け抜けていく。

「ここがわたしの暮らす国になるんだもの。もっと好きになれるように色々な事を知りたいわ」

「オリヴィア……」

穏やかな声にリベルトは、震える吐息を漏らした。伸ばした手でまろい頬を撫でた後に、その手をオリヴィアの背に回して抱き寄せた。両腕でしっかりと抱き締めて、ピンクゴールドの髪に頬を擦り寄せる。

「お前と暮らすこの国を、もっと豊かで平和なものしていかないといけないな」

「ふふ、竜王様に期待してる。でもその側には、いつもわたしが居るって、忘れないでね」

オリヴィアもリベルトの背に両手を回して抱きついた。とくんとくんと、少し早めの胸の鼓動が耳に響くけれど、それがどちらのものなのかオリヴィアには分からなかった。

「国だけじゃなくて、俺にも興味を持ってくれよ？」

「ふふ、拗《す》ねてる？」

「そりゃあな。お前の一番は俺でありたい」

抱き締められたまま、わざとらしくリベルトが溜息をつく。耳に触れるその吐息に肩を震わせながら、オリヴィアはまたリベルトに回す腕に力を込める。

「もう一番なのに。わたしの心をざわめかせるのは、あなただけなのよ」

「それは分かってる。それでも……もっと惚《ほ》れてほしいんだ。お前の目が他に向いたら、この感情のままにそいつを焼き尽くしてしまうかもしれない」

予想外に過激な言葉を受けて、オリヴィアは目を瞬く。それでも不快に思う事なんてなかった。その言葉には自分への強い思いが溢れているようだったから。

こうして彼と触れ合うと、胸の奥がぎゅっと苦しくなる。切なく疼くこの感情が恋だというなら溺れると表現されるのだって納得だ。上手に息が出来ないもの。

リベルトの唇が髪に触れる。唇は滑り落ちた先の耳を軽く食んで、それから瞳、頬へと口付けを落としていった。

オリヴィアは近い距離でリベルトの金の瞳を見つめていた。夕暮れに瞬く星のような煌めきからオリヴィアは目が離せなかった。

吐息が重なる距離で、リベルトが「好きだ」と囁いて。オリヴィアが言葉を返すよりも早く、二人の唇は重なっていた。金の眼差しが蕩《とろ》けるように甘やかで、オリヴィアの胸が締め付けられる。その切なさから逃れるように、オリヴィアは目を閉じた。

触れる唇が、抱き合う体が、燃えているように熱い。夜の匂いを運ぶ風もそれを冷ます事なんて出来なかった。

短いのか長いのか、時間の感覚さえ分からなくなる頃、唇がゆっくり離れていく。

目を開けたオリヴィアは何度か瞬《まばた》きを繰り返した。頭が痺れたようにぼうっとしていたからだ。

そんなオリヴィアの様子に、リベルトは緩めていた腕の力を再度強めた。華奢《きゃしゃ》な体をぎゅっと掻《か》き抱《いだ》き、深い息を吐き出した。

「あー……帰したくない。いっそ俺がお前の家から、城に通えばいいんじゃないか」

呻《うめ》くようなその声に、オリヴィアは目を丸くして、そして笑いだしていた。自分からもまたぎゅっ

と抱きついて、リベルトの胸に頬を擦り寄せる。

「ふふ、姉さんもお城の人達もびっくりしそうね。通ってくる王様なんて初めて聞いたわ」

「飛べばすぐだろ。中々いい案だと思うんだけどな」

冗談めかしているけれど、リベルトはバルディ家から城まで掛かる時間を計算し始める。その様子がなんだかおかしくて、オリヴィアはまた笑った。

「わたしと姉さんの事を慮《おもんぱか》ってくれているのね」

「……俺がお前と一緒にいたいだけだが」

この結婚でロザリアとオリヴィアの姉妹を離れさせてしまう事に対して、リベルトが申し訳なく思っている。オリヴィアはそれに気付いていた。

オリヴィアは抱きつく腕から少し力を抜いて、互いの間に距離を取った。見上げた先のリベルトも、真っ直ぐにオリヴィアを見つめている。

「寂しくないわけじゃない。でも……ずっと一緒に居られるわけじゃないって、わたし達はちゃんと分かってる。姉離れ出来ていなかったのはわたしで、姉さんはちゃんと未来の事を考えてた。それにわたし達は魔女だもの。魔導具でお喋りしたり、鳥を使って飛んでいくのだって出来る。もう会えないわけじゃないんだから、大丈夫」

「……そうだな」

小さく頷いたリベルトはまた掠《かす》めるようにオリヴィアの唇を奪った。

唇が重なったのは一瞬でも、予想外の出来事にオリヴィアの頬が朱に染まっていく。そんな様子にリベルトは低く笑った。

「それはそうとして、やっぱり離れたくない」

ぽつりと零したリベルトが、二人の間の隙間を無くすように抱き締める。

笑みを浮かべながらオリヴィアも応えるように抱きついた。

（わたしもよ。このままずっと、一緒に居られたらいいって思ってる）

内心の言葉がまるで聞こえていたかのように、ぎゅうぎゅうに抱き締められる。オリヴィアの笑い声が涼やかな風に溶けていった。


尖塔を降り、帰路につく為に中庭に向かった二人を出迎えたのはカミラとイリス、それから中庭の守備にあたっている兵士達だった。

皆、にこにこと穏やかな笑みを浮かべている。城に靄がかかる事もなく、夕映えに照らされた白い城壁が輝いていて綺麗だとオリヴィアは思った。

「オリヴィア様、またおいでになる時を楽しみにしております」

「こちらのお菓子は、どうぞロザリア様とお召し上がりください」

イリスに渡された二段の箱を空間収納のマジックバッグにしまったオリヴィアは、カミラとイリスの手を順番に握りしめた。優しい温もりにオリヴィアは笑み綻ぶ。

「ありがとう。わたしも楽しみにしているわ」

にこやかに別れの挨拶をして、オリヴィアがリベルトを振り返る。リベルトは既に黒竜へと変化していて、まるで伸びをするように羽を大きく広げている。

「リベルト、お願いね」

オリヴィアが声を掛けると承知したとばかりに一つ頷き、黒竜は身を屈める。乗りやすいようにとの配慮に嬉しそうに笑って、オリヴィアは歌った。魔力を帯びた旋律は風を巻き起こし、オリヴィアの体を浮かび上がらせる。

その風を使ってリベルトの背に乗ったオリヴィアは、また風を操って自分の周りに薄い膜を張る。

『飛ぶぞ』

オリヴィアの頭にリベルトの声が響き、それを合図としたかのようにリベルトが飛び上がる。膝をついたカミラ達に手を振って、オリヴィアは竜王国を後にした。黒竜の背に乗って。

眼下に広がる王都は沢山の灯《あか》りに照らされている。城の広間にあるシャンデリアみたいに輝いていて、この景色を見るのがオリヴィアは好きだった。

鳥よりも高い、竜の背に乗らなくてはこれほどの絶景は見られないだろう。王都から離れた場所にも同じように光が集まっているところがちらほら見える。その明るさで街の大きさが分かるのも面白い。

『あっという間だったな』

「ええ。楽しかったからきっと余計にそう思うのかも」

『少しだけ散歩していくか』

そう言ったリベルトはバルディ家のある森よりも東に進路を向ける。このままぐるっと回って、森へと向かうつもりなのだろう。オリヴィアもそれに異論はなく、楽しげに周囲を見回していた。

自分の周りに張った風壁のおかげで、寒さはない。風も優しく頬を撫でる程度で、オリヴィアは空の散歩を満喫していた。

見下ろす大地は夕間暮れの中。沈む夕日に照らされる地平線は燃えるような赤に染まっているけれど、天空はすっかりと夜の帳《とばり》に包まれていた。日中からうっすらと姿を現していた細い月も、舞台が整ったとばかりに悠然と輝いている。

鳥の鳴き声が聞こえてそちらに目を向けると、自分達よりも低い場所で編隊を組んだ鳥達が夕日の方へと向かっていった。

『寒くないか？』

「ええ、大丈夫。わたしを乗せて、あなたは疲れていない？」

『全く。乗せているか不安になるくらいに軽い』

「それなら良かった」

確かにこの体躯《たいく》だから、自分一人乗ったくらいで何かが変わる事もないのだろう。

高い場所を飛んでいるけれど恐怖はない。彼は絶対に落とさないと知っているからでもあるし、この広い背中にはそう思わせるだけの安心感があった。

「わたし、あなたと過ごすこの時間が大好きよ」

初めてリベルトの背に乗ったのは、ルーゲの事件の時だった。

（落ち込んでいたわたしを慰める為に、彼はその背に乗せてくれた。寄り添って、話を聞いて、この空の美しさと雄大さを教えてくれた）

リベルトと想いを重ねてから、こうして竜の背に乗る事も増えたオリヴィアだが、今でも胸が高鳴るのは変わらなかった。

リベルトは自分の知らない世界を見せてくれる。

この空も、この気持ちも、今までにオリヴィアが知らなかった事だった。

『一人で飛ぶのが当たり前で、もちろんそれが好きだったんだが……今は、お前を乗せていないと落ち着かないな』

「一人で飛ぶ……。今までだって誰かを乗せたりしていたでしょう？」

『いや？　竜族は自分の翼を持っているから乗せる必要もないしな。それに俺はこれでも竜王の立場にある。簡単に背を預ける事も出来ないだろう』

「……わたし、あなたとこういう関係になる前から乗ったけれど」

リベルトの言う事は理解できる。リベルトは王だ。無防備になる背中に誰かを乗せる事は宜しくない。

（わたしはリベルトに危害を加えないって、あの時からそう思ってくれていたのかしら。もしそうなら……嬉しい）

オリヴィアの胸に温かな光が灯る。好意を伝えてくれるのも嬉しいけれど、こうして信頼してくれている事が伝わるのも嬉しく思う。

『あの時から、俺の中でお前は特別だったんだろ』

「……特別」

『そう。俺が背に乗せるのは、お前だけだ』

優しくも甘い声が頭に響いた。人の姿をしていたら、きっと彼は蕩けるように甘い微笑《ほほえ》みを浮かべていたのだろう。オリヴィアにはそれが目に浮かぶようだった。

特別という言葉に独占欲が擽《くすぐ》られるのも仕方がない。オリヴィアはいつだって、リベルトの特別でありたいと思う。自分がそう思っているように。

「ありがとう、リベルト。すごく嬉しい」

『別に礼を言われる事じゃないだろ。俺にとっては当たり前の事だし、他の竜にお前を乗せるつもりもない』

「それでも。あなたがそう思ってくれているのが嬉しいの」

低く笑ったリベルトがゆっくりと旋回する。この先にはバルディ家のある森が広がっている。空は夜の色を深くし始めているから、もう送り届けてくれるのだろう。

夜までには帰ると言った約束を違《たが》えないでくれているのだ。そういう誠実なところもオリヴィアは大好きだった。

『空の散歩は楽しいが、お前を抱き締められないのが難点だな』

「わたしは抱きつけるわ」

ほら、とばかりにオリヴィアはリベルトの背に寝転んだ。広げた両腕を添えて抱きつくとリベルトが低く呻いた。

頬を擦り寄せた鱗は硬く、ごつごつとしている。肌触りがよいものではないけれど、オリヴィアはこの鱗が好きだ。幼い頃に見た時と同じように、この黒竜は美しい。

『……降りたら抱き締めるから、覚悟しておけよ』

低い声に、またオリヴィアはくすくすと笑った。そんなの自分だって望んでいる。

夕間暮れに月は輝き、星は瞬く。

この広い空は、二人だけのものだった。

姉妹の密やかな夜

夕方の熱気がまだ冷めない、蒸し暑い夜だった。

寝室の窓を開けても風が入る気配はなく、森の木々が騒めくような葉擦れの音も聞こえてこない。見上げた空には雲ひとつなく、丸い月と星々が輝きを放っていた。

涼やかな風を期待したのに、諦めるしかなさそうだ。そう思ったオリヴィアは、溜息《ためいき》混じりに窓を閉めた。

「明日もいい天気になりそうだわ。畑の薬草が弱らないといいんだけど」

「日除けの布を掛けなくちゃいけないわね。今日、町で買っておいてよかったわ」

オリヴィアの言葉に応えながら、ロザリアは魔導具を起動させた。寝室の天井に設置された魔導具はシーリングファンを回しながら、冷気を含んだ風を起こしてくれる。

ロザリアはもう寝る支度を終わらせて、ベッドに横になっている。緩いウェーブのかかったピンクゴールドの髪がうなじでひとつに纏《まと》められていて涼しそうだ。

それを見たオリヴィアも真似をして、うなじで髪をひとつに纏めてリボンで結んだ。涼やかな風がうなじを擽《くすぐ》って気持ちがいい。

ベッドに向かったオリヴィアは、上掛けを捲《まく》ったところで手を止めた。枕を持つと隣のベッドに横たわる姉に向き直る。

「……姉さん、そっちで寝てもいい？」

問い掛けに目を瞬いたロザリアは、すぐににっこりと笑った。仕方ないわね、なんて口にしながらもベッドの端にずれてオリヴィアの場所を作っている。

嬉しそうに笑ったオリヴィアは、姉のベッドに潜り込んだ。

幼い頃もよくこうやって、姉のベッドで眠ったものだ。怖い夢を見た時も、お出掛けが楽しくて、ふわふわした気持ちで満たされすぎて眠れなかった時も。あの頃は大きかったベッドだけど、今となっては少し狭い。それでもオリヴィアはロザリアと眠るのが好きだった。

「明かりを落とすわよ」

「うん」

ロザリアは頭を枕に載せながら、指を小さく振った。それだけで寝室の明かりはほとんどが消えてしまう。ベッドの下に置かれた、足元を照らす為の仄《ほの》かな光だけが残されている。

「姉さん、今日の町はどうだった？」

「いつもと同じ。変わった事といえば……本屋の壁が塗り替えられていた事くらいかしら」

「色褪せてきていたものね」

「深い緑色になっていたの。なかなかおしゃれだったわ」

「今度は本を見に行きたいわ」

「ええ、行きましょう。あんたも来ればよかったのに」

「薬の調合を終わらせたかったの。パトリックさんが居たから、買い出しも問題なかったでしょう？」
　そう、今日はパトリックが来ていたのだ。リベルトの護衛騎士であるパトリックだが、休みはきちんと取れているらしい。休みで用事がない時にはこの家を訪れて、姉妹の生活の手助けをしてくれている。

　正直なところ、ロザリアとオリヴィアはほとんどの事を魔法で解決する事が出来る。今までだってそうやって暮らしてきたのだから、女二人で生活しても問題はなかったのだ。

　でもロザリアはパトリックの厚意を受け入れている。そこに……何か心の揺れがあると、オリヴィアは思っていた。

「ねぇ、パトリックさんの事はどう思っているの？」

　オリヴィアが紡いだ言葉は囁《ささや》くような声だったのに、まるで耳元で叫ばれたかのようにロザリアは驚きに目を丸くした。そして……その頬がうっすらと朱に染まっていくのをオリヴィアは見逃さなかった。

「別に、何も……」

「そうなの？」

「そうよ。パトリックさんはいい人だけど……」

「姉さん」

「……何？」

「顔が赤いわ」

オリヴィアの指摘に、ロザリアはうつぶせの姿勢を取った。枕に顔を埋《うず》めているけれど耳が赤いのは隠せていない。

上掛けの下では足をばたつかせているようでベッドが揺れる。そんな珍しい姉の様子に笑みを深めつつ、オリヴィアはその背中をそっと撫《な》でた。

涼やかな風が髪を揺らす。その風でもロザリアの顔に宿る熱を冷ます事は出来ないようだった。

「……よく、分からないのよ。今までこうやって、男の人と過ごす事もなかったし……」

ぽつりと漏れた声は、ロザリアの本音だった。

贔屓目《ひいきめ》を抜きにしても、オリヴィアから見たロザリアは美人で素敵な女性だ。そんなロザリアに対して秋波を送る人達がいなかったわけではないが、ロザリアがそれに靡《なび》く事はなかった。

パトリックの来訪を受け入れている時点で、今までとは違うとオリヴィアは思うのだけど、それを口にする事はしなかった。

「嫌じゃないの。パトリックさんとお喋りをするのは楽しいし、誠実な人だというのが分かる。でも……これが、恋なのかは分からなくて」

枕から顔を上げた姉は、オリヴィアが初めて見る顔をしていた。熱に浮かされるような瞳は――恋の色をしている。鏡に映る自分の瞳にもよく似ているから、オリヴィアにはすぐに分かった。でもそれを指摘するのも野暮だと思った。

「彼が何も言わないから、それに甘えて……曖昧な関係でいるのは狡いのかしら」

また枕に頭を載せたロザリアが、体を横にしてオリヴィアと向かい合う。オリヴィアは姉の手を両手で包みながら微笑《ほほえ》んだ。

「今の関係を先に進めたいなら、パトリックさんはそれを口にするんじゃない？」

「そう……ね。そうかもしれない」

「だから姉さんは変に気を遣ったりしないで、自分の気持ちにゆっくり向き合うのがいいと思うの」

「そうする。……ありがとう、オリヴィア」

ほっとしたように息をついたロザリアは小さく頷いた。安堵したら眠気がやってきたのか、小さな欠伸《あくび》を漏らしている。つられてオリヴィアも欠伸を噛み殺した。

「そろそろ寝ましょうか。明日もきっと忙しいわ」

「ええ。薬草畑を布で覆ったら、調合の続きをしなくちゃ。姉さんの予定は？」

「魔導具の修理を依頼されているから、それを終わらせようと思ってる」

言いながらロザリアが、空いている手を軽く振った。それだけで足元の明かりが落ちていく。先程よりも暗くなった室内で、二人はしっかりと手を繋いだ。

繋いだ手の温もりが眠りを誘う。

美しい夜の中、姉妹は寄り添って優しい夢へと落ちていった。

あとがき

　はじめまして、花散ここと申します。この度は『黒竜陛下の政略花嫁　魔女ですが、助けた竜に嫁入りさせられそうです』を手に取ってくださり、誠にありがとうございます。

　本作は第一回アイリス異世界ファンタジー大賞にて銀賞をいただいた『泡沫の魔女』を改題し、加筆修正した作品です。私にとって大切なこの作品を、憧れのアイリスＮＥＯで刊行していただけた事に、今も胸が震えています。

　思えば受賞してから刊行まではあっという間だったような気がしています。それだけ楽しい作業をさせていただいたのだなと、本当に有り難い限りです。


　この先にはネタバレも多少含まれていますので、未読の方はご注意くださいませ。

　最初に思い浮かんだのは『助けるのは二度目』だと告げて命を絶つオリヴィアの姿で、それがまるで恋を諦めても想い人を救う人魚姫のようだと思いながら作り上げたお話です。

それに魔女や竜など自分の好きなものをこれでもかと詰め込みました。恋のお話というよりは魔女姉妹の絆も含めた愛のお話なのだなと今では思います。

書籍にするにあたって、エピソードもたくさん追加しました。オリヴィアとリベルトが時間を共にしていく中で心を重ねていく様子を応援していただけたら嬉しいです。私のお気に入りは空を飛ぶ二人で、挿絵でも二人の楽しそうな雰囲気が伝わってきます。

番外編ではオリヴィアとリベルトのデートシーンを書く事が出来ました。リベルトがどれだけ重い男なのかを書きたかったので大満足です。番外編のイラストでも、とっても甘々な二人を見ていただけたのではないでしょうか。

イラストといえば表紙、ピンナップ、挿絵……どこを見ても美しくて幸せです。イラストを頂戴して、この世界にキャラクター達が息づいているのを実感しました。

私のイメージしていたものよりも解像度が高く、生き生きとした表情のキャラクター達を見た嬉しさは忘れられません。

最後になりますが、本作に素敵なイラストを描いてくださった山下ナナオ先生、沢山のお力添えをくださった編集様、この本を出版するにあたってご尽力いただいた全ての方々に厚く御礼を申し上げます。

そして応援してくださっている読者の皆様方に心からの感謝を。

この本が皆様の日々に、少しの彩りを添えるものになれば嬉しいです。

『虫かぶり姫』

著：由唯　イラスト：椎名咲月

クリストファー王子の名ばかりの婚約者として過ごしてきた本好きの侯爵令嬢エリアーナ。彼女はある日、最近王子との仲が噂されている令嬢と王子が楽しげにしているところを目撃してしまった！　ついに王子に愛する女性が現れたのだと知ったエリアーナは、王子との婚約が解消されると思っていたけれど……。事態は思わぬ方向へと突き進み!?　本好き令嬢の勘違いラブファンタジーが、WEB掲載作品を大幅加筆修正＆書き下ろし中編を収録して書籍化!!

黒《こく》竜《りゅう》陛《へい》下《か》の政《せい》略《りゃく》花《はな》嫁《よめ》
魔《ま》女《じょ》ですが、助《たす》けた竜《りゅう》に嫁《よめ》入《い》りさせられそうです

2023年7月5日　初版発行

初出……「泡沫の魔女」
小説投稿サイト「小説家になろう」で掲載

著者　花散ここ

イラスト　山下ナナオ

発行者　野内雅宏

発行所　株式会社一迅社
〒160-0022 東京都新宿区新宿3-1-13 京王新宿追分ビル5F
電話　03-5312-7432（編集）
電話　03-5312-6150（販売）
発売元：株式会社講談社（講談社・一迅社）

印刷所・製本　大日本印刷株式会社
ＤＴＰ　株式会社三協美術

装幀　AFTERGLOW

ISBN978-4-7580-9563-1

Printed in JAPAN

おたよりの宛て先

〒160-0022 東京都新宿区新宿3-1-13 京王新宿追分ビル5F
株式会社一迅社　ノベル編集部
花《はな》散《ちる》ここ 先生・山《やま》下《した》ナナオ 先生